Pajtim Statovci

Mon chat Yugoslavia

*Traduit du finnois
par Claire Saint-Germain*

Denoël

Titre original :
KISSANI JUGOSLAVIA

Éditeur original : Otava Publishing Company Ltd. 2014.
Published in the French language by arrangement
with Otava Group Agency, Helsinki.
© *Pajtim Statovci.*
© *Éditions Denoël, 2016, pour la traduction française.*

Pajtim Statovci est né en 1990. Il étudie la littérature comparée à l'université d'Helsinki et l'écriture de scénarios pour le
cinéma et la télévision à l'École supérieure Aalto d'art et de
design.

Pour bien voir et comprendre tout à fait la configuration de la ville et la nature de son rapport avec le pont, il faut savoir que, dans le centre, il en existe un autre, de même qu'il y a une autre rivière.

Ivo Andrić,
Le Pont sur la Drina
(traduit du serbo-croate
par Pascale Delpech)

I

La première fois que j'ai rencontré le chat, ce fut si déconcertant, comme de voir le corps de cent hommes parfaits en même temps, que je l'ai peint sur une feuille de papier épais, puis, l'aquarelle achevée et enfin sèche, je l'ai emportée partout avec moi, et nul n'a depuis croisé mon chemin sans répondre à ma question : « Votre altesse distinguée, puis-je me permettre de vous présenter à mon chat ? »

00:01 blackhétéro-hki : plan Q sympa ????????
+

00:01 Chubby-Soumis28a : actif et mûr sur Helsinki/banlieue ?

00:01 Jyväskylä* Sket : ...

00:02 Oulu/HeinäpääTop : ......mec plutôt sportif à Oulu ?

00:02 Kalle-42a_hki : mec + jeune à Turku semaine pro ? pour sucette etc. ?

00:02 A Järvenpää : qn sur järvenpää/région ?

00:02 DepassageàHelsinki : mec viril qui veut se faire sucer de suite ?

00:02 Rauma BTM : joli petit cul cherche queue bien raide

00:02 Tampere mâle pour minet : Tampere

00:02 f_oulu : mec pour plan à 3 ? Oulu ?

00:02 Tampere mâle pour minet : Tampere

00:02 Cam-30a : plan cam ?

00:03 RégionVaasaSud, btm-24a : du MÂLE dans le secteur ? JE T'ACCUEILLE !

13

00:03 VilleHKI : mec mince vers/top 185/72/
18/5 cherche mec mince vers/bottom en
LIVE mtn

Dès que le message de Ville est apparu sur
l'écran, j'ai arrêté de lire. Une heure plus tard, il
était à ma porte et me disait salut et je lui disais
salut – et pendant un moment son regard s'est
baladé entre la pointe de mes orteils et la racine
de mes cheveux. Après seulement, il a eu assez de
cran pour entrer.

« Tu es beau », j'ai dit.

Ville a bougonné et s'est mis à se dandiner
maladroitement, il a reculé d'un pas, tantôt il passait la main droite derrière son dos, tantôt il prenait appui dessus. Mais je connaissais ce jeu et j'ai
dit non, sérieux, t'es vraiment beau, j'ai été super
surpris quand t'es entré, je m'attendais à autre
chose, genre que t'avais raconté que des bobards.
C'est ce que j'aurais fait, moi.

« Je peux y aller, si tu veux. »

Sa voix était douce et contenue, on aurait dit
celle d'un petit enfant, il a détourné le regard et
croisé les bras de manière un peu théâtrale,
comme pour poser une déclaration. *Ce n'est pas
dans mes habitudes de faire ce genre de trucs*, par
exemple. Ou bien : *Je me suis connecté au tchat
dans un moment de faiblesse, je ne sais pas ce que
j'avais dans la tête.* Comme s'il voulait que je
sache qu'il avait envisagé toutes les éventualités.
*Si ça se trouve il a une MST, ça peut être n'importe
qui, ce type, il peut me faire du mal, on ne sait jamais.*

14

« Je n'ai pas envie que tu t'en ailles », j'ai dit, et j'ai tenté de lui prendre la main, mais il l'a retirée vivement pour la recacher derrière son dos.

Je le comprenais mieux que personne. Pourquoi un garçon comme lui ferait-il ça ? Pourquoi ne retournait-il pas plutôt d'où il venait ? Il avait un peu plus de la trentaine, l'air d'avoir réussi dans la vie, il s'était coiffé les cheveux en arrière et, avec son beau visage anguleux qui saillait par-dessus son foulard et le col de sa veste, il aurait pu se faire n'importe qui, entrer n'importe où et choisir, entre tous, celui qui lui plaisait le plus. Il a ôté ses chaussures en cuir quasi neuves puis sa veste qui semblait hors de prix pour la suspendre au portemanteau. Ses vêtements sentaient le propre, sa chemise noire à rayures blanches était taillée dans un tissu épais et doux, son jean n'avait même pas eu le temps de pocher aux genoux alors qu'il lui moulait les jambes aussi étroitement qu'un collant.

Il s'est tenu face à moi sans rien dire jusqu'à ce que, gêné par le silence, il finisse par ressortir le bras de derrière son dos, me plaque avec vigueur contre le mur et m'embrasse brutalement. Il a emprisonné mes poignets dans ses mains et pesé de la cuisse sur mon entrejambe comme s'il craignait que je dise quelque chose : que je tombais amoureux de lui ou que je savais combien sa situation le mettait en colère et que je le comprenais, lui et le monde d'où il était issu : des parents ingénieurs, bien sûr, tu n'as pas pu leur raconter

15

que tu veux être avec des mecs, je le sais bien, oui, ça ne se dit pas si facilement, ces choses-là.

Moi aussi ça me dégoûte, tout ça me dégoûte, j'aurais voulu le lui dire, lui demander comment nous en étions arrivés là, en fait, et pourquoi il fallait que ça se passe comme ça, qu'est-ce qui nous était arrivé, mais ce ne sont pas des paroles que l'on adresse à un homme qui se repent, car le dégoût est pire encore que la colère. La colère, vous pouvez vous y abandonner ; vous pouvez la vaincre ou lui vouer votre existence, mais le dégoût procède d'une autre manière. Il s'incruste sous vos ongles et ne délogera plus, quand bien même vous vous mordrez les doigts à les arracher. Mais je ne lui ai rien dit, puisque entre hommes il n'y a pas de questions, pas de coups, pas de justifications.

Ses ongles longs me griffaient au sommet de l'épine dorsale entre les omoplates, ses dents bien rangées cognaient contre les miennes et son cou exhalait un fort parfum d'after-shave, il avait les aisselles encore humides de déodorant. Il s'est collé tout contre moi et a passé ses jambes autour des miennes, ses cuisses musculeuses me comprimaient les flancs, ses épaules arrondies étaient déterminées. Pendant un instant j'ai pensé comme il est beau et que j'ai de la chance qu'il soit venu. Ses poignets aux poils blonds clairsemés, le dessus de ses mains où gonflent des veines nombreuses, ses doigts rectilignes et bien disposés, ses ongles soignés, sa chemise cintrée dont les boutons supérieurs sont ouverts et sous laquelle je sens son parfum, ses clavicules où s'attachent ses pectoraux fermes, l'élégance de son torse qui va en s'affinant et sa taille séduisante, son pantalon serré mais seyant qui gaine ses cuisses de si près que l'arête de ses muscles semble la lame d'un patin à glace, telles étaient mes pensées. Ce que l'autre peut avoir de perfection.

Dans le vestibule obscur, il m'a embrassé le cou et même si personne ne nous voyait, même si nous ne nous voyions pas tout à fait nous-mêmes, j'ai commencé à le voir autrement quand il a glissé sa main puissante et chaude sous ma chemise. J'avais envie de croire que je me laissais faire parce que, en définitive, nous ne sommes que des animaux, nous n'y pouvons rien, c'est un des traits fondamentaux de notre nature. Et, à en juger d'après la force de son étreinte et sa respiration saccadée, il n'était pas d'un avis différent.

Il a défait sa chemise dès l'entrée et pincé la mienne entre ses dents, je sentais la chaleur de son haleine à travers le tissu. Je l'ai écarté, je me suis dégagé, et il a heurté le mur avant de me regarder avec ses grands yeux bleus. Puis je l'ai entraîné jusqu'au lit et mes draps renfermaient encore un relent de lessive, et j'ai regardé Ville et je me suis forcé à profiter au maximum du moment. Maintenant que ça arrivait enfin.

Il a retiré le reste de ses vêtements et s'est mis à sourire. *T'en veux ?* il m'a demandé, m'a fait un clin d'œil et a appuyé sur mes épaules pour me faire descendre.

« Tout va bien ? il a demandé quand j'ai arrêté.

— Tout va bien », j'ai dit, et je pensais à toutes les réponses qu'il avait reçues après avoir publié son annonce. Et entre tous il m'avait choisi, moi, parce que mon message était de tous le plus notable, le plus désirable, mes mensurations stratégiques les plus enviables. Tous voulaient de lui et lui n'avait voulu que moi, et j'adorais ça.

Il m'a retourné pour me rendre la pareille.

« C'est bon ? » il a demandé, et il laissait sa langue pointue pendre à demi hors de sa bouche.

« C'est super bon », j'ai dit, et j'ai instinctivement repoussé sa tête vers le bas.

« Tu es beau, il a dit.

— Qu'est-ce que t'as dit ?

— Tu es beau », il a répété.

Puis la pièce s'est mise à puer. Lui et moi. Nous puions. Ce que nous venions de faire, nos pensées. Les effluves du latex infectaient notre peau, les draps, chaque centimètre carré, tout l'air de la chambre. Les draps étaient trempés de sueur, je me suis rendu compte que son déodorant avait lâché au moment où il a croisé les bras derrière sa tête, son haleine aussi s'était corrompue. Alourdie de miasmes d'oignon et de viande.

« Merci, il a fini par lancer.

— De rien.

— Tu vas bien ?

— Oui.

— Bien », il a repris, et il a toussoté. « Ce serait sympa de se revoir.

— Oui, peut-être, j'ai lancé. Tu veux du café ? » j'ai demandé vite fait, et je me suis levé plus vite encore, j'ai ouvert la fenêtre en tirant d'un coup sec sur la poignée, du pied j'ai fait un tas avec ses vêtements qui traînaient par terre, j'ai remonté la couette qui avait glissé sous le lit et j'ai allumé la lumière.

« À cette heure-ci ? » il a dit, s'est redressé presque effrayé, a tiré l'édredon sur ses jambes, pressé ses mains sur son bas-ventre et cligné des yeux, gêné.

Sa peau luisait sous la lampe comme un jambon juste sorti du four. Il s'est gratté l'épaule et m'a prié d'éteindre.

« Oui, à cette heure-ci. T'en veux ?

— Je ne peux pas », il a récriminé, de nouveau.

« Tu dois y aller maintenant.

— Quoi ?

— Je veux que tu t'en ailles maintenant. »

Et je l'ai laissé ramasser ses fringues pendant que je passais à la cuisine mettre la bouilloire en marche. Sur l'évier j'ai posé une tasse où j'ai versé deux cuillerées de café soluble, deux sucrettes et une larme de lait.

« Tu pourrais te bouger ? » j'ai demandé.

Il avait éteint la lumière et a semblé sursauter sous ma question, sous ma voix qui avait rompu le silence ou sous ma brusque apparition à l'entrée de la chambre à coucher.

«Je ne fais que ça», il a dit, et il a enfilé une chaussette sur son gros orteil.

Je suis retourné à la cuisine, j'ai versé l'eau dans la tasse, j'ai mélangé le café et je l'ai goûté. Puis je l'ai balancé dans l'évier.

1

J'avançais péniblement, à pas comptés, comme si je n'étais pas sûr de ce que je cherchais. J'étais déjà venu une fois, sans oser dépasser le sas. Mais c'était là-bas, de l'autre côté, qu'ils se trouvaient, si vous en vouliez un. Vous pouviez en acheter un, juste comme ça. N'importe qui pouvait s'en payer un et lui faire ce qu'il voulait. Nul n'était tenu de dire pourquoi et en vue de quoi il s'en procurait un, s'il s'agissait d'une lubie ou d'une acquisition mûrement réfléchie.

N'importe qui pouvait embobiner le vendeur : *oui, je dispose de tout le nécessaire, il va être accueilli dans un foyer aimant et bon, j'ai un terrarium d'un mètre par un mètre par deux mètres. J'ai tout ce dont il aura besoin. Une branche où il pourra grimper, un récipient pour l'eau, des cachettes et du substrat, tout, même des souris. J'y ai réfléchi autant qu'il m'en souvienne.*

Je perçus leur présence à la plante de mes pieds, ridée par la crispation. Impossible de s'y tromper. Les frissons qui s'enroulent en bas du dos et descendent dans les talons, qui zigzaguent le long de la nuque jusqu'à l'occiput, les muscles contractés qui s'ankylosent et ne répondent plus, les poils qui épaississent et se hérissent comme pour attaquer.

La femme derrière le comptoir ne tarda pas à me rejoindre. Je faisais face à la cage aux gerbilles et j'étais étonné — non, ravi — par leur silhouette complexe, par leur capacité à se tirer des difficultés de la vie à la seule force de leurs petites pattes et de leur longue queue.

« Vous pensiez prendre une gerbille ? demanda-t-elle. C'est un animal simple et pratique, qui demande peu d'entretien. On s'en tire facilement.

— Non, un serpent », répondis-je, je scrutais son visage et escomptais une autre expression, un regard surpris ou interloqué, mais elle m'invita à la suivre. « Un gros serpent. »

Nous descendîmes au sous-sol, passé les congélateurs et les rayonnages de croquettes, passé les cages grillagées et jouets personnalisés, passé les plaques de verre pour animaux en terrarium, blattes, locustes, drosophiles et grillons. Partout cela puait la mort, dont les émanations étaient couvertes par des bouffées d'arômes chaud-froid de bois, d'herbe et de métal.

Ils étaient entreposés dans ce sous-sol obscur car l'humidité y était plus importante et les conditions proches de celles de leur environnement naturel. On en franchissait moins souvent les portes et les animaux ne se retrouvaient pas exposés à la vue de tous. Bien des clients s'abstenaient d'entrer ne serait-ce que par peur de se trouver face à face avec eux. Leur simple apparence en paniquait plus d'un.

La pièce aux serpents était divisée en deux catégories : venimeux et constricteurs. Ils étaient empilés par dizaines sur tout un rayonnage, les uns au-dessus des autres, les plus puissants et imposants sur les étagères du bas, les plus petits sur celles du haut. Il y en avait de toutes les couleurs : les pythons arboricoles dans leur livrée citron vert brillaient avec l'éclat des néons, les épais boas de la Jamaïque rayés de jaune s'offraient aux regards comme d'appétissants gâteaux sur une table de banquet, les petits serpents des blés orange et les pythons tigres marron rayé s'étaient lovés en boule.

Ils gisaient derrière leurs vitrines comme dépouillés de leur pouvoir, enroulés autour de leurs branches, d'autres étendus de tout leur long, baignant leur peau dans leur bol d'eau et digérant leur repas. Unis par un insondable abattement. Leurs têtes indolentes tournoyaient lentement sous l'hébétude, ou plutôt l'humiliation. C'était triste. Qu'ils ne connaissent rien d'autre.

« Ils proviennent d'un élevage à l'étranger, il est interdit de les capturer à l'état sauvage, commença la femme. Ils peuvent donc être manipulés sans danger, mais il ne faut pas oublier qu'ils aiment leur tranquillité. »

L'image du genre de ferme d'où ils avaient été importés me traversa l'esprit. Avant de venir à

23

l'animalerie, j'avais regardé des vidéos sur Internet. On aurait dit l'arrière-cuisine d'un fast-food. Les murs étaient tapissés de hautes piles de récipients noirs fermés par un couvercle où les bêtes demeuraient jusqu'à ce qu'elles soient assez grandes pour être revendues. Le fond des boîtes était garni d'un peu de substrat non poussiéreux et muni d'une branche. Les serpents n'avaient jamais vu la lumière du jour ni touché de vraie terre, et voilà qu'on les exhibait dans des locaux mimant un habitat naturel. Apprendraient-ils jamais que toutes les vies ne se valaient pas ?

J'en commandai un, à domicile. Un boa constricteur.

Je reçus d'abord le terrarium qu'il me fallut assembler. Son futur habitant me fut livré dans une caisse temporaire. *Je mets ça où ?* C'est ce que me demanda le livreur. Je mets ça où. Comme si ça n'avait pas d'importance, comme si la boîte contenait un meuble en kit et non un serpent constricteur qui avait presque atteint sa taille adulte. Je priai l'homme de déposer le carton au centre du salon.

Le serpent resta un long moment silencieux et immobile. Il sifflait sourdement et ne remua, intimidé, que lorsque j'entrouvris, au moment où la lumière entra, et alors je vis sa forme nonchalante, flegmatique, ses motifs noirs triangulaires et sa peau brune — son mouvement fier. Quand il se recroquevilla sur lui-même, sa peau sèche crissa comme une enceinte crevée.

J'avais imaginé qu'il serait différent. Plus puissant, plus bruyant et plus imposant. Mais il semblait davantage effrayé par moi que moi par lui.

Je te possède, je dis. Je rassemblai mon courage pour ouvrir le couvercle tout grand. Et quand j'y parvins enfin, le serpent s'agita avec une telle frénésie que je ne distinguais plus où le mouvement commençait et où il finissait. Sa langue bifide frappait en tous sens autour de son crâne allongé en triangle et il se mit à frissonner comme s'il était resté trop longtemps dans le froid. Bientôt son museau s'éleva au-dessus de la caisse, ses petits yeux noirs s'ouvraient et se fermaient en tremblant comme atteints de fasciculation.

Une fois que sa tête se fut reposée sur le sol avec lenteur, je soulevai la boîte et la renversai pour le faire sortir plus vite. Il claqua sur le sol comme une motte d'argile et se figea sur place.

Il lui fallut un moment avant de se remettre à bouger. Il ondoyait en avant, régulièrement, comme dans une houle calme. Son mouvement était irréel, délicat et lent, pourtant déterminé et énergique. Il explora les pieds de la table et du canapé, se dressa pour observer les plantes posées sur le rebord de la fenêtre, le paysage d'hiver qui se découvrait au-delà, les arbres capuchonnés de blanc, la toile du ciel tendue de nuages gris amoncelés et les immeubles éclatants de lumière.

Bienvenue, je lui dis, et je souris, *oui, bienvenue dans ta nouvelle maison*. Lorsque, peu après, il s'enroula sur lui-même sous la table, comme effrayé par ma voix, j'eus honte de l'endroit où je l'introduisais. Et s'il ne s'y plaisait pas, s'il se sentait enchaîné, menacé, triste, seul ? Le peu que j'avais à lui offrir suffirait-il ? Ce petit appartement, ce sol froid et ces quelques meubles. C'était une créature vivante, dont j'avais désormais la responsabilité et qui ne parlait avec moi aucune langue que j'aurais pu comprendre.

J'entamai mon approche. Je m'assurai à maintes reprises dans le miroir de ses petits yeux noirs que j'étais dans son champ de vision avant de m'asseoir lentement sur le canapé, face à lui, et d'attendre qu'il me rejoigne.

Il finit par dévider sa pelote et avança jusqu'à mes pieds, renifla mes orteils et grimpa autour de mes jambes. Puis il monta le museau sur mes genoux, se fraya un chemin entre mes cuisses, sous mes aisselles et dans mon dos, partout. Je l'empoignai à deux mains et l'enroulai autour de mon cou, et lorsque de sa peau écailleuse il toucha ma peau nue et qu'il explora ma nuque en la picotant, j'eus la chair de poule. Sa lente progression à cru semblait la caresse brûlante d'une langue qui s'attardait.

Nous passâmes un moment ainsi, enlacés sur le canapé, sa tête sous mon menton, son corps autour de mon corps comme un harnais de métal, mes bras étendus de part et d'autre, les coups rythmés, tendus, réfléchis de sa langue bifide sur ma peau frissonnante.

Je me disais que nous resterions ensemble pour l'éternité, lui et moi. Que nous ne cesserions

jamais de nous aimer. *Personne ne doit rien savoir
— je vais le protéger comme ma propre vie*, je pensais. Je lui donnerai un foyer, tout ce dont il aura
besoin, et avec moi il sera heureux, car je saurai
ce qu'il voudra. J'apprendrai à si bien le connaître
qu'il n'aura pas besoin de me dire le moindre
mot, et je le nourrirai, je le regarderai digérer ses
repas et grandir, grandir, grandir.

PRINTEMPS 1980

Gens des montagnes

Mon père, une figure estimée au village, m'avait assuré que l'amour envers cet homme au beau sourire et à la barbe soignée à peine visible à la lumière, cet homme avec qui, âgée de dix-sept ans, j'allais me marier, l'homme qui, après la grand-rue, descendait le chemin de sable en direction d'un pâté de trois modestes maisons, que l'amour pour lui viendrait plus tard s'il n'était pas encore là. Et moi, l'aînée de sept frères et sœurs, je me fiais à mon père.

C'était le type même des pères que vous voyiez dans les films. Un beau visage à l'allure occidentale et s'affinant vers le bas, une voix autoritaire et une posture martiale, aimé et respecté — un Kosovar du meilleur cru. Un homme qui jouissait de la confiance et du respect de tous, *burrë me respekt*, et sa figure était toujours propre, il changeait chaque jour de chemise, sa barbe ne mesurait jamais plus de quelques millimètres et ses pieds n'étaient jamais puants comme ceux des hommes qui ne font aucun cas de leur honneur ou qui l'ont perdu.

Il avait de la prestance et de bonnes manières. L'une d'elles était de toujours proférer *tout ira bien*. Il le disait même lorsqu'il était de notoriété publique que les choses allaient mal, clair comme le jour qu'un long hiver s'annonçait et que les conserves de légumes suffiraient à peine jusqu'en avril. Une autre, par exemple, était sa façon de me caresser les cheveux, de remettre en ordre les boucles mal placées et de me masser le crâne de ses doigts épais et longs. Il le faisait souvent car, à cause des travaux ménagers, j'avais commencé à développer les mêmes migraines que ma mère.

Mon père ne parlait pas tant avec sa bouche qu'avec son visage, expressif et merveilleux. Un visage pareil, vous ne vous en lassiez pas. Un visage pareil, vous vous y perdiez, vous pouviez passer tout votre temps à le regarder. Tout lui était pardonné. Et mon père ne prenait la parole qu'une fois décidé ce qu'il allait dire. Il professait par exemple que le pauvre avait les rêves les plus grands et fantasmagoriques. Qu'il était inutile de perdre votre temps en rêveries si vous étiez trop proche du but, car, selon toute vraisemblance, vous y parviendriez et seriez alors forcé de constater que la réalisation n'avait rien à voir avec ce que vous aviez imaginé. Cela — le désappointement, la colère, l'amertume, l'avidité qui s'ensuivaient — était un destin plus misérable encore que de voir ses rêves avorter. *L'homme ne devrait convoiter que ce qu'il ne peut obtenir*, disait-il.

Il racontait que, plus jeune, il voulait être musicien et se produire sur de grandes scènes, ou acquérir assez d'instruction pour devenir un neurochirurgien réputé, car ses mains grandes et régulières étaient faites pour un travail de précision. Puis il étendait les bras devant lui et me faisait un clin d'œil. Vrai, ses mains étaient comme deux sculptures, solides et sûres.

Marié à dix-huit ans et père de son premier enfant à dix-neuf, il se mit, plutôt qu'à rêver, à espérer. Il avait des espoirs modestes : des veaux gras, des chevaux musclés et des poules qui pondaient comme des mitraillettes, des étés plus arrosés et un bout de mer, parce que c'était selon lui la seule chose que tout un chacun se devait de voir au cours de sa vie. Son seul vrai regret était que le Kosovo se réduisît encore à ce confetti coincé au centre des Balkans et dépourvu du moindre littoral.

Avec le temps, il avait appris ce que tous finissaient par apprendre : que pareils villages ne se quittaient pas pour la grande ville à la poursuite de ses rêves, pas même pour se lancer à corps perdu dans le travail ou dans l'étude. Cela, ça n'arrivait qu'au cinéma.

J'étais debout dès cinq heures pour m'occuper des animaux de la ferme. Ensuite j'aidais mes parents aux champs. Notre potager était immense, nous y faisions pousser un peu de tout : salades, choux, pastèques, poivrons, oignons, poireaux, tomates, concombres, patates et haricots. Le champ était si grand et si pénible que je ne m'étonnais pas le moins du monde que ma mère se fût hâtée de faire sept enfants en l'espace de douze ans. Après les corvées je partais pour l'école et avant que deux heures et demie n'aient sonné j'étais de retour à la maison. Toutes mes journées étaient rigoureusement identiques.

Ma mère était une mère et épouse kosovare typique. Diligente, bonne envers son mari et sévère avec ses enfants. Et mes frères et sœurs étaient des enfants kosovars, rêveurs, typiques. Ma sœur Hana avait un an de moins que moi, c'était une jeune fille tendre et sensible qui semblait toujours protéger un secret que nul ne devait découvrir, et Fatimè, sa cadette d'un an et demi, était tout son contraire.

Je passais mes soirées en rêveries. Je m'asseyais sur une grosse pierre à flanc de coteau et rêvassais, je m'appuyais au chêne qui poussait sur l'aire dégagée à l'arrière de la maison et songeais, j'écoutais la radio, je rêvais. Quand passaient mes morceaux préférés, je me disais que je pourrais devenir chanteuse, qui sait. Ou actrice, j'apprendrais à jouer la comédie, pensais-je, et l'on diffuserait des reportages sur moi à la télévision, je serais interviewée à la radio et ma vie serait si intéressante que les journaux en parleraient, ma robe rouge serait l'objet de toutes les conversations, mes jambes seraient longues, sveltes et douces comme celles d'un bébé. Rien n'était exclu ou impossible tant que vous faisiez le bon choix, et je rêvassais tant que je m'émouvais jusqu'aux larmes à mes propres imaginations.

Le dimanche soir, nous nous réunissions

devant le poste pour regarder les émissions musicales diffusées par la Radio Televizioni i Prishtinës. La plupart du temps chantaient des hommes assis en tailleur sur des matelas, vêtus du costume national : le pantalon, la *tëlina*, où courent des bandes noires, le gilet ornementé, le *xhamadani*, le châle rouge, le *shokë*, passé à la taille et sur la tête le bonnet de feutre blanc, le *plis*. Ils chantaient l'amour, les héros de guerre et l'honneur, en s'accompagnant à la *çifteli*.

Nous regardions beaucoup de films aussi, de guerre le plus souvent, qui mettaient en scène les partisans. L'un d'eux se déroulait lors de la bataille de Sutjeska, en Bosnie, au moment où les nazis encerclaient les troupes conduites par Tito. Assis en rang devant la télé, nous pleurions de tout notre cœur en voyant l'homme plier sous la souffrance et le malheur, mais ensuite, avec quelle intensité nous revivions, avec les partisans, le sursaut d'honneur, qui se métamorphosait en combativité, puis en fureur !

Plus que tout, cependant, j'attendais que Zdravko Čolić[1], peut-être l'homme le plus beau de l'univers, se mette à chanter ou que passent ses vidéoclips. Je connaissais par cœur son album *Ako priđeš bliže*[2], même si je ne comprenais pas les paroles. L'émotion avec laquelle il interprétait

1. Chanteur serbe de Bosnie-Herzégovine, né en 1951 à Sarajevo. *(Toutes les notes sont de la traductrice.)*
2. « Si tu viens à moi. »

Nevjerna žena[1] me donnait à elle seule la conviction qu'il évoquait une femme qui lui avait brisé le cœur. *Produži dalje*[2] avait un tempo si rapide et la voix de l'interprète tant d'assurance, que le thème devait être bien plus superficiel et éphémère que l'amour. Seul l'amour pouvait ainsi vous briser la voix.

Quand Zdravko Čolić prenait enfin le micro, nous faisions tous silence et chantions en chœur dans notre tête. J'étais jalouse de ses danseurs, qui pouvaient aller lui parler à la fin du morceau. Des techniciens, qui pouvaient rentrer chez eux en annonçant qu'ils avaient vu Zdravko en vrai. De l'animateur, que Zdravko entourait de ses bras.

Et puis, un jour tout à fait ordinaire, j'avais dans les quinze ans, j'ai réalisé que j'habitais en pleine cambrousse, que j'étais une élève passable, sans plus, et même pas très bonne en chant, en dépit de mes prétentions à être la plus grande star du monde. J'ai compris que je n'avais ni le don de convaincre les autres par la parole ni le talent pour coucher mes idées clairement sur le papier. Je ne savais ni dessiner ni calculer, incapable que j'étais de me concentrer sur un travail de longue haleine. Je n'avais aucune endurance à la course à pied et ignorais comment couper les cheveux. J'étais juste jolie et douée pour les travaux ménagers, on me l'avait dit, et une fois que j'en ai eu

1. « Femme infidèle. »
2. « Ne t'arrête pas. »

pris note, j'ai frissonné, car ni l'une ni l'autre de ces qualités ne constituait une performance ; elles allaient de soi.

Je me suis regardée dans la glace et demandé si j'étais bête. Poser la question était vraiment dur, mais pas autant que de me rendre compte que je devais l'être, bel et bien. Bête et insignifiante. Je ne comprenais rien à la politique ou à la société, j'ignorais comment fonctionnait la Yougoslavie ou ce qui s'était passé pendant la Seconde Guerre mondiale, alors que j'avais vu tous les films de partisans. C'était déjà beaucoup demander que je sache, tant bien que mal, de quels États se composait la République fédérative.

Quand on évoquait à la télévision les désaccords entre Albanais et Serbes, je n'écoutais même pas, le présentateur aurait tout aussi bien pu parler chinois. En outre j'avais le sentiment de ne pas avoir le potentiel pour devenir plus savante, pas de professeur pour m'expliquer la politique, pas de parents pour encourager leur fille à se lancer dans une carrière de chanteuse.

Tout ce temps, je m'étais consacrée à des choses qui n'en valaient absolument pas la peine — le papotage avec les copines, le ragotage au sujet des garçons, l'apprentissage des travaux ménagers et de la cuisine, l'apparence que je donnais en cours et dans les fêtes. Quand j'ai compris que j'étais scolarisée uniquement parce qu'une femme illettrée n'aurait aucune chance de faire un beau mariage, j'ai eu un reflux de bile au fond de la gorge et la nourriture a soudain perdu son goût. Et quand j'ai compris que, même avec les meilleures notes dans toutes les matières, ma vie ne serait pas plus géniale que ça, j'ai été prise de nausée. Jamais je n'avais entendu parler d'une femme qui fût homme politique, professeur ou avocat, me suis-je alors rendu compte, et j'ai agrippé le coin de la table en inspirant fortement par le nez.

J'ai secoué la tête et commencé à me demander ce que, pour remplacer mes rêveries, je pouvais avoir comme espoirs. Et alors j'ai espéré que mon futur mari serait bon avec moi. J'ai espéré qu'il serait beau, qu'il m'organiserait les noces les plus grandioses et les plus magnifiques qui soient, et que sa famille me traiterait aussi bien que lui-même allait le faire, et une fois que j'ai eu égrené mes espoirs face au miroir, j'ai couru à la cuisine, attrapé une bassine et vomi.

Notre village se trouvait au pied d'une montagne. La route qui y conduisait ne contournait pas le massif, mais se faufilait à travers le dédale des pentes. Sur le versant opposé le tracé était long et sinueux, mais du nôtre la route piquait presque en ligne droite. Lorsqu'il l'empruntait, mon père maudissait ceux qui l'avaient construite.

Une fois — il était agrippé à l'étroit volant de sa Yugo Skala et demandait pourquoi cette satanée route était si mal fichue qu'il nous fallait traverser toute la montagne avant d'arriver au village —, je l'avais provoqué en répondant à sa question, qui n'en était pas une.

«Peut-être parce que c'est du travail d'Albanais», avais-je déclaré en me tournant vers lui.

Alors il s'était fâché. Je m'y étais attendue, avant même de décider que j'allais répondre. Il avait levé la main entre nous, comme sur le point de frapper, et pincé les lèvres. Il m'avait dit que je n'avais pas le droit d'employer ce langage, de dire du mal de mes compatriotes, parce que Allah était grand et consignait toutes nos actions en vue du Jugement dernier.

Mais je connaissais le véritable motif de sa colère. Il se fichait autant que moi de la route et de ceux qui l'avaient construite. Ce jour-là, nous étions allés au grand bazar de Pristina où mon père se ravitaillait en quantité de farine de blé et de maïs, de sucre, d'huile, de sel et de viande. Je m'efforçais toujours de lui laisser entendre que je ne tenais pas plus que cela à ces voyages. Au retour je racontais à mes frères et sœurs que la ville était un endroit dangereux, que les baraques branlantes semblaient sur le point de s'effondrer d'un moment à l'autre et que presque tout le marché était bâché d'un plastique épais sous lequel la température atteignait pas loin de cinquante degrés et que l'air y était lourd et moite.

Je craignais qu'en révélant à mon père combien j'aimais aller à Pristina celui-ci ne m'emmène plus avec lui. Et je n'avais rien d'autre à attendre que ces excursions qui me donnaient l'occasion d'observer tous ces citadins, ces beaux jeunes hommes, ces belles jeunes femmes qui avaient un travail et se vêtaient avec tant d'élégance. Je voulais être exactement comme eux, j'avais envie de leur vie, de leurs habits et de leur allure.

Je tenais bien serrée la main de mon père, qui portait lors de toutes nos sorties en ville son unique costume, et je scrutais les alentours avec curiosité, bien que je fusse morte de peur à l'idée d'écraser les pieds des passants. Les échoppes étaient pleines de marchandises, chaussures en cuir noir, chemises, pantalons, blue-jeans, épices diverses, viandes et légumes frais, et certains étals présentaient un assortiment d'articles destinés uniquement aux femmes et aux jeunes filles, rouge à lèvres, rimmel, jolies robes. Le bazar essayait de sentir tout à la fois, mais, dans la chaleur, seuls se distinguaient les effluves de skaï, de tabac et de sueur. Autour des viandes s'amassaient des essaims de petites mouches, les légumes avaient la peau si suintante et flapie que les vendeurs les épongeaient avec du papier. Partout un brouhaha de paroles énergiques, tapageuses — disputes, espèces sonnantes, grincement du bois qui ploie sous le poids des denrées.

Tandis que mon père marchandait avec le boucher, je m'étais éclipsée à quelques stands de là. Je pensais en profiter pour passer en revue un étalage composé de collants et de robes cintrées brodées de fils dorés, car la négociation allait sans doute prendre une bonne demi-heure. Céder au client, cela signifiait presque toujours perdre — y compris lorsque le vendeur y gagnait. Je serais de retour avant même que mon père n'ait le temps de s'apercevoir de mon absence.

Je pris un petit miroir à main posé sur l'étal et m'y contemplai, je mis de l'ordre dans mes cheveux et inclinai mon visage sous tous les angles, jusqu'à ce que je remarque que le marchand, un gars dans la vingtaine, me fixait avec une insistance inconvenante. Je relevai le nez pour mieux le voir. Sans que je m'y attende, il me fit de l'œil. *Po ku je moj bukuroshe*[1], me dit-il d'une voix forte, et il se lécha la lèvre inférieure. Je ne compris pas ce qu'il pouvait bien vouloir dire — on ne s'adressait pas comme ça aux jeunes filles, et les traiter de *bukuroshe*, voilà qui était tout à fait inconvenant. Il baissa les yeux au niveau de ma poitrine, plaça les mains sur ses joues, hocha la tête et s'écria : « Opaa-a ! »

Je me figeai sur place. Mon dos s'arrondit et les épaules me remontèrent au menton, afin de dissimuler les petits mamelons qui avaient commencé à me pousser au cours de l'année précédente. J'avais l'autre poing crispé sur un poudrier et tentais de tirer sur les manches de mon chemisier, mais mes membres ne m'obéissaient plus. Mon corps se mit à trembler, une transpiration brûlante ruisselait de mon crâne et mes genoux se dérobaient sous moi comme ceux d'une vieillarde. Lorsque le type se lécha de nouveau la lèvre, le miroir m'échappa. Je me baissai

1. « T'en es où, ma mignonne ? »

en toute hâte pour le ramasser, et alors le vendeur me siffla sans retenue — dans la seconde, tous les hommes postés aux stands environnants furent braqués sur moi.

«Opa! s'exclama-t-il entre deux sifflets. Tout de suite, déjà?» reprit-il en éclatant d'un rire sonore.

Puis j'aperçus mon père qui avait abandonné les négociations et me saisissait vigoureusement par le poignet. Ptoui! il lança un crachat sur la camelote du jeune commerçant et me traîna manu militari hors du bazar. Le trajet sembla durer une éternité. Mon père me tirait le bras à l'arracher et, embrouillé par l'indignation, ne retrouvait plus son chemin. Je n'arrêtais pas de marcher sur les pieds des gens et de m'excuser. Je ne faisais rien pour lui résister, j'essayais de lui demander pardon plus haut que le vacarme, de lui dire combien j'étais désolée, mais il ne m'écoutait pas.

Au moment où nous débouchâmes dehors, le soleil brûlait comme un spot incandescent par-dessus la ville. Je tentais d'imprimer dans mon esprit tout ce que je voyais, car je savais que c'était la dernière fois que je venais avec mon père à Pristina. Les grands immeubles, avec leur dizaine d'étages et leurs façades marquées de slogans à la peinture blanche. Les hommes et les femmes, passant à grands pas devant les petits enfants qui vendaient à même la rue cigarettes, chewing-gums et briquets. Les longues files de voitures d'un seul et unique modèle, la Yugo Skala 101, que mon père, comme tout Yougoslave, adorait. Les rues nouvellement asphaltées, l'odeur du goudron frais, les petits kiosques à tabac et journaux, les massifs de verdure au pied des grands ensembles, les retraités dans les cafés, qui jouaient aux échecs et aux cartes, au *zholi*.

Mon père me flanqua dans la voiture et fit le tour pour prendre le volant. Avant de démarrer, il me demanda :

« Tu sais ce qui se passe après la mort ? »

Il mit le contact au moment même où j'ouvrais la bouche pour lui donner la réponse qu'il souhaitait.

« Pardonne-moi, père », lui dis-je, et je baissai la tête. « Je sais ce qui se passe après la mort.

— Ne refais plus jamais ça », dit-il.

Nous roulâmes un long moment sans échanger un mot. La ville et ses gens restèrent en arrière, devant nous ne s'étendait que la longue route en ligne droite, bordée de part et d'autre de maisons au toit rouge et derrière elles de hautes montagnes qui semblaient dessinées sur le paysage. Ce n'est que bien loin qu'il avait desserré les dents.

Il m'autorisa à ouvrir la fenêtre. Un vent frisquet s'infiltra. La fraîcheur me libéra, mon front trempé sécha, et la chaleur du soleil s'enroula sur ma peau et mon visage comme une musique ouatée.

« Je ne referai plus jamais ça », lui promis-je.

Je savais que toute protestation aurait été vaine, que ça n'aurait pas changé son idée. Il m'avait déjà longuement chapitrée sur l'injustice que constituait envers mes frères et sœurs le fait qu'il n'emmène jamais que moi.

Si j'avais osé me défendre de la manière dont je le fais aujourd'hui, je lui aurais dit qu'après la mort les gens rencontrent Dieu. Mais la rencontre avec Dieu est l'absence de Dieu, le manque de Dieu, parce que vous ne pouvez pas représenter Dieu, il ne tient sur aucun papier, pas même dans l'univers entier. Dieu est quelque chose de si grand que sa présence signifie en fait son absence et que son absence désigne sa présence. Dieu décide s'il va tendre la main à celui qui est mort, voilà la bonne réponse. Dieu décide où le mort va passer son éternité, car tout ceci, ces routes, ces arbres, ces montagnes, ce temps, ce pays sont illusion, un unique grand examen où n'est posée, comme le pensait mon père, qu'une seule question : t'es-tu montré obéissant envers ton Dieu ?

Mon père avait souri et posé la main sur ma cuisse. Elle était moite et chaude, je sentais l'humidité s'imprégner dans le tissu de mon pantalon. Le vent enroulait mes cheveux autour de ma tête, des voitures nous dépassaient, klaxonnant au passage.

Je ne sais pas pourquoi, mais je repensais à l'homme du bazar. À tout en lui, à son visage expressif, à l'assurance de ses gestes, à ses yeux bruns brillants, à ses épaules viriles, à la sensation que ferait sur ma peau sa courte barbe, ses bras puissants.

Mon bas-ventre s'était mis à me picoter d'une

façon que je n'avais encore jamais éprouvée, pas même dans mes imaginations les plus débridées. J'avais fermé les yeux et je n'avais plus pensé qu'à lui tout le reste du trajet, et les années suivantes, car après cela je n'étais plus jamais retournée avec mon père à Pristina. Nuit et matin j'avais pensé à l'homme du bazar, jusqu'à ce que je fasse la rencontre d'un autre.

Printemps 1980

Première rencontre

Du haut de ma pierre, on voyait tout le minuscule village, ses maisons inachevées et ses champs délimités avec une précision architecturale. Derrière, les montagnes ramassées montaient en oreillers moelleux que recouvraient des forêts vert foncé. Ici et là, des grappes de maisons, petites masures au toit orange. C'était mon endroit préféré dans le monde entier et depuis je n'en ai pas trouvé qui puisse rivaliser.

Un matin d'avril, alors que le soleil était encore en train de se lever, que j'avais achevé un peu plus tôt mes corvées, je gravis le flanc de la montagne et m'arrêtai à ma pierre, en chemin pour l'école. Un moment avait passé lorsque, sur la piste un peu en contrebas, s'arrêta une voiture conduite par un homme dont le visage restait invisible. Je ne distinguais que ses mains, musculeuses, imberbes et charpentées.

Le conducteur se pencha par la portière pour mieux voir, comme s'il n'en croyait pas ses yeux.

Il battit des paupières, jusqu'au moment où il s'aventura à crier quelque chose à la jeune fille assise sur une pierre, qui tourna vivement la tête. Comme sur commande, une saute de vent souffla dans l'air ses longs cheveux noisette, et la vision fut semblable à un film au ralenti. Derrière la chevelure se révéla le plus beau visage qui fût : symétrique, sans défaut et solide, et l'homme appréciait manifestement ce qu'il voyait, car il s'était mis à agiter nerveusement les jambes sous son volant.

« Que fais-tu ? » demanda-t-il, mal assuré, et il fit suivre sa question d'un sourire qui découvrit sa dentition blanche et droite ainsi que deux fossettes profondes, auxquelles la jeune fille lança un rapide coup d'œil et qui lui plurent, encore que, à ce stade, elle n'eût pas l'audace de s'avouer quoi que ce fût d'aussi embarrassant.

La jeune fille dévala prestement de son caillou comme si sa cachette la plus secrète avait été décelée et toute la solennité de l'endroit profanée. Un instant elle se dit que la pierre ne lui serait plus jamais la même, désormais qu'elle y avait été surprise, et ce malgré le fait que le panorama sur le village et le goût qu'elle avait pour ces lieux n'étaient un secret pour personne.

« Rien », répondit la jeune fille à voix basse, une fois qu'elle eut rejoint la piste. « Je vais à l'école, bonne journée », ajouta-t-elle avec modestie.

Elle n'avait pas plus de quelques kilomètres à faire. Une fois la voiture dépassée, la jeune fille, résolue, poursuivit son chemin ; la leçon allait bientôt commencer et elle ne voulait pas se faire taper sur les doigts par le maître.

Elle n'eut pas tôt fait de s'éloigner qu'elle entendit le véhicule faire demi-tour. C'était ça, contre quoi son père l'avait mise en garde, songea-t-elle. Il lui avait dit qu'on ne pouvait pas faire confiance aux jeunes Kosovars, que ceux-ci abordaient les jeunes filles en ville, à leur travail, n'importe où et les enjôlaient, qu'ils les déshonoraient. *Për me ja marrë fytyrën*, «pour leur faire honte», avait-il déclaré, et il avait juché une cigarette dans sa bouche, l'allumant de la main gauche tandis que, de la droite, il remuait son thé.

Bientôt la voiture fut à la hauteur de la jeune fille, qui se sentait trop nerveuse et pour fuir l'homme et pour lui faire face.

«Puis-je te déposer?» demanda celui-ci, et il pinça les lèvres dans le dos de la jeune fille.

«Non merci, je suis bientôt arrivée. Bonne journée», répéta-t-elle pour bien faire comprendre au jeune homme que pousser la conversation ne l'intéressait pas.

Il continuait pourtant de la suivre.

«D'accord, dit-il avec assurance. Tu vas sûrement trouver ça gênant, mais tu es la plus belle jeune femme que j'aie jamais vue. Je voudrais connaître ton nom.»

Tout son organisme s'échauffa, ses entrailles semblèrent fondre. La tension se relâcha et, au bout de quelques secondes, la jeune fille se retourna pour dévisager l'homme qui continuait de sourire dans sa voiture. Elle s'efforça de rem-

bobiner le film de leur rencontre, sans le déchirer, car elle était vite parvenue à la conclusion
que la scène avait été parfaite. Elle venait tout
juste de se voir décerner le titre de plus belle
femme du monde. La jeune fille songea combien
son père se trompait. Des miracles se produi-
saient tout le temps, et tous les hommes n'étaient
pas mauvais.

« Eminè », dit la jeune fille.

Non, un son entre le soupir et la syllabe lui
avait soudain échappé, et elle plaça vivement sa
main devant sa bouche comme si elle venait de
révéler ce que, en aucun cas, elle n'aurait dû faire
connaître. Comme si elle avait voulu trancher
la gorge à son prénom et en dire un autre à la
place — tant elle pressentait ce que dire son nom
signifiait.

« Merci », dit l'homme, il lui envoya une œil-
lade et fit faire demi-tour à son véhicule.

La semaine suivante, un vieil homme vint au
village. Il passa de porte en porte jusqu'à trouver
ce qu'il cherchait : la demeure où vivait une jeune
femme appelée Eminè. L'homme demanda à
parler au père de famille et, quand celui-ci se
montra sur le seuil, le visiteur lui rapporta qu'une
certaine jeune femme et un certain jeune homme
s'étaient par hasard rencontrés et qu'ils s'étaient
plu, ce pour quoi le père de ce dernier suggérait
que les jeunes gens se marient. Le père de la
jeune femme eut un moment l'air songeur, mais
quand le père du jeune homme lui annonça que
son fils faisait à la jeune femme la promesse

d'une vie digne d'être vécue, d'assurer sa subsistance et son bonheur, de lui donner juste ce qu'il fallait de travail et une famille aimante, de beaux enfants et une grande maison, le père de la jeune femme se décida à promettre sa fille en mariage sans plus de justifications. Les deux hommes se serrèrent la main et convinrent qu'ils se reverraient au bout de quelques semaines afin de se mettre d'accord sur les détails.

Ce fut un tournant dans leur vie : le père de la jeune fille cessa d'être le père de sa fille et la jeune fille ne fut plus la fille de son père. La jeune fille songeait que tout ce que son père lui avait dit de l'amour et du bonheur devait avoir un autre sens, car après s'être rencontrés l'homme et la femme n'avaient pas toujours le loisir de faire tranquillement connaissance, ils n'allaient pas dans les cafés ou au cinéma avant de se marier, et l'amour ne commençait pas au moment où l'on regardait l'autre dans les yeux. Une attirance, tout au plus, se disait la jeune fille, mais il y avait loin de cela à l'amour. Et le père de la jeune fille affichait une expression perplexe et songeait que les conceptions de la jeune fille en matière d'amour et de bonheur étaient irréalistes et puériles, parce que, dans la vie, le plus important, ce n'était pas l'amour et le bonheur, mais la paix.

Ainsi le père de la jeune fille la retira-t-il de l'école et entreprit-il de compter ses biens, et ainsi la jeune fille se lança-t-elle avec sa mère et ses sœurs dans la constitution de son trousseau. La mère de la jeune fille entama le récit des différentes étapes de la cérémonie en s'assurant à intervalles réguliers que sa fille l'écoutait, car la jeune fille — en dépit de son talent pour les tâches ménagères — lui semblait si distraite qu'elle commençait à se demander comment celle-ci allait s'en sortir. La jeune fille ne saisissait-elle pas qu'il existait une multitude d'us et coutumes différents, et que ceux-ci variaient d'une contrée à l'autre ? Et combien il était important de garder son mari content ?

Puis la mère donna une légère gifle à sa fille et lui dit qu'elle ignorait la chance qu'elle avait, car, encore quelques décennies auparavant, à l'occasion des mariages, se pratiquaient des cruautés horrifiantes.

« Comme quoi ? » demanda la jeune fille.

Un chat était capturé environ une semaine avant la cérémonie. Il était enfermé à double tour en attendant, mentionna la mère de la jeune fille comme en passant, comme s'il s'agissait d'un détail qui ne méritait pas qu'on s'y arrêtât. Mais puisqu'elle voulait que sa fille soit préparée à toutes les éventualités, elle lui conta que, lors de la nuit de noces, le mari pouvait se présenter devant la nouvelle épousée avec un chat et le tuer à mains nues pour prouver sa suprématie à son épouse et lui apprendre à craindre son mari.

La jeune fille était bouleversée. Elle imaginait le son que produirait la bête au moment où sa nuque se briserait, à quoi la pauvrette ressemblerait quand elle se ferait écorcher à mains nues, combien de sang giclerait, la puanteur qui se répandrait dans la chambre à l'introduction d'un chat des rues. La jeune fille fut prise de frissons, le duvet sur son échine ne fut plus que laine humide et elle se mit à se griffer le bout des doigts avec l'ongle des pouces.

Enfin, la mère enjoignit sa fille de ne pas sourire et de ne pas brunir sa peau au soleil, parce qu'il n'y avait rien de plus beau qu'une épousée à l'air grave et au teint pâle.

2

Je tentai de me convaincre qu'investir mes
économies dans un serpent, un terrarium, une
branche, un tapis chauffant, une coupelle à eau
et des souris congelées avait été une bonne décision, bien que nos premiers jours ensemble se
fussent mal passés. J'ignore ce qu'on avait pu
lui donner à manger avant, mais les rongeurs
décongelés ne suscitaient en lui pas la moindre
réaction. Je les déposai devant sa gueule, qu'on
aurait dite en caoutchouc, et il clignait des yeux
comme si, plutôt que les souris, c'était de grimper autour de mon bras ou de mon corps qui
l'intéressait. Voilà ce qu'il faisait du matin au
soir, il me suivait partout.

Une fois sa timidité surmontée, il avait glissé
par terre dans tous les coins comme une savon-
nette humide. Le matin il était enroulé autour de
la cuvette des toilettes, l'après-midi je le retrouvais accroché aux patères de l'entrée et le soir
il était posé comme un tas de chiffons sur le dossier de ma chaise de bureau. J'avais reçu des

consignes strictes quant à son entretien : un serpent heureux avait besoin d'amour, de paix et de limites. Mais nulle quantité d'amour, de paix et de limites ne ferait de ce serpent ce qu'il aurait dû être.

Autant que j'avais compris, il aimait rester dans son coin et apprendrait avec le temps à accorder sa confiance aux personnes qui s'occupaient de lui. Il commencerait par se familiariser avec son terrarium et ensuite seulement passerait à une zone plus vaste — autrement, la taille de son territoire l'angoisserait et il serait incapable de le défendre. Quand je l'avais déposé dans son terrarium et avais allumé le tapis chauffant, il s'était mis à se tortiller et à se contourner de manière presque agressive, à tel point que la paroi de verre avait manqué de se rompre sous ses assauts douloureux.

Lorsque je l'avais laissé monter sur mes genoux, il m'avait enserré étroitement comme s'il fuyait quelque chose, et lorsque j'avais tenté de le dérouler pour le reposer par terre, il m'avait mordu fort, deux fois, et il m'avait fallu lui ouvrir la mâchoire en appuyant énergiquement sur les côtés. Il sifflait souvent, et je cédais toujours en reculant.

Il mordait. Il me pinçait tantôt la main, tantôt le visage, et même si j'élevais la voix et lui interdisais avec fermeté, même si j'enfonçais mes ongles blancs dans son menton élastique, il ne retenait pas la leçon mais mordait derechef au point que je sentais contre ma peau ses crocs recourbés et les deux pointes humides de sa langue.

Au bout de quelques jours, il fallut que la vie reprenne son cours. Le temps imparti à notre découverte et à notre apprivoisement mutuels était écoulé, et je dus le laisser seul dans l'appartement. Tandis que je me dirigeais vers l'arrêt de tramway un froid matin de novembre, que la terre grisâtre de givre crissait sous mes pas, je me rendis compte qu'il me manquait. Sa timidité et sa dépendance à mon égard. Et son allure, ses beaux motifs symétriques en losange. Mon serpent était le plus grand, le plus fort et le plus beau de tous les serpents, je dis, contemplant la buée que les mots formaient devant moi, car mon serpent avait la tête la plus menue, les mâchoires les plus étroites et les écailles les plus serrées de toutes, le caractère le plus énigmatique et la peau la plus solide, que mon serpent faisait pousser plus vite que tout autre de ses semblables.

Je montai dans le tram, m'installai près de la fenêtre, soupirai profondément et fermai les yeux. Je descendis à l'université et franchis les portes du bâtiment principal. J'ouvris la porte de la salle de cours et m'assis dans les premiers rangs ; quelques hochements de tête approbateurs et la leçon commença.

Le chargé de cours débuta par les modifications relatives à la validation des enseignements ; l'examen final était remplacé par un travail de groupe, un mini-mémoire de trente pages portant sur un sujet abordé en classe. Mon ventre se mit à me faire mal comme si j'avais avalé un caillou gros comme le poing et une fois que nous eûmes été répartis quatre par quatre et forcés de nous asseoir côte à côte, je ne me présentai pas aux autres mais annonçai que j'étais malade, fiévreux, et que j'allais malheureusement être obligé de partir. *En fait*, j'ajoutai, *je suis tellement mal qu'il faut que j'y aille tout de suite.*

Je ne me plaisais pas à l'université, même si je m'étais convaincu qu'en étudiant j'atteindrais une vie meilleure. Quand j'étais passé du lycée directement en fac de philosophie, je m'étais dit que, comme ça, j'allais enfin faire la connaissance de vraies personnes et ainsi de suite, et cetera. Quand j'avais lu mon nom sur la liste des admis, j'étais si fier et heureux que j'avais cru m'en réjouir jusqu'à la fin de mes jours. Je ferais des études culturelles, de l'histoire, des langues étrangères et de la linguistique. Je deviendrais sage et influent, capable d'argumenter en allemand, en anglais et en suédois. Je pensais que, ce faisant, j'aurais d'autres options que mes parents qui étaient venus dans ce pays et avaient dû reprendre leur vie de zéro. J'aurais du boulot et une belle vie, de l'argent et une bonne retraite, la liberté de faire tout autrement. Et des amis, dont le soutien me donnerait le courage nécessaire.

Mais plus j'étudiais, plus j'envoyais de candidatures de travail, plus vite je comprenais qu'il n'en allait pas ainsi pour les gens comme moi.

Les étrangers doivent se faire le cuir, bien épais, s'ils veulent être autre chose que les larbins des Finlandais, m'avait dit mon père. *Fais comme eux, si tu veux. Gâche ta vie en étant comme eux, mais tu finiras par te rendre compte que si tu essayes de devenir l'un d'eux, ils te haïront encore plus, et alors toi aussi tu te haïras. Ne le leur permets pas.*

Et il avait dit aussi : *Ne fais pas ton travail trop bien, tu vas te rendre compte que ça n'aboutit à rien. Pourquoi est-ce si important d'avoir de bonnes notes ? De t'empêcher de dormir et d'apprendre par cœur des choses inutiles ? Est-ce que ça a un sens ? D'être assis à deux heures du matin, les yeux rouges, sous ta lampe de chevet, d'avoir ces migraines et ces crises de rage et de pleurs si jeune, tout ça parce que tu ne te souviens pas de certains mots dans une langue étrangère, du nom des plantes, des oiseaux et des arbres, des dates, des événements, des personnages importants, des calculs, des déclinaisons, de la périodisation des styles des parties du cœur des poumons des reins des intestins. Je ne te le dirai qu'une seule fois : ne sois jamais meilleur qu'eux.*

Je ne fis la connaissance de personne et je ne gagnai aucun ami. J'enchaînais les petits contrats dans les supérettes et les agences d'entretien, je faisais le ménage dans les hôpitaux et distribuais le courrier. Les conversations que je surprenais dans les couloirs de l'université étaient d'une vacuité affligeante : on parlait bourses d'études, coût de la nourriture, loyer, boulots mal payés, seuil de revenu trop haut, résidences étudiantes délabrées, on faisait passer pour des soirées étudiantes des événements d'un ennui abyssal.

Je ne supportais pas ça. Chacun était la copie conforme de l'autre. Ils avaient une vie et moi une autre, et leurs conversations étaient tellement superficielles que je ne voulais pas perdre mon temps avec eux.

Les gens de ce pays ne comprenaient-ils donc pas combien la vie de la plupart de leurs semblables était désespérée ? Que chaque jour il en mourait ? Lacérés à coups de fouet en cuir et obligés à bouffer de la mort-aux-rats, leurs appartements envahis, leurs possessions réduites en miettes, volées ou brûlées, et eux conduits dans des geôles sans lumière ou dans des camps de travail où ils croupissaient si longtemps qu'ils oubliaient d'où ils venaient ?

Je les regardais avec hostilité, hauteur, je méprisais leur façon de vivre, leurs choix et leurs problèmes. Je leur faisais les gros yeux, je n'avais que dégoût pour leur débat public et que raillerie pour leurs livres. Que savaient-ils donc de la vraie vie, de la souffrance véritable ? Rien.

Ils m'interrogeaient, moi aussi. Quand est-ce que les immigrés vont arrêter de se la couler douce, d'abuser du système social, quand va cesser cette façon répugnante de se tourner les pouces et de harceler les femmes ? *Évidemment, je comprends bien qu'ils ne sont pas tous pareils, toi par exemple, tu es une exception, et des gens comme toi, nous en prendrions encore davantage, mais il faut bien dire que la plupart…*

Et moi je répliquais que c'est à cause de personnes comme eux que le monde tombe malade. *Il n'arrête pas de tousser, il est empoisonné par tout l'oxyde de carbone que tu disperses dans l'air. Et si, toi, tu étais obligé d'abandonner ta famille et de prouver que tes proches avaient péri dans une explosion, hein ? Ou bien si tu étais tellement désespéré que tu te tournerais vers Dieu alors que tu n'y crois pas ? Mais oui, tu le ferais, n'essaie même pas de prétendre le contraire.*

Ne m'interromps pas. Oui, que ferais-tu si tu te retrouvais à changer la foi que tu avais en un pays méprisant, sans pouvoir plus jamais revenir chez toi ? Si tu te retrouvais à apprendre une langue étrangère dans une langue étrangère, au bout de combien de temps crois-tu que tu serais capable de travailler au contact de la clientèle ? Non, ne réponds rien, car je ne veux plus entendre ta voix. Ne m'adresse plus jamais aucune parole, j'en ai fini avec toi.

J'avais envie de les frapper. De les prendre par le cou et de leur fracasser le crâne sur un coin de mur ou de table, de les balancer à travers les portes à tambour, sous les roues des bagnoles, de racler leurs sales faces à grands coups de râpe en fer.

Le pire, c'était que je me mettais à penser comme eux. Je me demandais quel boulot j'allais pouvoir décrocher, combien d'efforts et ce que je serais obligé de faire pour que ma carrière décolle. Je me demandais quelle note j'allais avoir à mon mémoire de maîtrise, je perdais le sommeil à ruminer s'il serait plus raisonnable de travailler quelques années puis de reprendre mes études. Et je me demandais s'il valait mieux que je retire d'un coup l'intégralité de mes prêts étudiants et m'achète un appartement tout de suite ou seulement plus tard, quand j'aurais trouvé quelqu'un qui voudrait bien partager les frais avec moi.

Après cet épisode j'ai repris le tramway et me suis demandé ce que j'allais faire de ma vie. Vous pouvez toujours partir, recommencer ailleurs. Vous pouvez tout abandonner derrière vous, refuser de vous retourner et d'écouter les autres. Vous pouvez changer de nom et renouveler tous vos documents officiels. Vous pouvez vous faire faire une opération du nez, poser des implants sur les pommettes et devenir méconnaissable. Alors personne ne saurait rien de moi, car je ne ressemblerais à personne qui, sous ce nom et avec cette apparence, eût fait quoi que ce fût, eût même existé. Même sans avoir rien à quitter et personne à qui dire que je partais en voyage, prendre un nouveau départ m'aiderait à comprendre que je n'avais besoin de rien en vérité et qu'il n'y avait qu'un petit nombre de choses dont je ne pouvais me passer.

Je songeais à courir le monde. Je ferais la plonge dans des restaurants en Espagne, la récolte des fruits de la passion dans les champs ensoleillés d'Afrique du Sud, je m'occuperais des chiens des rues recueillis dans les chenils des États-Unis et je viendrais en aide aux gens piégés dans les zones de catastrophe. Je leur demanderais de m'écouter et je les regarderais dans les yeux tandis que je leur répéterais mon message. *Nous allons rester en vie*. Je les prendrais par l'épaule et je sourirais, et ils me souriraient en retour avec une telle force que je sentirais jusqu'au plus profond ma proximité avec la puissance de vie primitive.

Puis je me suis pris à rire de moi-même. C'était ça, putain, que j'allais faire ? je pensais. Je pensais à partir uniquement parce que, comme ça, je pouvais me dire que j'étais différent des autres, ou alors parce que je m'imaginais leur être supérieur ?

Une jeune femme est montée, qui s'est assise à côté de moi. Elle était belle et bien habillée, son eau de toilette sentait les baies fraîchement ramassées et sous sa doudoune un peu courte se dévoilait une bande de chair nue. Elle a appuyé son pied contre le mien et fait mine de regarder ailleurs. Je me suis retourné pour la dévisager. J'aurais pu l'inviter chez moi et elle serait sans doute montée. Ou réagir autrement. Dire *merde alors*, et elle aurait tourné la tête et moi j'aurais baissé les yeux sur son pied, qu'elle aurait retiré avant de lancer un vague *oh, pardon*.

Je suis sorti sans lui adresser un mot, j'ai refermé la porte de mon appartement, accroché mon manteau à une patère et foncé directement dans ma chambre à coucher. J'ai laissé filer mon regard un moment, les murs d'un blanc immaculé, le bureau encombré, les placards blancs qui montaient jusqu'au plafond et le serpent qui était passé du salon à la chambre, avait grimpé sur l'appui de la fenêtre et ressemblait à un régime de bananes noircies.

Mes vêtements se sont mis à me serrer, ils s'enroulaient autour de mes membres tel un nylon trop tendu. Je m'en suis extrait, me suis enterré sous deux couvertures, ai attrapé le serpent par la queue et l'ai tiré au bas de la fenêtre. Et petit à petit il a glissé jusqu'à moi, sans la moindre résistance et sans frétiller, et a fini par me ceindre comme un rempart ou une auréole, il était frais et rêche, et sa peau cédait sous ma main comme celle d'un avocat mûr.

«Je ne sais pas du tout», ai-je dit au bout d'un moment, et je caressais la peau du serpent. «Ce que je vais faire.»

J'ai eu envie de lui dire combien je suis seul. Si esseulé que je me parle parfois à moi-même dans l'appart, que de temps à autre je vais dans un parc, m'assieds sur un banc et observe pendant des heures les gens qui y viennent en famille ou entre amis, et j'ai eu envie de raconter combien je me sens petit et insignifiant quand ils se mettent à manger et à rire ensemble, comme je ne cesse de m'étonner que les gens parviennent à établir un tel rythme entre eux : j'ai eu envie de lui raconter que la solitude de toutes ces années a été si cruelle que j'ai parfois l'impression que nul ne connaît mon existence.

En guise de réponse le serpent a tourné un peu la tête, l'a glissée sur mon torse, et j'ai vu mon reflet dans son œil.

PRINTEMPS 1980

Deuxième rencontre

Il s'appelait Bajram et son prénom signifiait « fête ». C'était un homme carré d'épaules, son corps était vigoureux et massif, son pas empreint d'une mâle autorité, ses robustes pectoraux se dessinaient sous sa chemise rouge foncé et ses fesses charnues tenaient à peine dans son pantalon tandis qu'il s'avançait sur la piste conduisant à notre maison et scrutait les alentours comme pour me localiser. Le sable craquetait sous ses pieds et la fumée de tabac qui sortait de sa bouche se déposait dans l'air comme une poussière lourde.

J'observais leur arrivée, postée derrière la porte d'entrée que j'avais entrebâillée. Je respirais avec difficulté et m'efforçais de ne pas faire de bruit, car je craignais que Bajram ou son père, que je distinguais désormais, légèrement voûté, venant à sa suite, m'entendissent. Intérieurement je bouillonnais comme une marmite d'eau en ébullition, et j'avais les mains moites.

J'avais appris à penser qu'il n'appartenait pas

aux femmes de songer à ces choses-là. J'étais malade ou au bord de la folie — m'exciter à l'idée que je pourrais toucher sa peau ou respirer son odeur, qu'il pourrait toucher ma peau, que je pourrais presser mes lèvres contre les siennes et passer mes bras autour de son corps puissant. Je songeais que si penser à des choses *comme ça* — à supposer même que ces choses-là pussent arriver — eût été naturel, j'en aurais entendu parler.

J'avais d'un côté envie de lui et de l'autre honte de l'endroit où ils nous rendaient visite. La couche de peinture blanche écaillée sur la façade de notre modeste maison disait que nous ne possédions pas grand-chose. La construction restée en plan trahissait que l'argent avait tari. Le grand champ derrière notre fermette montrait que l'été nous nous nourrissions principalement des légumes de notre production et l'hiver de bocaux des mêmes conservés dans le vinaigre.

Au moment où ils parvinrent à la terrasse, je me faufilai dans la cuisine. Un instant plus tard, Bajram et son père entraient et rejoignaient le salon pour discuter de ma vie future. Je ne l'avais pas revu depuis qu'il s'était enquis de mon nom près de la grosse pierre, *te guri i madhë*, et voici que tous deux se présentaient pour mettre au point les noces qui seraient célébrées le premier week-end de mai, déterminer quand et comment ils viendraient me chercher pour m'emmener chez lui, ce qui se passerait tel et tel jour, car voici qu'il était là, mon mari.

Après les avoir salués j'avais tenté de suivre leur conversation depuis la cuisine, mais je ne distinguais pas leurs mots. La voix de Bajram ne se faisait pas entendre. Il ne lui était pas permis d'interrompre les deux chefs de famille. Il n'avait le droit de parler qu'à la suite de son père, et il était tenu de serrer la main d'abord à mon père et, ensuite seulement, à moi. Il devait entrer dans la maison du pied droit, et non du gauche, accepter les cigarettes qu'on ne tarderait pas à lui offrir, le jus de fruits et le thé, mais avoir la retenue de ne pas se jeter sur les noix, les sticks salés et les *llokum*.

J'avais entre les mains le plateau chargé de choses à grignoter, sucrées et salées, de trois verres à thé et de la théière turque double, le premier pot contenant les feuilles infusées et le second l'eau chaude. J'avais noué mes cheveux et revêtu un chemisier noir ainsi qu'une longue jupe de la même couleur.

Je crispai les doigts et soulevai le plateau, mais, au tintement des récipients les uns contre les autres, je le reposai. J'avais les mains encore toutes tremblantes.

Ce n'est qu'en cet instant que je compris que j'allais passer toute ma vie avec lui, et l'idée me défonça les côtes comme un engin de démolition la façade d'un bâtiment. Mes joues se mirent à me brûler comme si elles avaient été frottées de *biber*, de poivre fort. Je me sentis stupide, trahie, bernée. Et si nous n'apprenions jamais à nous aimer ? Que se passerait-il ?

Vivre avec lui, enfanter, ces idées m'irritaient comme un paysan coléreux arrachant les mauvaises herbes. J'avais peur tout soudain de ne pas être pour lui ce que je devrais, de ne pas lui donner d'enfants et de ne pas même savoir vivre à ses côtés. Je me demandais comment je le saluerais le matin et lui ferais part de mes soucis féminins. Mais, plus encore, je craignais qu'il ait aussi peur que moi. S'il en était au même point, nous ne vaudrions pas mieux que deux ouvriers envoyés dans un hôpital pour réaliser une opération à cœur ouvert.

Je ravalai mes pensées, empoignai le plateau et avançai jusqu'au corridor de l'entrée. Je marquai un arrêt avant le salon. Je m'assouplis la nuque, me raclai la gorge, ouvris la porte de la pointe du pied et entrai, en dépit de mes tremblements. Quelle ne fut pas ma joie quand je réalisai l'incroyable beauté de mon fiancé. Il était encore plus beau de près que de loin. Il n'y a rien de sorcier, me dis-je, ce ne serait pas pareil d'être obligée de me marier avec un type moche et poilu. Il avait le visage lisse et symétrique. On aurait dit un modèle de photographe : lèvres charnues, nez droit, yeux bruns comme des pastilles, dents d'une blancheur éclatante et sourcils entretenus. Une femme pourrait-elle exiger plus belle allure de son mari ?

La passion, le désir que j'éprouvais à cet instant envers lui, étaient surnaturels. Comment l'amour pourrait-il naître, si ce n'est ainsi, songeais-je.

Mon père était assis sur un canapé, et Bajram et son père lui faisaient face, installés sur l'autre.

«Tu seras pour elle un mari bon et juste, Bajram», entendis-je mon père prononcer et je le vis prendre Bajram par l'épaule. «Telle est la volonté de Dieu», ajouta-t-il.

Bajram examina sa future femme, comme l'exigeait la coutume. Il jugeait l'ordre dans lequel je disposais les verres sur la table basse, si je tendais bien le premier à son père, le second à lui et le dernier à mon père, comment je servais le thé, s'il était assez fort, si je stoppais l'écoulement au bon endroit, à la dernière ligne, ou bien si j'avais été instruite sans soin, s'il était possible que ma mère fût *e dështuar*, une ratée qui avait échoué à remplir sa mission, enseigner à sa fille comment servir les hommes.

Une fois les hôtes confortablement installés, il était d'usage, selon l'heure du jour, de leur offrir soit un déjeuner complet, soit du thé ou du café accompagné de friandises sucrées ou salées. Avant que ne débute le service proprement dit, ils se voyaient proposer un verre de limonade, d'eau gazeuse ou d'eau plate. Dans le cas où un déjeuner leur était servi, avant de passer à table, les maîtresses de maison les plus récentes — en général les épouses des frères cadets — apportaient une bassine, une cruche et une serviette. La première suspendait une serviette à son poignet gauche et, de sa droite, versait l'eau afin que les hôtes se lavent les mains, sous lesquelles la seconde tenait une large bassine qu'elle allait vider entre-temps. Ou bien : les hôtes dégustaient leur thé dans des verres turcs, rapidement vidés du fait de leur petitesse. Or il fallait se montrer généreux — il fallait attendre que l'hôte annonce que cela suffisait, *mjaft*, pour interrompre le service. Laisser traîner les pots dans la pièce où l'on recevait était un signe de négligence, d'irrespect et de paresse, et lésiner sur le thé une preuve de cupidité et d'avarice.

Puisque je servais un breuvage d'un brun rougeoyant parfait et que l'eau montait exactement jusqu'à la dernière ligne du verre, puisque je faisais tout comme il fallait, Bajram plissa les yeux d'un air confiant, sourit et me lança des regards encore plus pénétrants, comme s'il n'avait pas noté combien son inspection me mettait mal à l'aise.

Je remportai les théières, quittant la pièce à reculons. Lorsque, une fois à la porte, pas avant, je me retournai, je sentis son regard me brûler le dos. Parvenue à la cuisine et débarrassée de mon fardeau, j'étais pantelante. Je regardai par la fenêtre, mes frères et sœurs qui couraient et jouaient en bordure de notre champ, ma mère qui observait la maison, dans l'expectative. Ça l'agaçait que mon père l'ait congédiée le temps de la visite.

Je bus un verre d'eau et lorsque, un instant plus tard, je regagnai le salon, Bajram arborait toujours son sourire, conquérant, magique. J'avais envie de poser les doigts sur le coin plissé de ses yeux, de caresser les fossettes de ses joues, de rester seule avec lui, de toucher son bras, car je ne pouvais croire à la réalité de ce que je voyais. Quel homme pouvait être si beau de sourire ?

« Comment allez-vous, *zöteri*[1] ? » demandai-je à son père, qui laissait tomber trois cuillerées de sucre dans son verre.

Je portais le plateau devant mes hanches.

« Bien, répondit-il.

— Comment votre femme, *nana*, va-t-elle ?

— Bien, elle est en santé », répondit-il, et il remua son thé.

« Et Bajram et vos filles ?

— Bien, eux aussi, en santé, reprit-il.

— Et les bêtes ? Le champ ?

— Très bien.

— Dieu vous bénisse. »

Il me posa les mêmes questions, ainsi que l'exigeait l'étiquette, et je lui fis les mêmes réponses. Puis nous repassâmes la liste avec Bajram, celui-ci répondit tout comme son père et m'interrogea à son tour en usant des mêmes formules, et je lui répondis ainsi qu'à son père. Tout allait bien. Heureusement qu'ils ne sont que deux, pensais-je. Saluer tout le monde, chacun à son tour, prenait un temps fou et faire face à l'assemblée, c'était comme être sur scène et jouer un rôle dont on ignore les répliques.

Une fois que j'eus donné mes réponses, Bajram se tourna vers mon père. Je découvris son profil, son menton aigu, son nez rectiligne et son crâne

1. « Monsieur. »

rond, la séduisante silhouette que constituaient ces traits tous ensemble, mais je notai aussi comme son sourire se modifiait. Pour mon père il exprimait de la retenue, de la crainte, tandis que celui qui m'était destiné était personnel, Bajram baissait légèrement le menton, sans avoir l'air de se soucier le moins du monde de la conversation qui roulait autour de lui. Il était assis les mains posées sur les cuisses, et il avait le front brillant, il devait sans doute être aussi tendu que moi.

Je ressortis, mais m'arrêtai pour écouter à la porte.

« Vous devrez bien traiter ma fille dans votre foyer, commença mon père.

— Bien sûr, dit le père de Bajram.

— Bajram, reprit mon père en se tournant vers ce dernier. Je n'approuve ni le jeu ni les femmes, ajouta-t-il avec gravité.

— Je ne suis pas ce genre d'homme, assura Bajram.

— Vous avez vu ma fille. Les jeunes filles comme elle ne se rencontrent pas tous les jours. De plus Eminè est habile de ses mains, travailleuse et méticuleuse, elle est tout ce que je pouvais rêver, et elle le sera pour vous aussi », ajouta mon père, sans se départir de sa gravité, et à ses mots je souris par-devers moi.

« Un homme comme il faut va travailler et, après le travail, rentre chez lui auprès de sa femme et de ses enfants. Et la femme s'occupe de la maison, enchaîna mon père.

— Nous sommes bien d'accord, déclara le

père de Bajram avec confiance. Bajram fait encore ses études, à l'université de Pristina. Il est beau, comme tu le vois, mais il est en outre honnête et avisé, et il obtiendra un emploi bien payé.

— Je vous assure, *zöteri*, je prendrai grand soin de votre fille, ajouta Bajram à la suite de son père.

— Bien, lança mon père, satisfait. Car je ne crains ni la prison ni la mort », proféra-t-il, et le silence se fit si complet que je sus qu'il leur avait décoché un regard significatif.

Je songeais qu'il me faudrait être une épouse travailleuse et obéissante. Ma mère m'avait conté maintes histoires détaillant les motifs pour lesquels certaines s'étaient vu renvoyer dans leur maison natale. L'une avait laissé échapper un pet infortuné au moment de servir le thé, l'autre avait négligé de repasser le col de la chemise de son mari, la troisième avait lavé les pieds de son époux avec une eau presque bouillante parce que celui-ci lui avait manqué de respect. Être chassée, c'était la honte, la réputation de toute la famille était perdue et personne n'avait cure d'une femme bannie d'auprès de son époux.

Mon père demanda si nos visiteurs restaient pour le repas.

« Malheureusement nous ne pouvons pas », dit le père de Bajram, et ainsi se mirent-ils en route.

Après nous être fait les adieux, tendu la main droite dans un ordre réglé, d'abord à l'homme le plus âgé et ensuite au plus jeune, puis à la femme la plus âgée suivie de la plus jeune, mon père déclara qu'il n'avait jamais connu de famille aussi remarquable. Il loua leur éloquence, la rapidité avec laquelle ils avaient traité l'affaire, comme ils avaient évité de se vanter de leur bien alors qu'ils avaient de quoi se le permettre, leur poignée de main ferme et solide.

« Savais-tu que la famille de ton mari a proposé de payer pour tout ? Ils m'ont même demandé combien les préparatifs nous avaient coûté. Sais-tu ce que cela veut dire ? » me demanda-t-il, et il planta les poings sur ses hanches en les regardant s'éloigner depuis la terrasse.

« Qu'est-ce que cela veut dire, *babë*[1] ?

— Cela veut dire que tu es la jeune fille la plus chanceuse du monde, Eminè », répondit-il, il sourit et me prit par l'épaule. « Savais-tu que Bajram étudiait les langues et littératures balkaniques à l'université de Pristina ? »

Il n'y entendait pas une question, car il fit suivre ses paroles d'un souffle mélancolique. Il resta un moment silencieux — pour mieux écouter l'écho de ses paroles.

« À l'université », ajouta-t-il, et il porta la main à son front pour se protéger de la lumière du couchant.

Il avait l'air heureux et souriait. *Une humble jeune fille comme toi, pauvre et insignifiante. Pour ton bonheur, tu es belle et capable — sans cela, on ne voudrait pas de toi dans une famille comme celle-là*, voilà ce qu'il pensait sans doute.

1. « Père. »

«Tu as entendu, Eminè? À l'université», répéta-t-il, et il hocha la tête, incrédule. «Tu vas pouvoir te réveiller à son côté chaque matin, et chaque journée, tu pourras la passer avec lui.»

Alors je souris moi aussi.

Puis mon père alla chercher les présents de fiançailles et convoqua tout le monde au salon. Il y avait des vêtements pour toute la famille, ils avaient apporté à mon père des chemises et à ma mère de beaux corsages, pour mes frères et sœurs des chaussures et des chaussettes, et enfin mon père étala sur mes bras une robe et deux chemisiers, m'accrocha un collier en argent autour du cou et me mit une bague dans la main.

Je la passai à l'annulaire de ma main droite, elle était juste à la bonne taille, et c'était la plus jolie bague que j'avais jamais vue. Toute la journée je tripotai mon collier et, chaque fois que j'y touchais, je faisais jouer l'anneau, l'ôtais et le remettais.

3

La plupart du temps, je n'ai qu'indifférence pour l'absence de mon père. Je pense qu'il n'a jamais fait ma connaissance et que je n'ai jamais fait non plus la sienne. Nous avons eu trop peu de temps, nous passions au large l'un de l'autre presque comme deux étrangers. S'il me voyait aujourd'hui, il m'exhiberait devant ses amis tel un trophée, et je serais planté à son côté, il aurait un bras passé autour de mon cou et moi je sourirais, sous l'influence de son sourire, si largement que les muscles de mon visage me feraient mal.

Parfois en revanche je suis tellement en colère que je me demande comment il est même possible à quiconque de contenir tant de rage. Ma rage, c'est une bête féroce passée sous camisole qui déchire l'étoffe et arrache les lanières, elle jette à bas tous les livres de la bibliothèque et brise les meubles et la vaisselle qu'elle fracasse contre les murs, et puis elle se fiche de force sous une douche froide comme la glace. Et ensuite elle s'accroît encore, et il finit par y en avoir tant que je crois étouffer. Elle est si dense, aux dents qui menacent d'éclater, si dur et si longtemps je serre, aux mains qui se contractent en poings, si fort que les doigts s'ankylosent, à la nourriture coincée dans la gorge, qui regicle illico.

Parfois son absence n'est pas si atroce, c'est une boule de bowling qui me pèse sur l'estomac, tout au plus, ou mes muscles qui deviennent flasques de trop d'immobilité.

Au plus fort, son absence se manifeste aux nuits que je veille du début à la fin parce que je suis si amer que tout mon organisme est au bord de l'embrasement.

Tantôt il me manque, lui, sa voix, et tantôt je ne me souviens même plus de quoi il avait l'air. J'en suis réduit à fouiller dans la boîte de photos rangée dans le vestibule, et chaque fois que je les ressors, je refuse de m'y attarder. Je ne fais qu'y jeter un œil, car je ne veux pas le voir et quand, malgré cela, je pense à lui, que je rêve de sa présence, je passe à autre chose, je renfonce les clichés dans le carton et je vais courir, faire le ménage ou lire.

Il parvient pourtant à s'insinuer entre les lignes, dans les phrases où apparaissent certains mots, et dans les lettres qui composent son prénom et le mien, et il m'accompagne lors de mon footing, se glisse dans le suspens de mes foulées, présent quand ni l'un ni l'autre de mes pieds ne touche terre, et quand je fais la vaisselle et lave le même verre pendant si longtemps qu'il finit par se briser entre mes mains, il est là, dans la blessure qui crache mon sang dans les canalisations.

Au plus simple, son absence est faite de larmes. Parfois il n'en vient qu'un peu, mes paupières s'humectent au souvenir d'un petit fait sans importance — comme l'obstination qu'il mettait à regarder toutes les publicités télévisées, sans consentir à changer de chaîne. Mais parfois les larmes font rage. Alors je ne peux quitter mon appartement, et même si je fais tout pour les arrêter, elles ne tarissent pas, car à ce moment je me rappelle une chose importante. Comme la nuit où il est venu dans ma chambre et m'a dit qu'il était mourant.

Il s'était agenouillé, m'avait pris par les épaules et demandé de me réveiller. Et j'avais regardé mon père mais n'avais pas distingué son visage, car il l'avait aussitôt pressé contre ma poitrine et m'avait entouré plus étroitement de ses bras, et alors je lui avais demandé quand, quand vas-tu mourir et pourquoi, et son corps s'était mis à trembler au rythme de ses pleurs veules.

« J'ai un cancer du poumon », avait-il dit, et il s'était mouché. « Je l'ai appris aujourd'hui. Il me reste quelques mois à vivre, un an, si j'ai de la chance. »

Je l'avais contemplé d'un œil ensommeillé et n'avais pas tout de suite compris le contenu de ses paroles. Je ne me rappelle pas combien de temps cela avait duré, mais je me souviens que je ne lui avais rien dit. À un moment, il s'était redressé, s'était tamponné les yeux avec un coin de chemise et avait commencé à s'éloigner. *Mais c'est un secret entre nous deux, il ne faut le dire à personne*, il avait ajouté. *J'étais obligé d'en parler à quelqu'un, parce que sinon je ne vais pas le supporter. Je ne veux pas mourir seul. Mais tu n'en parleras à personne, c'est clair ?*

« Tu es le plus fort d'entre vous, je le sais, je le vois en toi. Et maintenant, j'ai besoin de toi », avait-il dit, et il avait allumé la lumière. « Tu m'as entendu, avait-il repris. Plus que jamais.

— Oui », avais-je répondu, et j'avais posé mes poignets sur mes yeux.

Puis il avait éteint et quitté la chambre.

Et je me suis mis à attendre que son cœur cesse de battre. Je le scrutais, je lui tendais en permanence des cigarettes et j'étalais des couches de margarine et de sel sur ses tartines, et je n'ai jamais dit à personne qu'il avançait vers sa mort, ni à mes sœurs ni à ma mère. Même si mon père était pris devant nous d'accès de toux terribles, à croire qu'il allait rendre son dernier souffle, je voulais qu'il profite de ses derniers mois. Et j'attendais et attendais, j'attendis d'abord pendant des mois et j'eus douze ans, et puis j'attendis encore un an et j'eus treize ans, et puis j'attendis une autre année et une troisième, mais ça ne s'est pas produit, ce jour n'est pas venu.

Au lieu de cela, il y a des jours qui ne semblent pas des jours, mais les restes de ce qui fut jadis son existence.

PRINTEMPS 1980

La maison à gauche

La veille du premier jour de mes noces, le jeudi, premier jour de mai, je m'éveillai, plutôt calme, compte tenu des circonstances, sur la banquette de toile usée, couleur d'or bruni qui pour la nuit nous servait de lit, à moi et ma sœur Fatimè. Mes parents avaient leur propre chambre, mes trois frères disposaient d'une pièce à part, et nous, les quatre filles, dormions au salon.

Notre maison était avant tout malcommode, car les demeures kosovares ne se plient pas aux besoins des hommes, c'est le contraire. Il n'y avait pas de lits mais des matelas installés par terre et mis bout à bout pour former des canapés ou des banquettes. Il n'y avait pas de cuisine mais une pièce comportant du bois de chauffage, un fourneau et des placards où étaient serrés les ustensiles dont nous nous servions quotidiennement : brosses, linge, marmites et plaques. Contre l'un des murs était appuyée une table à manger basse et ronde, la *sofra*, que l'on roulait au salon à chaque repas et autour de laquelle les convives prenaient place à même le sol.

Ma mère était d'avis qu'une demeure kosovare devait toujours être propre et avoir l'air inhabitée. La propreté était assurée en vertu de deux critères fondamentaux : premièrement, à quelque moment que ce soit, vous pouviez entrer et trouver les pièces prêtes pour une séance photo, et deuxièmement il fallait qu'il y eût de l'écho. Le foyer était une sorte de portrait de la maîtresse des lieux : une demeure immaculée accomplissait la femme et faisait de la jeune fille une adulte. Une maison impeccable ne laissait place à aucun secret.

Mes préférés étaient les foyers américains. Les magazines en couleur disposés sur les présentoirs de la boutique de Mehmet, au village, et *Kosovarja* en particulier, étaient autant d'invitations au voyage. Je feuilletais leurs pages, scrutant les clichés de toutes ces maisons organisées en fonction des besoins de leurs habitants. Je rêvais d'une douche dispensant de l'eau chaude, de machines qui s'occuperaient du linge et de la vaisselle, de parquet et de stores vénitiens, d'une autre vie. J'habitais un pays aux belles et vastes demeures. Je rêvais d'une cuisine dont les casseroles, les louches et la vie se montreraient au grand jour sans avoir rien à celer. De canapés qui ne seraient que des canapés. Je rêvais de sols que l'on n'avait pas besoin de couvrir de matelas et sur lesquels on ne s'asseyait pas pour manger.

Les mets étaient servis à une table haute entourée de chaises.

Chez nous, le ménage était fait chaque jour : une demeure en pagaille était *marrë*, honteuse, et personne qui se respecte ne rabaisserait sa famille en se complaisant dans la malpropreté. Les foyers avaient leur face, eux aussi, qu'ils ne devaient pas perdre. C'était une question d'honneur. Un Albanais sera prêt à mourir pour garder la face et l'honneur, parce que les perdre est cent fois pire que la mort. C'était une chose qui n'allait pas toujours de soi auprès des autres peuples de Yougoslavie. La fille surprise à avoir des manières dégoûtantes, le fils à boire ou à jouer, entachaient durablement la réputation familiale, pour le salut de laquelle le fautif se voyait parfois même expulsé. Les Albanais rejetaient le plus petit sentiment de honte. Ils la fuyaient jusqu'au bout du monde et dans le même temps vouaient leur vie entière à prouver qu'il n'y avait rien dont ils eussent à rougir.

Ce jour-là, je me levai tôt, remplis les tâches qui m'étaient imparties pour le petit déjeuner et parcourus pour la dernière fois les cinq cents mètres jusqu'à l'épicerie de Mehmet située non loin du grand panneau rouillé marquant l'arrêt de bus sur la route principale. Je songeais en tremblant aux jours qui s'annonçaient, je me repassais mentalement leur déroulement et je priais pour tout bien faire au bon moment.

La boutique, installée dans un ancien hangar,

proposait pour l'essentiel du tabac, des épices, de la farine et de la viande congelée. On n'y trouvait des légumes qu'en été. Un petit rayonnage était réservé aux friandises, grignotises salées et conserves. Les bonbons surtout excitaient notre convoitise, mais nous avions rarement les moyens de nous en procurer. Or, pour une fois, j'avais de l'argent car mon père m'avait donné cinq dinars en l'honneur du mariage. *Tu t'achèteras des sucreries*, m'avait-il dit.

Les étagères du haut étaient garnies de grandes boîtes de pralines ornées à l'effigie de femmes splendides, et celles du bas de boîtes de jus de fruits et de bouteilles de limonade. Mehmet rapportait toujours de ses tournées à Pristina un exemplaire de chaque journal et magazine. Vous aviez le droit de les lire à condition d'acheter quelque chose.

Je me fourrai sous le bras un sachet de bonbons, un pot de confiture, une bouteille de limonade et le dernier numéro de *Kosovarja*. Mon cousin Mehmet, qui, la trentaine et fils unique, avait quelques années auparavant hérité de son père la boutique, la maison et deux hectares de terre, me félicita derrière sa caisse.

Je déposai la monnaie devant lui. Au moment où j'ouvrais, tout excitée, le nouveau *Kosovarja*, il éclata de rire à mon étourderie, car je n'avais pas pris le temps de glisser dans le sac en plastique suspendu à mes doigts autre chose que ma confiture.

Je contemplai par la fenêtre ma maison qui

s'élevait en bordure du champ verdoyant, timide et implorante, et dépliai la revue sous le paysage réel. Je me rendis compte que j'avais honte de chez moi. Mais pourquoi Bajram s'était-il entiché d'une fille pauvre issue d'une petite famille ? me demandais-je. Qu'avais-je à lui offrir ?

Le premier étage, aménagé sur un plan en tous points identique au rez-de-chaussée, était vilainement inachevé. De même le deuxième. Mon père ne s'était jamais procuré de fenêtres, de portes ou de lattes pour le plancher, même s'il pouvait pérorer pendant des éternités à propos de la construction et de l'achèvement du chantier. Le tout se réduisait à quatre murs.

Un niveau par fils, avait-il annoncé, et il avait lancé un sourire triomphant à mes frères. Ceux-ci y feraient venir leurs femmes, ils s'installeraient chacun à son palier du rez-de-chaussée au second, et ainsi vieilliraient-ils et mourraient-ils dans la dignité.

Je feuilletais le magazine, ses photos en noir et blanc illustrant les mérites des fours dernier cri dont la chaleur était réglable en fonction des besoins, sa description de couteaux si tranchants qu'ils coupaient même le bois, ses articles agrémentés d'images sur lesquelles des hommes arrosaient leur jardinet tandis que, à l'arrière-plan, leur femme et leur fille se tenaient par le bras.

Je repliai la revue, la tendis à Mehmet et terminai d'ensacher mes courses. Je rentrai lentement. Le soleil se pressait entre les énormes montagnes, faisait virer les feuilles vertes à l'orange et la terre grise au jaune, et le chocolat que je m'étais fourré dans la bouche ramollissait comme de la pâte de noisette. J'ai des sucreries pour toute la soirée, me disais-je, et je me léchais les babines.

4

J'ai rencontré le chat dans un bar. Ce n'était pas le premier minet venu, du genre à s'exciter pour les souris en plastique, les arbres à chat et autres hochets à plumes, loin de là, il n'avait rien à voir avec les chats que j'avais connus avant.

Je l'ai remarqué, sur la piste de danse, au loin, derrière deux comptoirs et quelques dos. Il gambadait, content, de place en place, et causait avec ses connaissances, histoire de s'assurer une vie sociale équilibrée et sans vagues. Je n'avais jamais rien vu de si enchanteur, de si séduisant. C'était le parfait chat rayé de noir et de blanc. Sa fourrure douce brillait sous les lumières tamisées comme si elle venait d'être lustrée, et il était fermement campé, droit, sur ses deux pattes postérieures musclées.

C'est alors qu'il m'a remarqué, il s'est mis à me sourire et je me suis mis à lui sourire, il a porté la main au bouton supérieur de sa chemise, l'a ouvert et s'est avancé dans ma direction.

Il s'est bientôt tenu face à moi dans toute sa

splendeur et moi, j'étais raide comme un piquet, incapable de lui dire le moindre mot. Des succès déjà datés passaient en fond. Le chat semblait s'identifier aux paroles de tout son être, il interprétait les chansons de Tina Turner et Cher avec tant de sensibilité que j'avais l'impression que c'était à ses propres souvenirs qu'il vibrait.

Give me a life time of promises and a world of dreams
Speak the language of love like you know what it means

You're simply the best, better than all the rest
Better than anyone, anyone I've ever met

Et ensuite :

What am I supposed to do
Sit around and wait for you

Do you believe in life after love
I can feel something inside me say
I really don't think you're strong enough

Le chat renversa la tête en arrière et se rengorgea, ce qui lui dessina un triple menton. Il affichait l'expression ultime et dramatique du chanteur d'opéra sur le point d'entonner son morceau de bravoure : yeux clos, paupières plissées, bouche entrouverte comme avant d'éternuer et genoux fléchissant en rythme sur le refrain de *Believe*. Il avait une patte posée sur le cœur et l'autre tendue en avant comme pour rattraper un amour perdu.

Après l'avoir félicité pour son extraordinaire talent, je le regardai dans les yeux et souris.

« Sensass, n'est-ce pas ? lança-t-il. Je sais, oui. »

Ses rayures blanches scintillaient dans le noir et par intermittence il disparaissait dans le clignotement des stroboscopes, comme s'il n'avait jamais existé. Le chat était un interprète tellement génial, beau et doué que je le pris dans mes bras sans attendre qu'il m'y invite et notai que sa fourrure, soyeuse, embaumait et que son corps était intégralement musclé. Le simple fait de le toucher était si fantastique, une vraie dinguerie, que j'aurais voulu ne plus jamais rien connaître d'autre.

À la faveur d'un éclair pourtant il bondit sur le sol, et l'espace d'un instant je n'embrassai plus que de l'air.

Je tournai en rond un moment et commençai à stresser. Je me rendis compte que j'avais tellement envie du chat que je m'étais déjà décidé à l'avoir. Ma lèvre supérieure se contracta, ma tête se mit à tambouriner et mon regard s'aiguisa. Juste à ce moment, son dos, magnifique, cambré, se dessina dans un recoin, sa longue queue noire oscillait de haut en bas et il glissait en avant comme s'il convoitait une nouvelle proie.

Il s'arrêta au bout de quelques pas. Il lança un regard plein de douceur — et de séduction — par-dessus son épaule, droit dans mes yeux. Il agita une patte, m'invitant à le suivre, me fit de l'œil à la manière des hommes installés au bar et disparut derechef dans l'angle.

J'obéis et fus bientôt tout derrière lui, et j'avais envie de lui dire quel beau matou tu fais, quel joli mistigri. Il nous trouva une table de l'autre côté de la travée. Il était une heure et demie, la musique hurlait, le dancefloor était bourré à craquer. Le chat fit la cabriole et se posa sur la banquette devant la table basse, très fier de lui : il avait les yeux fermés et tendait sa face altière, de biais, vers le plafond, en véritable aristocrate. Quand je le rejoignis, il me fit une place mais ne m'accorda pas un regard.

« Tiens tiens ! » laissa-t-il tomber laconiquement, en se grattant le menton. Une paire de lunettes était soudain apparue sur ses yeux. « Qui est là ? »

Je marmonnai un truc pas clair, je butais sur les mots et bégayais. Je finis par articuler que nous venions juste de nous rencontrer, *là-bas, sur la piste, tu m'as pris dans tes bras et je t'ai pris dans les miens, tu te souviens ?*

« Mais quelle sale tronche, proféra-t-il, altier. Déjà, je ne te connais pas, mais en plus jamais je ne te prendrais dans mes bras, *ptoui !* fit-il semblant de cracher. Non mais, regardez-moi ça ! »

J'étais tellement sidéré par l'attaque que je fus incapable d'ouvrir la bouche.

« Dis, *héhé*, c'était une blague, gros ballot ! Nous ne *nous* connaissons pas. Ne fais pas comme si c'était le cas, me tança-t-il. Mais nous allons faire connaissance, *héhé*, je suis d'humeur causante, qu'est-ce que tu en dis, oui ou non ? »

Dès que j'eus répondu par l'affirmative, il voulut savoir des choses. Ordinaires. Comment je m'appelais, quand j'étais né. Je lui dis mon nom, et alors il dit qu'il n'en avait jamais entendu de si bizarre, de si hideux, il a précisé, *vraiment hideux, héhé*, il s'est esclaffé. *Bekim. C'est tellement hideux que je ne voudrais pas courir le risque de l'entendre à nouveau !*

C'est à ce moment seulement qu'il me fit face, plissa ses petits yeux de chat et chercha à mettre sur ce nom si hideux un visage, des oreilles, des yeux, une bouche et un corps. Il croisa les jambes, le regard plein d'une arrogance étonnée, et partit d'un gros rire grimaçant.

« Un prénom, c'est un présage, dit-il. Tu le savais ? Prénom présage, *héhé*. »

Je lui dis que bien sûr je l'avais entendu dire, mais un prénom ce n'était qu'un petit tas de lettres et s'il voulait savoir le mien signifiait « bénédiction ». Or avant que j'aie eu le temps de développer, le chat fut pris d'un accès d'hilarité si franc que je ne savais plus que penser, et lui, il se tordait et se convulsait sans faire le moindre effort pour se contrôler.

« Mais c'est le pire nom que tu pouvais te voir coller ! hurla-t-il entre deux rires retentissants.

— Ah ouais, dis-je. C'est peut-être un mauvais nom, mais tu ne trouves pas que ton attitude est légèrement malpolie ? » J'avais tâché de prendre un ton mûr et adulte.

«Eh bien!» s'écria le chat, et il se remit d'aplomb. «On ne rigole pas, dites donc. Ça n'avait rien d'impoli», ajouta-t-il en m'imitant, et il se remit à se bidonner comme s'il se fichait bien de me mettre mal à l'aise.

«Eh, *monsieur*[1], veuillez me pardonner», lança-t-il, il leva deux pattes en l'air et, faisant la grimace, il étira ses moustaches de part et d'autre de sa face. «J'ignorais qu'on n'avait pas le droit de faire de blagues sur ton nom, continua-t-il. Ou devrais-je plutôt dire *mademoiselle, héhé*. L'affaire est grave, à ce qu'il semble, *miaou*!»

Je déglutis. «Tu veux boire un truc?

— Bien entendu, répondit le chat. Quelle goujaterie d'avoir attendu aussi longtemps pour me demander!»

Je me levai et allai lui chercher, ainsi qu'à moi, un *lonkero*[2] à l'airelle, et quand je le posai devant lui, le chat dit putain mais qu'est-ce que ça a traîné nom de Dieu.

«Il y avait un peu de monde, me justifiai-je. Pardon.

— Oh, que tu as de beaux yeux et de beaux cheveux bruns», dit-il une fois calmé, et il bondit tout soudain sur mon épaule pour me caresser la tête.

Ses façons douces et câlines me donnèrent la

1. En français dans le texte.
2. Long drink à base de gin créé pour les Jeux olympiques d'Helsinki en 1952.

chair de poule, mais une seconde plus tard il avait déjà sauté à bas.

«Bon, que fais-tu pour vivre?» me demanda le chat, sérieux, et il posa un doigt sur sa lèvre inférieure.

Et voici que je lui parlai de toutes sortes de choses, de mes études et de mon modeste emploi de facteur, de mon appart et de toutes sortes de cours que j'avais suivis dans toutes sortes de facultés. De mes loisirs, de mes plaisirs, de mes libertés.

Tout cela devait manquer d'intérêt à son goût, car il louchait déjà vers d'autres hommes et leurs postérieurs. Il avait les yeux mi-clos et un filet de bave lui coulait au coin de la bouche.

«Beu-euh, dit-il comme s'il allait vomir.

— Quoi?

— Des homos. Moi, je n'aime vraiment pas les homos.»

J'étais perplexe. Personne ne viendrait dans un endroit pareil, s'il n'aimait pas les homos. Quand je lui demandai pourquoi, le chat déclara que ce n'était pas après l'homosexualité qu'il en avait, mais juste après les homos. Avant que j'aie pu ajouter une question et faire remarquer qu'en général les gens aimaient bien les homos, mais pas l'homosexualité, il précisa:

«Bien sûr, s'il y a un truc qui me plaît, ce sont les matous, mais j'ai horreur des minettes!» proféra-t-il abruptement, et il croisa les pattes sur la table. «Il faut savoir: soit on est homme, soit on est femme», poursuivit-il, et il sauta tout de go sur le plateau, leva l'arrière-train et étira ses pattes en avant.

« Regarde, mais regarde-la, celle-là », dit-il de plus en plus vite. Il avait les yeux rivés sur un type en train de danser sur la piste, et fouettait l'air de sa queue. « C'est écœurant. La main d'un homme ne fait pas de ces gestes, et un homme ne parle pas comme une femme. Et un homme ne porte pas une chemise aussi moulante et il ne trémousse pas son popotin ainsi — comme une prostituée ! Catin ! » lança-t-il d'une voix si forte que les danseurs se retournèrent.

Il se fraya un passage entre les verres et regagna le canapé d'un bond. *Brr, bordel, et le sexe entre hommes, ça, c'est monstrueux. Dénaturé, de bout en bout. Affreux !* professa-t-il encore, et moi j'ajoutai mais ne serait-il pas plus simple de laisser les gens être ce qu'ils sont.

« Hippie, laissa-t-il tomber, stigmatisant. Le monde fonctionne quand même légèrement différemment, maintenant. Il y a des attentes et des attitudes, impossible d'y couper.

— Oui, tu dois avoir raison, constatai-je.

— Bah oui, évidemment », rétorqua-t-il, se vautrant dans l'autosatisfaction : il tendait ses pattes avec prétention et souriait d'un air hautain.

Le chat m'assura que ce qu'il avait déclaré à propos des homos ne se fondait nullement sur des on-dit, mais sur son expérience personnelle. Un jour il avait croisé deux pédés. Il était occupé à se crêper la fourrure dans les commodités d'un restaurant à l'heure du déjeuner, quand deux gays l'avaient cerné ; selon ses dires, ils l'avaient abordé de part et d'autre en montrant du doigt ses flancs magnifiques et sa queue brillante comme s'il s'agissait de vulgaires bouts de viande, et le chat s'était senti tellement objectifié qu'il avait dû interrompre sa besogne pour dissimuler ses courbes charmantes.

Il annonça un moment plus tard que c'était à mon tour de lui raconter une histoire qui faisait de moi une personne spéciale gagnant à être connue, parce que autrement il allait rentrer chez lui fissa. Tout ce que j'avais pu lui confier jusqu'à présent n'était que menu fretin à ses yeux, aussi ennuyeux et attendu que la présentation du budget du gouvernement, *ptoui*, il fit à nouveau semblant de cracher. *Pouah. Enfin... Ce que tu peux être soporifique, mais d'un rasoir !*

« Maintenant tu vas me raconter un truc que tu n'as jamais dit à personne ! »

C'est alors que, à moitié par accident, je me suis mis à lui parler de mon passé — du pays d'où je venais, des situations où se retrouvait une personne transplantée d'un pays à un autre, ainsi que de la petite ville de Finlande où j'avais grandi. Le chat avait senti que je n'évoquais pas le sujet d'ordinaire, car il m'écoutait avec plus d'attention, plissait les paupières et mettait ses doigts en cornet contre sa mâchoire pour mieux entendre à travers la musique.

Je lui parlai de gens pour qui mon prénom demande une explication. Quand je réponds et leur indique d'où il vient, ils sont immanquablement déçus. *C'est pour ça que je reste toujours discret, tu vois, d'un nom, il peut sortir plus de mal que de bien.*

Je dis au chat ce que je ressens quand les gens épient mon comportement en cours, au boulot, partout, si je ne me sers pas du rab au déjeuner et si je pense bien à remercier le personnel de la cantine, si les copies que je rends aux examens sont rédigées dans un finnois sans fautes et à quelle fréquence je change de vêtements.

Lorsque, en classe, on évoquait l'islam, les dictatures ou les langues étrangères, je baissais la tête, car je sentais instantanément tous les regards se braquer sur moi. Et lorsqu'ils me demandaient de parler ma langue maternelle, certains n'hésitaient pas à déplorer à haute voix : comme il était dommage que ça ne serve à rien ici ! Et quand j'étais en retard, je m'entendais dire plus souvent qu'à mon tour : il serait temps que tu apprennes qu'on n'est pas dans un pays sous-développé ici. *Habiter en Finlande et y faire ta scolarité, t'as tiré le gros lot, mec, ne l'oublie pas.*

PRINTEMPS 1980

Elle veut tout le linge

Quand arriva le jeudi après-midi, tout était presque prêt. J'étais assise au centre du salon et contemplais les piles de linge sur lequel sommeilleraient les coqs en porcelaine dans les placards vitrés de la maison de Bajram, sur lequel celui-ci déposerait ses couverts, reposerait sa peau. La tradition voulait que l'épouse et les femmes de sa famille confectionnent l'ensemble des tissus qui seraient utilisés durant les années de mariage. Les housses de couette, les taies d'oreiller, les draps de dessous, les torchons, les dessus-de-lit, les essuies et les draps de bain, tous faits à la main, constituaient le *qeizin*, le trousseau. Ils symbolisaient pour Bajram et sa future famille un nouveau commencement, une vie encore intacte.

Mes sœurs m'observaient avec curiosité, juchée que j'étais au centre de cet empilement. Elles devaient songer à leur propre avenir. *Ça sera comme ça, alors, quand viendra mon tour ?*

Je me sentais étrangement proche d'elles, maintenant que leur devoir était de me servir, de veiller à ce que je dispose de tout ce dont j'avais besoin. Elles se levaient dès potron-minet pour préparer les mets qui seraient servis à nos hôtes, faire le ménage et les malles — me libérant de tous les travaux domestiques. Le temps de ses noces, la fiancée ne travaillait pas, c'était une reine qu'il fallait satisfaire.

Le trousseau était prêt. Housses, taies, draps, dizaines de serviettes, centaines d'heures de travail. Fatimè et Hana vantaient la multiplicité de leurs usages et leur solidité.

« Et à la fin tu pourras les découper et en faire des torchons, ajouta Fatimè.

— Mais ils vont sans doute te durer un bon bout de temps », la reprit Hana.

Je fis le repassage avec elles. Je n'arrivais à penser à rien d'autre qu'au moment où les draps recouvriraient un vrai lit, masqueraient les inégalités d'un matelas rayé et seraient bien tirés aux quatre coins, embaumant le frais et le propre. Un lit qui serait seulement un lit, tel que j'en avais vu dans *Kosovarja*. Bajram s'y coucherait, et les draps se tendraient, ils céderaient sous son corps, et sa peau aurait l'odeur de mon foyer, de notre foyer commun.

« Vous pouvez me laisser seule ? » les priai-je, et elles obtempérèrent.

Je contemplai l'étagère vitrée qui courait le long d'un mur, les trois banquettes fanées encadrant la pièce, la table en bois aux pieds ouvragés et au plateau bosselé, et je me sentais si épuisée que j'avais l'impression d'être rentrée de Pristina en courant.

« Ils arrivent ! cria Hana qui s'était précipitée à la porte.

— Quoi ?

— Les habits, *motër*[1], les habits ! » piailla-t-elle, et elle battit des mains. « Ils sont là ! »

Les vêtements et objets achetés par la famille de Bajram pour la fiancée furent acheminés dans deux voitures, tant il y en avait. Les hommes au volant m'étaient inconnus, mais, au moment de faire les présentations, il apparut qu'il s'agissait d'oncles de Bajram.

Mon père les pria d'entrer. Mes frères et sœurs ainsi que les parents proches réunis chez nous s'occupèrent de transporter le chargement dans la chambre des garçons. Je souhaitai en secret qu'ils repartissent aussitôt, car je voulais m'attaquer aux présents sur-le-champ, mais il était d'usage d'offrir à boire et à manger à nos hôtes.

Quelques heures plus tard ceux-ci s'en retournaient. Une fois que nous leur eûmes dit adieu et qu'ils furent hors de vue, moi, mes frères et sœurs ainsi que ma mère fondîmes sur les habits telle une meute.

J'aurais voulu farfouiller tranquillement, mais mes sœurs se mirent aussitôt à vider les sacs en plastique, à annoncer tout haut les marques, les matières et les tailles de ce qu'elles y décou-

1. « Sœur. »

vraient. *Regarde tout ce qu'il a acheté ! Waouh, géniale, cette jupe. J'adorerais en avoir une pareille. Eh ben, on peut dire qu'ils ont dépensé.*

« Arrêtez ! » dis-je, mais elles ne m'entendaient pas, elles plongeaient les mains dans les sacs, les boîtes à chaussures, essayaient les habits le long de leur corps.

« Arrêtez ! » hurlai-je à toute gorge.

Elles se figèrent sur place et me lancèrent un regard déconcerté.

« Dehors ! »

Je n'avais sans doute jamais vociféré ainsi, car elles repoussèrent discrètement les affaires et quittèrent la pièce avec un air contrit.

Je refermai la porte et examinai les diverses robes, chaussures de ville et de fête. Il y en avait par dizaines, de même que les chemisiers, les écharpes, les pantalons, les bas et les sous-vêtements.

Et quand je songeai au lundi où tous mes amis et ma famille nous rendraient visite dans la maison de Bajram, où ils contempleraient, dévorés d'envie, ces étoffes, ces parfums et ces fards, tout cet or que mon mari avait acheté pour moi, je ne voulus plus être qui que ce soit d'autre ni en aucun autre endroit que ce fût.

5

Le chat était manifestement choqué par ce que je lui avais rapporté. Il clignait des yeux comme pour être bien sûr d'avoir compris.

«Déplaisant, dit-il. Dire qu'il y a des gens qui voient les choses de façon aussi schématique !

— En fait, non», nuançai-je, et j'observai le chat, qui semblait bouillir de colère.

Au bout d'un moment il voulut savoir si j'avais d'autres histoires de la sorte à raconter. Il brûlait d'en entendre davantage, il espérait depuis longtemps déjà en savoir plus sur ces sujets.

Je promis, pour une prochaine fois. J'avais décidé de l'interroger à mon tour. Je lui demandai d'où il venait et comment était sa famille, si sa maman chat portait elle aussi les mêmes rayures noires et blanches, mais il refusa de me dévoiler quoi que ce fût. Il se contenta d'affirmer que, pour l'instant, il était inutile d'évoquer ces sujets puisque, pour commencer, les chats faisaient l'objet de trop de préjugés qu'il lui faudrait redresser. Par exemple, ceux-ci ne sont pas indépendants, mais solitaires.

Parti sur ma lancée, je ne parvenais plus à interrompre ma présentation, si volontiers le chat m'écoutait, si bien il m'encourageait et m'incitait de la tête, si pertinemment il ponctuait mon monologue par des questions dont il allongeait les voyelles finales en trémolos fantastiques.

Je lui confiai que j'évitais les gens. De parler avec eux, de déjeuner dans les salles de réfectoire trop spacieuses, de m'asseoir en amphi, de rester dans les tramways bondés, les files d'attente trop longues ou aux arrêts de bus devant lesquels défilaient les autos en rangs serrés.

Le chat éclata de rire.

« Non, mais personne ne peut être comme ça ! » s'étonna-t-il, et il passa ses longues griffes entre ses dents.

Je ne suis pas d'accord, répliquai-je. On peut avoir peur de tout. De marcher dans une rue venteuse. Qu'un panneau de signalisation te tombe sur la tête, par exemple, que le bord métallique te sectionne la carotide. Tu te vides de ton sang et tu crèves. Les pneus des voitures qui passent éclatent juste devant toi et les bouts de caoutchouc te sautent à la gueule, ils te défigurent irrémédiablement. En hiver et au printemps, des blocs de glace dinguent du haut des toits, droit sur toi, et te brisent le crâne. Ou tu peux trébucher sur le pavé, glisser sur la glace ou dans les escaliers, te casser le bras, la jambe ou l'esprit. Et chaque jour, peu importe la saison, des gens dangereux sont de sortie, inconnus et imprévisibles, qui peuvent faire et dire n'importe quoi à n'importe quel moment. Ils ne se poseront pas de questions. La rue non plus, ni la glace.

Le chat était d'avis que les peurs étaient vaines. Il n'avait pas l'air de comprendre tout ce qui pouvait se produire, à partir du moment où vous captez le truc. Il coupa court à mon contre-argument : n'avais-je pas plutôt intérêt à me concentrer uniquement sur mes études, qu'il tenait pour une chose vraiment magnifique — *eh, le finnois n'est pas ta langue maternelle*, nota-t-il, finaud, et il attendit que je loue son exceptionnelle sagacité et son œil observateur.

« Oui, tu as tout à fait raison », dis-je.

Puis le chat reprit, oui, c'est cela, j'ai raison, et en général, eh, les immigrés sont stupides et parlent fort, et quand ils te croisent, ils dégagent une odeur qui manque de te foutre par terre.

« Quand tu essayes de leur enseigner quoi que ce soit, ils n'apprennent pas. Quand tu leur donnes du travail, ils piquent dans la caisse. Et quand tu leur fournis un logement, ils le saccagent, même s'ils ne payent pas de leur poche, condamna-t-il. Et, mon Dieu », embraya-t-il, et pour penser plus à son aise il se planta dans une posture cocasse : une main à la hanche — on aurait dit qu'il portait un tutu à la place de sa fourrure — et l'autre tâtonnant dans l'air devant lui, il n'était plus qu'une grosse boule de poils balourde : « Si ça ne tenait qu'à moi, je te renverrais illico ces fouteurs de merde dans leur pays. »

Je me mis à me tortiller, mal à l'aise, sur le

canapé, j'écartai les cheveux qui me tombaient sur les yeux et fis des sourires crispés.

Ce que je ne suis pas allé lui raconter ensuite ; que c'était différent chez nous. Que pour nous l'essentiel, c'étaient les études et la culture. *On bossait nos leçons et on se cultivait tout le temps. Mes parents étaient médecins, ils soignaient les malades et les arrachaient à la mort. Tu as entendu ? Des médecins qui lisaient des livres le soir.*

« Mmh… », marmonna-t-il pensivement, et il avait l'air aussi mystérieux que s'il sortait d'un roman policier. « Quels gènes ! »

Il se perdit dans ses réflexions, tel un philosophe des Lumières. Il avait les joues rondes et flasques de Bentham, et ses mèches à la Jefferson donnaient à son crâne l'allure d'un haut-fourneau à pensées. Le seul problème, c'était que personne n'écoutait ce qu'il avait à dire ; qu'est-ce qu'un chat pouvait bien savoir en matière de politique, d'économie ou autres considérations sociales ?

« Quel dommage que tu ne puisses les transmettre, laissa-t-il tomber. En tout cas pas si facilement que cela », poursuivit-il, et il marqua un petit arrêt. « À moins de te trouver quelqu'un qui tienne mordicus à infliger à son rejeton ce genre de problèmes, et ce genre de père ! »

Puis il éclata de rire. Il frappa des coussinets sur la table, branla du chef et agita ses pattes arrière comme sous l'effet d'une crise de démence. *Kaboom ! Le voici le voilà, c'est le chat, yerk yerk.*

Une fois qu'il eut expulsé ses derniers restes de rire, il me pria de continuer. Et je repris mon récit, jusqu'à refermer tous les cercles de mon histoire, jusqu'à n'avoir plus rien à raconter. Toute une vie tenait en si peu de mots que, parvenu à la fin, il me sembla que je n'avais rien dit.

Le chat parut se remettre de mes confidences bien plus vite que moi, car il me détacha une chiquenaude d'une griffe longue et acérée dont le pourtour était tout entartré, et m'enjoignit de lui parler encore de moi et de ma famille, encore davantage.

« C'est extrêmement intéressant », dit-il.

Alors je lui dis que tous mes frères et sœurs avaient fait des études, de communication, de photographie, de sciences commerciales, d'informatique, de droit, de programmation et de psychologie — *nous ne sommes pas comme les autres immigrés qui ne font que glander ici, ne t'imagine pas ça.*

« Mmh ! » fit le chat, convaincu, il effleura ses lunettes à lourde monture et fit des mines qui découvraient ses canines effilées comme deux ancres à la proue d'un navire. « C'est que tu dois être une proie considérable… », déclara-t-il.

Il ne semblait pas même lui traverser l'esprit que je lui débitais ce qui me passait par la tête, que je lui taillais un récit sur mesure, à l'aune de ce que je savais qu'il voulait entendre. Une histoire où la vie du protagoniste débutait dans des conditions impossibles et, par son caractère poignant, donnait lieu à moult jérémiades sur l'état du monde actuel, mais il fallait que tout cela aboutît, nonobstant, à un dénouement qui lui fît applaudir la capacité du héros à se prendre en main — en dépit du fait que ce dernier eût appris à le faire pour se soustraire à toute pitié envers les autres — afin de confirmer la pertinence de ses préconceptions. *N'importe qui peut, à n'importe quel moment, changer le cours de sa vie, il suffit d'être motivé,* telle était la morale de l'histoire. Il était plus facile au chat d'y croire que de se demander ce que cela voulait vraiment dire : par exemple, primo *n'importe qui* désigne en réalité un très petit nombre d'individus, deuzio le temps n'a pas de cours et tertio la motivation est très rarement ce qui différencie les gens les uns des autres.

Puis il me demanda où mes parents se trouvaient maintenant. Au lieu de répondre, je gardai le silence un moment, empoignai mon *lonkero* et bus une gorgée.

« Mes parents sont morts », finis-je par laisser tomber, je reposai mon verre et me passai la main sur le menton. « Tant qu'ils étaient en vie, ils avaient encore de l'importance et une finalité, une vie et un travail. Mais maintenant qu'ils ne sont plus là, plus personne n'a besoin d'eux pour quoi que ce soit. »

Les yeux du chat lui sortirent presque de la tête. Il m'observa, et ne dit rien pendant un long moment.

« Eh bien, fit-il enfin en plissant les paupières. Je suis navré, glissa-t-il. Ça doit être dur », enchaîna-t-il, et il fit une courte pause, avant de s'exclamer avec emphase : « Mais ! »

Ses yeux se bombèrent à nouveau et ses joues

se gonflèrent. Il marqua un petit temps, descendit d'un bond du canapé, *hop là*, et remonta aussitôt, *ho hisse*.

« J'en ai assez », dit-il tout à coup.

Poufff, pouffa le chat en guise de suite à sa déclaration, et *miault*, miaula-t-il encore — pour souligner le peu de cas qu'il faisait de tout cela et combien il était las de penser. Il saisit sa fine paille rose entre ses dents, lissa ses longues moustaches de chat et aspira, les joues rebondies, son *lonkero*, même s'il avait l'air lassé de son goût aussi.

« Tu veux passer la nuit chez moi ? »

Il repoussa la paille de la langue. Ses petits yeux de chat s'allumèrent, ses pattes bien brossées se contractèrent et sa fourrure s'ébouriffa, si épaisse et gonflée qu'il donna la pénible impression d'être obèse.

« Ah, enfin, c'est pas trop tôt ! » lança-t-il, réjoui. Il ôta ses lunettes, tira un étui de son sac à bandoulière, rangea ses bésicles et se lécha la lèvre inférieure, crépitant tout entier comme une feuille de papier sulfurisé. « Guide-moi, me pria-t-il. Sans mes lunettes je n'y vois pas devant moi, uniquement sur les côtés, et les couleurs pastel vives. »

PRINTEMPS 1980

La terre humide

Nous étions vendredi, le premier jour de mon mariage proprement dit, que je devais consacrer aux pleurs, aux adieux. Je m'apprêtais à laisser ma famille et mon village derrière moi. En fait de regrets, j'avais été dans un état d'agitation toute la matinée, je ne parvenais à me concentrer sur rien, je jetais d'incessants coups d'œil autour de moi et j'étais sûre d'avoir oublié quelque chose d'important.

Je me tenais à la porte et contemplais les jolies plantations de notre cour. La pluie faisait vaciller les feuilles, les fouettait. Les gouttes gargouillaient entre les cailloux, sautaient de pierre en pierre comme des criquets. La terre s'abandonnait à l'averse et se changeait sous mes yeux en une couche attirante toute tressée de filets d'eau. Je m'assis au bord de la terrasse, j'enfonçai mes pieds nus dans la boue. J'ai toujours adoré la pluie, son odeur. Elle rafraîchissait tout, éteignait les tas d'ordures qui brûlaient au coin des champs et rabattait la poussière sur le sol.

Je plongeai les deux mains dans la terre et me massai les pieds. J'imaginai alentour le sable d'une plage, baigné par la mer. Je fermai les yeux, et la terre s'abandonna à mes fantaisies : j'étais ailleurs, sur une rive où jamais il ne pleuvait, et la mer écumait et tourbillonnait entre mes jambes. La pluie froide me souffleta la peau comme un soupir, comme si elle se fût fait tant attendre que les hommes avaient perdu espoir.

Et puis. Goutte fraîche sur peau brûlante.

J'avais entendu dire qu'au bout d'un certain temps après la mort il ne restait plus que les os. Contrairement à ce que j'avais cru, le corps est lui-même responsable de sa disparition : les bactéries des intestins croissent jusqu'à avoir la taille de longs vers et se font les dévorateurs de la matière qui leur prêtait vie. En ce qui concerne l'organisme humain, le processus est simple : celui-ci ne sait faire qu'une chose, persévérer jusqu'à ce qu'une de ses parties cesse de fonctionner.

J'avais souvent pensé à ma propre mort, mais jamais autant que ce matin-là sur la terrasse de ma maison natale. Comment elle arriverait, sans offrir aucune consolation. Dans la désolation et la brièveté, inidentifiable, un éclair minuscule, un sifflement. De la vie ne subsisterait pas la moindre trace dans le corps, pas la moindre preuve.

J'entendis bientôt des pas déterminés résonner à l'intérieur.

« Qu'est-ce que tu fabriques ? » me demanda mon père.

Il était à la porte, l'air malheureux, chagrin et

méfiant. Il portait son pantalon de pyjama marron foncé et un débardeur sans manches.

« J'étais en train d'aller cueillir des tomates pour le petit déjeuner, mais j'ai trébuché », répondis-je, et je souris devant son visage sévère, aussi poliment que je le pouvais.

« Mais tu ne peux pas préparer le petit déjeuner, ma chère enfant », dit-il sur un ton sans réplique.

J'allais insister, que ça ne me dérangeait pas — qu'en réalité j'avais envie de m'activer pour accorder mes pensées à autre chose que le surlendemain. Je ne m'étais pas attendue à ce qu'il pose la main sur mon épaule et se mette à me parler avec les inflexions qu'emploie un adulte pour s'adresser à l'un de ses pairs qui a besoin de soutien.

« Je sais que ce mariage te fait peur », commença-t-il, et il posa un instant les yeux sur la piste derrière moi. « La peur est le plus naturel des sentiments humains. La même pour tous », poursuivit-il, et il marqua un bref arrêt, sans pourtant me laisser la parole. « N'oublie pas que Bajram a peur, lui aussi. Je suis sûr que tu seras heureuse avec lui. Tu entends ? J'en suis certain. »

Il ouvrit la main sous la pluie, referma le poing sur les gouttes d'eau qui en ressortirent toutes grises.

« Notre terre nous a bien traités, n'est-ce pas ? Notre bon chef des partisans s'est montré juste avec son peuple. »

Il avait les yeux brillants. Il me prit la main et

m'attira à lui, posa ses lèvres sur mon front et m'enveloppa entre son torse et ses bras. Ses poils drus me piquaient la joue et les battements faibles, calmes mais majestueux de son cœur roulaient à mon oreille comme l'*Himni i Flamurit*, l'Hymne au Drapeau [1], d'Aleksander Stavre Drenova.

Quand j'étais petite, mon père me racontait l'histoire des peuples des Balkans. Il ajoutait que chaque nationalité se distinguait à un caractère qui lui était propre. Le Bulgare avait des dons pour le commerce mais une piètre connaissance des hommes ; le Serbe était méchant, d'âme et de cœur mauvais ; le Macédonien avait une confiance en lui suicidaire, entendez qu'il était aisé à berner ; le Bosniaque mentait à qui mieux mieux ; mais l'Albanais, ah, l'Albanais vous pouvez vous y fier comme à un roc. Les Albanais, eux, venaient en aide aux gens dans la détresse, tandis que les autres tournaient autour de l'argent et du bien d'autrui comme des vautours.

Mon père poursuivait avec l'histoire d'un Bosniaque, un Bulgare et un Serbe qui s'y étaient mis à trois pour escroquer un entrepreneur macédonien, installé aux États-Unis, à qui ils avaient fourgué un lot défectueux de pièces détachées pour automobiles. Le Serbe méchant,

---

1. Hymne national albanais, paroles du poète ASDREN, musique du compositeur roumain Ciprian Porumbescu, 1912.

le Bosniaque menteur et le Bulgare rapace ne parvinrent pas à se mettre d'accord sur le partage du butin et finirent par s'entre-tuer.

Mon père disait que l'argent entraîne l'envie, l'envie les mensonges et les mensonges la méchanceté, d'où s'ensuivent de la violence et des morts. Quand des hommes sans armes rencontrent des hommes en armes, le résultat ne fait pas un pli, mais quand des hommes armés rencontrent d'autres hommes armés, personne ne gagne. Un rassemblement composé de Bosniaques, de Bulgares et de Serbes est voué à l'échec, l'équation est insoluble. Et il l'expliquait, fidèle à sa méthode : le récit était sans faille. Le dernier mot qu'il prononçait en constituait le point final, la fin de l'histoire, et il disposait pour chaque question possible d'une réponse complètement insensée mais correcte.

Le Macédonien donc perdait au change et se voyait contraint de rentrer chez lui via l'Albanie. Or, avec son assurance coutumière, il avait mal fait son compte et ne pouvait poursuivre sa route. Mais à peine avait-il eu traversé l'Adriatique et était-il descendu dans le port malfamé de Durrës qu'il avait fait la connaissance de gens qui l'aidèrent à regagner sa patrie, qui le remirent sur pied et qui, par leur innocence, leur douceur et leur hospitalité parvinrent même à renforcer sa confiance en lui. L'histoire se concluait par le proverbe familier : promesse d'Albanais ne trompe jamais.

« C'est ce qu'on nous a toujours fait, à nous les

Albanais, disait-il. On se sert de nous et de notre bonté. En un sens nous sommes semblables aux Macédoniens, nous sommes des gens trop bons, trop forts et trop dignes de confiance. C'est pourquoi il est si facile de nous fouler aux pieds», ajoutait-il.

Mon père relâcha son étreinte, fit quelques pas et s'immobilisa. Il huma l'air frais, comme une chemise juste lavée, il inspirait comme s'il profitait encore d'un dernier répit avant de retourner en cellule. Je l'observais, les petits trous sur le côté et dans le dos de son débardeur, le col détendu et l'épaisse toison blanche qui s'en échappait, dont je sentais encore le contact et l'odeur sur ma joue et sous laquelle son cœur battait au rythme exact de la seconde.

*Les femmes qui vinrent
présenter leurs vœux*

L'après-midi suivant, on frappa à notre porte. Ma mère souhaita la bienvenue aux invitées, les femmes de ma famille et du village ainsi que mes amies, et les pria d'entrer. Elles passèrent au salon, où ma mère leur tint compagnie tandis que je patientais dans la cuisine. J'étais assise devant notre fourneau, dont j'avais ouvert un guichet, et regardais les bûches se consumer. Elles noircissaient puis se mettaient à crépiter. Elles se fendaient ensuite en deux, en parties de plus en plus fines, et il n'en restait plus à la fin que des lamelles noires, bribes voletantes.

«Eminè, viens par ici!» héla ma mère.

Je fis la sourde oreille.

«Mais qu'est-ce que tu fiches?» me demanda Hana.

Elle était penchée, anxieuse, par le cadre de la porte, car je ne m'étais toujours pas montrée après le second appel. J'entendis ma mère expliquer aux femmes du village que les préparatifs des noces m'avaient, c'était clair, épuisée. *Ce matin elle était si distraite qu'elle s'est empiergée dans la cour, vous imaginez, et elle est rentrée couverte de boue, crottée comme un chien. Je me demande comment une fille aussi empotée a pu se distinguer devant un homme comme Bajram.*

Je songeais à lui et à notre mariage : dans la vie il y avait les hommes ordinaires et ceux que l'on appelait des *llapjani*, épithète qui leur venait de leur région d'origine, la vallée de la Llapi. C'était celle de Bajram — un endroit réputé pour le conservatisme et la violence de ses hommes, et la misère de ses femmes. Je mourrais plutôt que de vivre avec un type comme ça. Je tuerais, moi ou l'autre, voilà comment ça se passerait, me disais-je ; une personne, ça se trucide facile, même un homme, à son insu. Je prendrais un grand couteau et lui plongerais dans la poitrine en pleine nuit. Je l'étranglerais, je lui couperais le sexe avec des cisailles de jardin ou je lui tranche-rais la gorge et je me réfugierais dans la forêt. Ou bien je m'infligerais la mort de ma propre main, si rien de ça ne réussissait.

« Tu ne peux pas t'en aller ? » demandai-je quand je notai du coin de l'œil qu'Hana n'avait pas l'intention de céder.

Celle-ci franchit la porte, prit un tabouret de bois et, s'installant à ma droite, se mit à me scru-ter. Elle était exactement comme ma mère — un visage impénétrable.

« Qu'est-ce que tu veux ? »

Hana me saisit les mains et les retint ferme-ment. Je tentai de me dégager, mais plus je m'efforçais, plus la prise se resserrait. Puis elle m'étreignit. Vive comme l'éclair, comme pour éviter que quiconque ne la surprenne, elle m'entoura de ses longs bras, tremblant de tout son corps. Elle libéra enfin mes poignets, jeta un bref regard en arrière et s'inclina vers moi.

« Il faut que tu te lèves », dit-elle. Elle se mit debout et tira d'un coup sec sur sa robe, la défroissa.

Je contemplai toujours les bûches enflammées, dont la surface semblait couverte d'une pellicule humide.

Hana prit une inspiration désolée et me supplia de me ressaisir. *S'il te plaît, pourquoi tout compliquer ? Vas-y.*

Au bout d'un moment, je me levai et me forçai à rejoindre le salon. Je fis les premiers pas, tout sourire, sous les encouragements de mes frères et sœurs qui me soutenaient comme de bons équipiers. Je tendis la main et remerciai nos invitées, je répondis à leurs vœux de bonheur avec des sourires forcés.

J'attendais dans la cuisine, le visage marri, et vêtue de la robe longue de soirée bleu foncé saupoudrée de paillettes argentées que m'avait offerte Bajram. La tradition du samedi des noces comportait le *kanagjegji*, la fête des femmes, au cours de laquelle la future épouse se lamentait en présence des villageoises, de ses parentes et de ses amies. La fiancée dissimulait son visage sous un voile rouge, s'inclinait devant chacune d'elles, l'embrassait et pleurait. Plus intime lui était son vis-à-vis, plus haute devait se faire sa déploration. Ainsi prenait-elle congé. Après cela la fiancée passait un moment avec ses hôtes, les femmes se faisaient mutuellement les ongles, passaient en revue les vêtements achetés par la famille du marié et, comme de bien entendu, jasaient sur cette dernière et le bien qu'elle possédait.

Un imposant groupe de femmes s'était massé au salon tandis que les enfants rassemblaient les chaises destinées aux hommes, qui resteraient dans la cour où ils étaient occupés à fumer, à discuter de politique, d'économie et d'agriculture autour de l'en-cas qui leur avait été spécialement préparé, graines et sticks salés, petits chocolats, café, thé et *llokum*.

Ma mère m'avait enjoint, si pour quelque raison les larmes ne montaient pas, de faire semblant. Elle était en train de traverser la cuisine pour aller nettoyer le rebord de la fenêtre et soulevait les cendriers afin d'épousseter quand elle m'avait dit : *Tu fais semblant. Tu mens de tout ton corps et de toute ton âme, jusqu'au bout des ongles.*

« Mais, c'est sûr et certain, tu vas pleurer pour de vrai. Vu la situation », avait-elle enchaîné.

Elle avait reposé le dernier cendrier, replié le chiffon entre ses mains et l'avait jeté sur la cuisinière le temps de donner sa représentation. Elle avait pris appui sur le coin du fourneau et s'était mise à se tordre et à geindre. *Comme ça. Tu peux grogner, hurler ou pleurnicher, tant que ça reste entre-*

coupé. Tu reprends ta respiration de temps en temps.
En contractant tes avant-bras, ça te fera tellement
trembler les mains que tout le monde n'y verra que du
feu.

Et voilà que des dizaines de femmes, jeunes et
vieilles, avaient pris place sur les canapés, par
terre, partout où elles pouvaient, et me regardaient fixement comme si un être surnaturel fût
apparu dans le salon. Le bruissement des conversations des hommes nous parvenait depuis la
cour. Il ne restait que quelques mètres carrés
de libres. Toutes me dévisageaient et tendaient
l'oreille à mes premiers pleurs, qui n'auraient su
tarder.

J'avançais le dos voûté, Hana tenait le pan
de ma robe et me guidait vers chacune, car derrière mon voile épais je n'y voyais pas bien. Une
goutte de sueur s'écrasa sur mon front, les battements de mon cœur me retentissaient dans les
oreilles, de part et d'autre de la gorge, dans tout
le haut de mon corps. Et puis nous entreprîmes
ma tournée.

Quand je saisis la main de notre voisine la
veuve solitaire qui avait toujours témoigné la plus
complète indifférence au bonheur d'autrui, et
que je l'embrassai, je pensai qu'il me serait bientôt inutile de feindre, les pleurs véritables allaient
monter. Au plus tard, une fois que j'aurais vu
suffisamment de paires d'yeux humides, reçu
suffisamment d'accolades d'encouragement ou
touché suffisamment de mains, ou bien que mes
amis, frères et sœurs auraient chanté suffisam-

ment longtemps le chant de déploration des noces, qu'accompagnait le tambourin, le *def*, et dont les paroles disaient :

Plus jamais tu ne reverras les tiens,
Pourquoi veux-tu nous quitter ?
Pourquoi veux-tu tout laisser
et rejoindre ton mari ?
Dès demain c'est à d'autres que tu appartiens.

Mais ce que je voulais, c'était que ces chants s'arrêtent, c'était retirer mes mains et les essuyer sur ma robe, car elles n'avaient pas tardé, au contact de toutes ces paumes étrangères, à puer la crasse, la sueur tenace, la graisse rance, jusque sous mon voile, et l'heure passait si vite que rien n'avait même le temps de commencer.

Mon tour achevé, il me fallut encore attendre qu'Hana me donne la permission de m'asseoir sur le tabouret placé au centre de la pièce et de dévoiler mon visage. Mes yeux rouges, gonflés, que j'avais pris soin de frotter avec de l'oignon.

Quand j'eus relevé le voile, un long soupir se fit entendre, comme exhalé par un chœur.

6

Le matin suivant notre rencontre, le chat était toujours près de moi à mon réveil. Durant la nuit, quand nous étions rentrés et nous étions installés pour dormir, j'étais persuadé que, à peine aurais-je fermé les yeux et me serais-je assoupi, je ne le reverrais plus jamais. Il ramasserait ses vête-ments, discrètement, au lever du jour et se faufi-lerait, regrettablement, dehors. Il ne voudrait pas me réveiller, parce qu'il croirait que j'allais exiger de lui quelque chose qu'il ne pouvait pas m'offrir.

Je contemplais sa tête gracieuse, qui reposait comme une sculpture sur la taie d'oreiller à car-reaux. Ses moustaches épaisses se hérissaient loin dans la chambre comme deux crayons gris bien taillés et sa respiration fusait en un sffle-ment ténu. Il avait mis ses pattes sous ses joues. Il s'était glissé sous deux couvertures pour avoir bien chaud, car il détestait la fraîcheur et frisson-nait à la moindre baisse de température. En outre il avait déjà déclaré que dans mon appar-tement régnait un froid horriblement glacial qui, à ce qu'il paraissait, vous prenait dès que vous passiez la porte. Il avait vraiment dû faire mille efforts pour se dégotter un endroit accueillant. Il trouvait que c'était un complet manque de tact — non, il jugeait méprisable — que pareille évidence soit ainsi négligée.

Puis il s'éveilla. Il étendit ses pattes et étira ses muscles en toute tranquillité, bâilla longuement et se mit enfin debout comme s'il désirait faire parade de sa belle silhouette.

« Lève-toi, ordonna-t-il.

— Mais lève-toi, reprit-il, comme je n'avais pas immédiatement obtempéré. Je veux me lever, manger, prendre un bain, me promener et faire des trucs ! »

Son odeur avait imprégné mes draps, et j'allais retrouver ses poils pendant des semaines encore. Il avait tout vu : mon appartement, mes secrets, que mes placards débordaient de détergents de toutes sortes, que mes murs, mon sol, mes fenêtres et mon carrelage reluisaient de propreté, qu'il n'y avait pas trace de poussière. Et maintenant, le voici qui se prélassait à côté de moi et exigeait que je sorte de mon lit, fredonnait une chanson qui passait à la radio et léchait sa fourrure avec l'application qu'il aurait mise à en extraire une tique. Puisque je ne me levais pas sur-le-champ, il n'y tint plus et bondit vers la fenêtre, agrippa le rideau et l'ouvrit d'un geste théâtral. *Bien fait pour toi ! Han !*

« Ne sois pas paresseux, ajouta-t-il. La paresse est déplaisante. »

Je voulais me montrer à la hauteur et répondre aux besoins du chat. J'enfilai donc mon bas de pyjama noir et une paire de bottines marron, passai un gilet de laine gris sur mon tee-shirt rose à manches longues, attrapai mon manteau et quittai l'appartement, car, à son réveil, le chat avait décidé de faire la tête et avait refusé le porridge que je lui présentais.

«Non mais, je ne vais pas bouffer du putain de porridge», avait-il lancé, il m'avait demandé une serviette propre et s'était enfermé dans la salle de bains.

Je gagnai février, mordant et froid, et tirai de ma poche mon paquet de cigarettes, qui était passé de plein à trois pendant la nuit. D'un geste routinier je pris une clope entre mes doigts secs et farfouillai de l'autre main pour récupérer mon feu au fond de ma poche. J'allumai et tirai la première bouffée enchanteresse — et une seconde plus tard je me sentais plus léger.

Il était naturellement inconvenant de fumer en présence du chat, celui-ci était trop raisonnable pour s'adonner à ce vice et trop intelligent pour comprendre une si répugnante habitude. Il trouvait que le tabac puait et que son insalubrité frisait le comique.

Je pris le chemin de l'épicerie au bout de la rue, cigarette à la main. Ma tête m'avait fait mal toute la matinée — nous avions beaucoup bu et beaucoup crié pour nous entendre par-dessus la musique.

Mais au premier carrefour, pris entre le sol couvert de glace et les maisons cernées de neige, je m'immobilisai comme sous la menace d'une arme. Le cœur me tomba dans les cannes et rebondit, une sueur brûlante jaillit des pores de ma peau.

J'arrivai à la porte de chez moi, je m'essuyai le front du revers de la main, j'inspirai et soufflai, péniblement, haletant, pour calmer ma respiration. J'introduisis la clé dans la serrure et tournai lentement pour que le chat ne m'entende pas rentrer et ne soit pas dérangé. J'ouvris le plus silencieusement possible et passai la tête dans mon propre appartement comme un cambrioleur, et ne tardai pas à constater, pour mon bonheur, que le chat était toujours dans la salle de bains, où il chantait encore la même chanson, *Grenade*, de Bruno Mars, dont il estropiait les paroles en anglais, bien qu'il se fût attribué la qualité d'éminent citoyen du monde.

Je courus au salon et jetai des regards affolés. J'examinai le radiateur, tous les recoins, placards et trous où le serpent aurait pu se recroqueviller, car lorsqu'ils ont peur ils se mettent en boule pour se cacher, mais il n'était dans aucun de ses endroits habituels. Et puis j'aperçus quelque chose furtivement sous le canapé. Je tombai à genoux et scrutai : le boa était étendu de tout son long derrière la banquette, sa peau était en lambeaux et il avait commencé à grisonner, il allait faire sa mue d'un moment à un autre. Il avait les yeux fermés, mais il se tenait dans la même position que d'habitude.

Je le saisis par l'arrière et tirai à deux mains, mais il était resté si longtemps sur place qu'il collait au sol en PVC. Je le secouai et tentai à nouveau ma chance, mais, bien sûr, il se mit à se tortiller et m'échappa telle une anguille glissante. Il était si grand et si costaud qu'il décidait tout seul de l'endroit où il voulait être. Il ne se contentait pas de se traîner de-ci de-là, me rendis-je compte. Il dormait où et quand il lui plaisait.

Au moment où j'entendis le chat fermer le robinet de la douche, je laissai retomber la queue du serpent et m'assis par terre, et j'étendis les deux jambes en avant et poussai aussi fort et aussi loin que je pouvais, et bien que ses sifflements exaspérés me fissent craindre pour mes pieds, le principal était que le chat ne le remarque pas.

Je fonçai sans bruit à la porte d'entrée, dans le hall, dehors et au magasin, car je voulais faire une surprise au chat et lui acheter différentes choses à manger pendant qu'il se pomponnait. J'aurais aussi aimé avoir le temps de faire un peu de rangement, de changer les draps, de remettre les choses en place et de rafraîchir l'air avec un coup de désodorisant.

J'étais déjà de retour quand le chat sortit enfin de la salle de bains où, appris-je par la même occasion, il aimait à passer de longs moments. Le matin avant de partir, il se léchait les pattes et mettait la dernière touche à ses sourcils et moustaches d'un coup de salive.

Je m'étais réfugié sur le canapé en faux cuir noir du salon pour me ronger les ongles, nerveusement, parce que, face au terrarium vide, je n'avais aucune idée de ce que je dirais au chat si celui-ci venait à m'interroger. Ou si, tout à coup, il prenait au serpent de ramper hors de sa cachette. Le chat, cependant, n'y prêta pas la moindre attention. Il m'ordonna de me mettre debout, avec ces mots : *c'est-y qu'on fait son gros paresseux, affalé comme une côtelette.*

Je suspendis mon rongeage et décidai de l'ignorer. Je pris un torchon dans la kitchenette, ramassai les rognures d'ongles tombées par terre et donnai un coup au bord du canapé, faisant place nette pour le matou.

Celui-ci m'observa m'affairer en brossant sa fourrure et bondit à côté des boîtes de nourriture pour chat que j'avais déposées sur la table basse.

« Qu'est-ce que c'est que ça ? demanda-t-il, sceptique.

— Je suis passé au magasin », répondis-je comme si ça ne m'avait rien demandé, comme si ça n'avait pas pris plus de temps qu'au chat de ceindre ses reins d'une serviette. « Je me suis dit que tu voudrais autre chose. Le porridge, ce n'était pas une bonne idée, désolé. »

Le chat examina les boîtes un moment, les renifla, les tritura et décortiqua les étiquettes qui les flanquaient. Quand il se rendit compte que chaque variété était accompagnée de son propre laïus, il s'enthousiasma. Il se mit à tourner autour des pots, littéralement — et après avoir observé un temps le manège de sa curiosité reniflarde, j'en conclus que ma course avait été l'une des idées les plus brillantes qu'il m'eût été donné d'avoir depuis bien longtemps.

« Quelle merde…, dit-il en laissant un suspens pour la suite de sa déclaration. Hors de question que je me mette ça dans la bouche !

— Qu'est-ce que tu voudrais manger ? »

Je regardai le chat et le chat me regarda, avec curiosité d'abord, puis avec hargne.

« C'est plein de je ne sais quels BHA et BHT. J'ai une réputation à défendre, moi, je ne vais pas manger une merde pareille ! explosa-t-il, agressif. Tu as de la viande ? demanda-t-il. De la viande fraîche ?

— Je suis végétarien, répondis-je.

— Ah bah tiens, évidemment, que tu es végétarien. Mon Dieu, quelle honte », dit-il en roulant des yeux.

Puis il renversa une boîte de pâtée aux foies de volaille d'un air provocateur, la pointa de la patte et se retourna vers moi.

« Ouvre-la ! »

J'ouvris et déposai le contenu à la fourchette sur une assiette, présentai le tout sur la table basse et souhaitai bon appétit au chat, même si l'odeur m'écœurait. Il ne répondit rien, mais semblait apprécier son repas.

Je pris un yaourt dans le frigo, rejoignis le chat et me demandai si j'allais devoir renoncer au végétarisme et me mettre à la viande. Une fois qu'il eut gloutonné, le chat nota, scrupuleusement, que j'étais resté la cuiller en l'air depuis un moment.

« Eh mais, putain ! Par ici le pot de yaourt ! » commença-t-il, irascible, il s'empara dudit pot et s'envoya de grandes lampées. « Menteur. Nom de Dieu, marmonna-t-il entre deux mâchonnements. Fais pas cette gueule. T'es moche. Super moche, même. Ça te va vraiment pas, de faire cette tronche. Change-moi ça tout de suite », poursuivit-il, et il se fourra derechef le museau au fond de l'étroit pot.

Le chat voulut rester jusqu'à la fin de la matinée. *On est plutôt bien servi, ici,* il m'adressa ses félicitations après s'être si complètement rempli la panse qu'il était allé s'enfoncer dans le canapé pour masser son ventre distendu. J'avais de mon propre chef mis ses vêtements à laver et repassé sa chemise, ciré ses chaussures et aéré sa veste en laine — il me plaisait déjà tant.

Après sa sieste postprandiale, le chat me demanda des conseils de lecture, ce qui me réjouit, car les livres étaient probablement ce que je connaissais le mieux. J'allai lui chercher *Le Chat et la Souris*, de Günter Grass, je pensais que ça lui plairait — il avait l'air d'avoir un goût prononcé pour les jeux, manigances et autres folies.

Le chat sauta, livre en main, sur le large appui de la fenêtre, et avec quelle légèreté de plume il bondissait, tel un deltiste. Il s'étendit sur le dos, ouvrit le livre et s'appuya sur la vitre, poussa un soupir d'ennui et regarda un moment alentour :

la bibliothèque de l'autre côté de la pièce, le tapis vert pâle, dont j'avais déjà dû balayer les franges qu'il avait arrachées.

« Donne-moi mes lunettes, ordonna-t-il. Vas-y, aboule. »

Je tirai l'étui de la poche de son sac à bandoulière et tendis ses verres à leur propriétaire qui m'épiait avec un regard assassin.

Je m'efforçais, à intervalles réguliers, de jeter un œil sous le canapé, et, à mon soulagement, le serpent était toujours au même endroit.

« Quel mauvais bouquin, une nullité terrifiante », lança-t-il à la fin du premier chapitre, il replia ses lunettes et les plaça dans sa poche intérieure. « J'en ai assez de cette indécision », ajouta-t-il, et il bâilla à large gueule. « Vraiment assez. »

Avant de partir, le chat laissa sa carte de visite sur la table dans le vestibule et me pria de l'appeler la semaine suivante. *On n'aura qu'à faire un truc sympa, on ira dans un endroit sympa pour dîner, par exemple.*

Une fois qu'il eut refermé la porte derrière lui, je fus soulagé.

Je ramassai la carte et me mis à jouer avec, comme s'il s'agissait d'une liasse de billets de cinq cents. J'avais envie de lui téléphoner tout de suite et non d'attendre jusqu'à la semaine suivante, car d'ici là il s'écoulerait des jours et des jours. J'allais trop ruminer notre rencontre, repenser à toutes les choses que je lui avais dites, et le seul résultat, ce serait que je n'oserais plus décrocher mon téléphone et l'appeler pour l'inviter où que ce soit. Que dirait-il quand il saurait, pour mon serpent ? Ou quand il apprendrait la vérité ?

J'avais l'impression d'avoir plongé la tête dans l'eau bouillante.

Je m'éventai avec la carte et détalai, dehors, dehors, jusqu'au magasin et au rayon lait. Je mis un pot de yaourt dans mon panier, payai à la caisse et rentrai. Je sortis une cuiller du tiroir, m'assis par terre et me mis à manger.

Le serpent aussi vint goûter, même s'il n'y arrivait pas du tout — il ne faisait que salir et en étaler partout.

Une fois que j'eus fini, j'attrapai le serpent de toutes mes forces. Il s'enroula autour de mes poignets comme une corde tressée et se débattit, et quand je pris le chemin du terrarium il se mit à me mordre les doigts et fit tout pour s'enfuir.

Quand je le lâchai dans sa cage et constatai comme il l'avait mauvaise, quand j'entendis le boucan et les sons terrifiants qu'il produisait, quand je le vis se jeter contre la vitre, piégé dans son propre corps comme dans une prison, devant cet enfant rageur trépignant face à un étal de bonbons, mon cœur se brisa.

PRINTEMPS 1980

La cuticule

La nuit précédente, je n'étais pas parvenue à m'endormir. Ce n'est qu'à la lumière du matin que je vis combien notre sol avait été encrassé par les piétinements et couvert de détritus. Ici et là traînaient des paquets de West tombés des tables, d'informes tas de cendres et des emballages de chips et de biscuits. Je me levai tôt, comme à mon habitude, et passai sans bruit sur le seuil dont le sol bétonné clapotait sous mes pieds.

Je m'assis, collai mes genoux à ma poitrine et me mis nerveusement à me ronger les ongles. Je fixai le paysage silencieux et les chaises qui encombraient la cour. Il faisait encore froid, les derniers jours du printemps crachaient leurs ultimes vents et dans le lointain oscillaient au flanc des montagnes les arbres à peine éclos, délinéés d'obscurité, et ma peau se hérissa en chair de poule. Je me mordis si fort la cuticule que mon ongle se mit aussitôt à saigner.

Je détournai les yeux en direction de la cour et pressai du doigt sur l'épanchement. Entre les pommiers pendouillait un long fil à linge sur lequel ma mère avait déjà eu le temps d'accrocher vieilles frusques, jeans usés et chemises déchirées, les chaises blanches étaient éparpillées dans la cour comme un banc de poissons en déroute et la pelouse ondulait de mégots qui semblaient autant de fragments arrachés aux sièges en plastique. Les montagnes vastes et élevées se dressaient sur la droite et la gauche, donnant la sensation que le monde commençait et finissait sur le perron où je me tenais. Pourtant nul ne savait rien de nous. Nul d'entre nous n'était qui que ce fût, nul d'entre nous ne parlait aucune langue, et chacun possédait moins qu'autrui. Le monde semblait réduit à un bien minuscule endroit.

Ma mère ouvrit et s'appuya contre le chambranle. *Le jour le plus important de ta vie*, commença-t-elle. Elle avait haussé les sourcils à une hauteur extraordinaire et le bas de son visage formait un arc largement évasé, et, repartit-elle, il y avait fort à faire — trop peut-être : nourriture, boissons, robe, coiffure, maquillage, ménage, nourriture, boissons, robe, coiffure, maquillage, ménage, répétait-elle, elle faisait les cent pas sur le perron et finit par m'attraper par le bras pour me faire lever.

« Nourriture, boissons, robe, coiffure, maquillage, ménage, ne reste pas assise, ma fille, va te préparer.

— J'arrive bientôt, *nana*.

— Bientôt alors ! Dépêche-toi ! *Nxito !* »

Elle fit volte-face vers la maison en grognant.

Quand je tentai de m'arracher aux marches, j'eus un étourdissement. Je fis quelques pas sur la terrasse en chancelant, appuyai mon front au montant de la porte et fermai les yeux. Autour de moi j'entendais, outre les sons de la nature, ma mère qui entrechoquait la vaisselle et ramassait les saletés. Je poussai un profond soupir et rentrai.

Vers les dix heures, nous avions tout fini : j'étais allée chez le coiffeur, nous avions collecté les ordures, passé l'aspirateur jusque dans les moindres recoins, repassé et plié les habits mis à sécher, lavé tous les plats, jeté bouteilles en plastique, boîtes de conserve et papiers dans de grands sacs poubelle noirs que nous avions mis à brûler au coin de notre champ.

À la mi-journée j'étais campée au centre du salon dans ma robe de mariée blanche dont le haut était brodé de fils d'or. Elle avait un col rond et des manches en chiffon de soie ajustées, des volants qui tombaient merveilleusement, et la traîne était en dentelle transparente, chatoyante. La toilette était infiniment belle, et bien qu'elle m'engloutît si complètement que j'avais plus l'impression d'être faite pour elle qu'elle pour moi, je me sentais la femme qui avait le plus d'allure au monde.

Il fut une heure, et j'étais chargée de plus d'or qu'aucune femme de ma connaissance. Chacun de mes doigts était orné de bagues, mes boucles d'oreilles étaient grandes et voyantes, et je portais tant de colliers qu'ils me courbaient presque les épaules. Le soleil biaisait à travers les nuées, alors qu'un ciel pur nous avait été promis. Toute ma famille était réunie pour attendre les invités et le clou de la journée, le moment où — selon la tradition — viendraient me chercher, pour m'emmener dans la famille de Bajram, des dizaines de voitures en cortège, dont les conducteurs klaxonneraient tout le long des rues en l'honneur des noces.

J'avais tout imaginé autrement. Que ce serait angoissant, que, bouleversée, je ne parviendrais pas à marcher, que, le souffle oppressé, je ne parviendrais pas à parler. J'avais cru que je ne pourrais même plus respirer, que mon mariage me laisserait un souvenir auquel je reviendrais sans plaisir, que je transpirerais à en tremper ma robe si complètement qu'on pourrait l'essorer comme si elle venait d'être lavée, mais, ce jour-là, quiconque me vit ne put que s'étonner de mon expression d'un sérieux achevé, de ma peau d'une blancheur de linceul et de la beauté que je dégageais.

« Donne-moi le voile », dis-je à ma sœur.

Il ne manquait au reflet que m'offrait le miroir en pied que la dernière touche pour que l'ensemble soit parfait. Je plaçai la mousseline sur ma tête, cherchai quelque temps la bonne inclinaison jusqu'à ce que le voile soit joliment attaché à mes cheveux qui retombaient sur mes épaules. Je me regardai dans la glace. À travers le voilage double il était difficile de distinguer

les angles de mon visage ou mes lèvres souli-
gnées d'un trait de rouge cerise. Dessous, j'avais
du mal à reconnaître ceux qui venaient me chercher.

« Tu es prête ? » demanda Hana, l'air craintif :
sa voix douce se brisa au milieu de la question.

Je regardai un moment ma sœur dans les yeux,
et en réponse je lui fis un sourire si long qu'elle
put se reprendre et poser à nouveau sa question.

« Bien sûr, dis-je. Je suis heureuse maintenant »,
continuai-je. Je soulevai mon voile pour lui faire
un baiser sur le front et je le laissai retomber.

7

Quand mon père était arrivé dans ce pays, il ne possédait rien de rien. Il avait une femme et cinq enfants, le contenu d'un portefeuille en fait de biens matériels, et la tête, brassée de colère et de peur, emplie de projets dont la mise en œuvre point par point ferait de nouveau de lui l'homme qu'il était en quittant le Kosovo.

Notre père avait planifié notre vie avant même qu'elle ne commence. Ses trois filles deviendraient des épouses bonnes, obéissantes et honorables, et ses deux fils des travailleurs bien bâtis qui rentreraient au pays dès que la situation le permettrait, se marieraient avec des Kosovares et construiraient leurs demeures majestueuses l'une à côté de l'autre. Son plan brillait au firmament de son esprit comme les étoiles flambaient dans le ciel à la manière de petits braseros, car dans sa rêverie rien n'était irréaliste.

J'appris à parler et à lire dans une langue qu'il ne comprenait pas. Au milieu de gens dont il haïssait la culture. À raisonner à propos de choses dont il n'avait pas la moindre idée. À l'exclure, lui et tout ce qui se rapportait à lui et à sa vie : j'oubliais les vocables les plus ordinaires de ma langue maternelle et me mis à parler finnois avec mes frères et sœurs, et bien que nous fussions punis pour cela, nous nous entêtions, parce que aucun de nous ne voulait qu'il comprenne ce que nous nous disions.

Il m'avait incité à entrer dans la filière professionnelle pour entamer une formation en mécanique auto, en électrotechnique ou en informatique, dans le bâtiment ou l'imprimerie, et quand je lui annonçai que je voulais faire autre chose, il m'interrompit aussitôt et proclama que j'irais là où lui me dirait. *J'ai toujours été réglo avec toi,* fut ce qu'il ajouta, et il me demanda d'aller lui chercher une cigarette. *Ne te monte pas contre moi, si tu me résistes, les conséquences seront fatales, tu le sais bien. Je te cognerai tellement que tu n'auras plus jamais la même gueule qu'avant.*

Bouillant de rage, je sortis son paquet de la poche de sa veste. Je l'évitais depuis que j'avais appris à le connaître, car le désir que nous avions, les enfants, de vivre comme nous l'entendions était à ses yeux de l'égoïsme pur, qu'il devait châtier.

Je regimbai, fis des gestes de dénégation énergiques et lui tendis sa cigarette, et mon père, lui, contracta les lèvres comme s'il tirait sur un élastique tendu à l'extrême. Je sentis que lui aussi commençait à bouillir.

Alors je dis, entendu, je vais aller au lycée pro, puisque tu le veux. *Tu as toujours été réglo avec moi et ça n'a pas de sens de faire autre chose que ce que tu as décidé.* En disant ces mots, je me sentis carrément partir en flammes.

Je l'avais roulé aussi longtemps que j'avais pu : parallèlement à mes bouquins de lycée j'avais commandé des manuels d'électrotechnique et, en plus des matières au programme, j'avais bûché les bases de l'électricité et de l'automation pour lui montrer, à chaque lampe, télévision, ordinateur et portable en panne, d'où venait le problème et comment y remédier. Le reste, c'était plutôt tranquille — vu que mon père n'avait strictement rien à faire d'où et à quoi nous passions nos journées. Tant que nous feignions de faire ce qu'il voulait que nous fassions, il était content.

Quelques mois plus tard j'avais quitté la maison. J'avais glissé sous sa pile de factures un papier que je m'étais arrangé pour lui faire signer. *L'école est trop loin, ça me retarde pour valider mon diplôme. Je vais devenir électricien installateur, si je peux aller au pensionnat du lycée. Il faut que tu signes la permission, après je pourrai aller bosser et te donner une partie de mon salaire chaque mois.*

Mes aînés avaient déjà déménagé dans une autre ville et ne voyaient pour ainsi dire plus notre père. Pourtant il mentait et prétendait qu'il était encore en contact avec eux. *J'ai vu ta sœur aujourd'hui. Elle te déteste, c'est ce qu'elle m'a dit. Ouvertement. Qu'est-ce que tu penses de ça ?*

Je portai mon dernier carton dans la voiture

d'un ami et, m'écartant de mon plan initial, je remontai à l'étage supérieur de notre immeuble pour détruire et voir s'écrouler le rêve de mon père. Je voulais me venger, lui faire tellement mal qu'il se retournerait dans sa tombe pour l'éternité par pure amertume. Je voulais lui dire un truc tellement dégueulasse que mes mots déchireraient et tailladeraient sa peau jusqu'au sang.

Je t'ai roulé, fut mon amorce. *Tout ce temps, je n'ai fait que te rouler et te faire croire à mes mensonges.* Là, il était tout ouïes, il me regardait, guettait, et reculait de plus en plus comme pour être prêt au signal. *Il n'y a jamais eu de lycée professionnel. Je t'ai fait acheter des livres en double pour rien : avec l'argent je me suis payé des clopes, des fringues, je l'ai cramé en tatouages, en piercings et en alcool. Tu te sens comment, maintenant ? Vas-y, accouche. Je dois savoir ce que tu ressens.*

Il ne répondit pas, mais en deux enjambées il fut sous mon nez avant même que j'aie le temps de faire un pas en arrière, et il balança le bras en arrière pour prendre le maximum d'élan.

Je tombai par terre et me pris la mâchoire à deux mains ; elle semblait s'être décrochée et déboîtée, brûlante, et puait l'après-rasage, le sien. Je me relevai et tentai de faire un crochet pour fuir, m'échapper par le balcon, enjamber la rambarde, prendre appui sur la gouttière et me laisser glisser jusqu'en bas, n'importe où, n'importe où, mais mon père m'intercepta. Il rit de mon absurdité — pourquoi j'étais resté planté à me demander par quel angle attaquer la descente du deuxième étage. *Tu dois pas être si malin que ça, hein?*

Il ferma la porte du balcon après m'avoir traîné à l'intérieur. C'est comme ça qu'il a toujours été, me dis-je. *Il ne changera jamais.* Il ferma le store à l'italienne. Puis il m'agrippa, appuya un poignet contre ma gorge et ahana face à moi.

J'ai passé la plus grande partie de mon enfance et de ma jeunesse à espérer que mon père crève. Quand je le regardais tendre son assiette vide sous le nez de ma mère sans un seul mot — c'était à elle de comprendre qu'il voulait être resservi —, ou lui jeter ses chaussettes puantes sur les genoux, quand je voyais que, pour tout ce qui l'entourait, il n'avait que de la réprobation et de la sévérité, je savais qu'il ne cesserait jamais d'être une plaie pour tout le monde.

Ne faites jamais venir de Finlandais chez moi.

Ne dites jamais à personne que vous n'avez pas d'argent.

Ne me traitez jamais de menteur.

Je voulais qu'il souffre, le plus longtemps, le plus péniblement possible. Qu'il meure asphyxié, noyé, dans un cercueil en bois sans oxygène, qu'il tressaute comme un poisson hors de l'eau, que sa dernière inspiration lui fasse inhaler ses propres halètements dans un gros caisson âcre de tabac. Ses os se retourneraient vers l'intérieur, il éclaterait comme une pastèque jetée sur le ciment et s'écroulerait comme un château de cartes. On le retrouverait congelé sous les congères et nu et sans papiers et personne ne saurait qui il était ou ce qu'on lui aurait fait, puisque personne ne viendrait réclamer après lui.

« Tu es fou ! » me hurla-t-il, il secoua la tête et me reposa finalement par terre. J'avais la respiration crépitante, comme si un papier de soie avait été placé devant ma bouche. « Fou, tu m'entends ! » continua-t-il, et il donna un coup de poing dans le mur.

J'étais tombé devant lui, sur la pointe des genoux plantés dans le lino du salon comme deux barres de fer, un filet de sang me coulait des yeux, me descendait jusqu'au menton. Lui se préparait à partir quand il se ravisa et fit un pas pour me dévisager à nouveau.

Il posa alors la main sur mon crâne et me caressa les cheveux un instant, je croyais déjà qu'il allait s'excuser, mais il me tira la tête en arrière avec une telle violence que, dans ma gorge, j'eus l'impression que quelque chose se brisait, et tout ce que je pus voir ce furent ses dents jaunes et sa face rouge au moment où il cracha.

« Dégage, *o qen*, chien, *o gomar*, âne. »

Ce fut la dernière fois que je le vis. Après cela nous fûmes libérés l'un de l'autre, je regagnai la voiture de mon ami, souris et lui annonçai que tout allait bien finalement, et mon père, lui, je ne l'ai jamais revu, car il ne tarda pas après cet épisode à partir au Kosovo et n'est jamais revenu.

Enfant, le premier sentiment que j'ai éprouvé fut la honte. Lorsque mes parents demandaient leur chemin dans leur mauvais finnois, je me faisais tout petit sur la banquette arrière, pour que personne ne me voie, et la honte me remontait jusqu'aux yeux. Quand ils s'enquéraient au magasin du taux de viande de porc contenu dans les aliments, les vendeurs les regardaient de travers, comme s'ils étaient des voleurs, et ne comprenaient pas un mot. Je me cachais sous le comptoir et attendais qu'ils se soient éloignés. Ensuite seulement je les rattrapais, que personne n'aille s'imaginer que j'aie quelque lien avec eux.

Quand on les obligeait à venir aux réunions de parents d'élèves, je priais pour qu'ils se taisent et ne parlent à personne. Quand on les convoquait aux bureaux des services sociaux, je priais aussi, et espérais qu'ils ne me demanderaient pas de les accompagner pour traduire.

Longtemps j'ai cru qu'ils ne comprenaient tout simplement pas comment les autres gens les voyaient, pourquoi on leur lançait de longs regards et pourquoi parler à haute voix en langue étrangère suscitait ce genre de réactions, ces regards appuyés et ces hochements de tête. Ce n'est que plus tard que je me suis rendu compte qu'ils faisaient comme s'ils ne comprenaient pas, car ainsi la vie était beaucoup plus facile.

Nous avions le droit d'aller et venir comme bon nous semblait, nous n'avions pas de couvre-feu. Il n'y avait que deux règles : il nous était interdit de faire du bruit ou de répondre à nos parents.

Pas souvent, mais de temps à autre, mon père nous parlait de Dieu — comme s'il réalisait tout à coup qu'il ne s'était pas demandé depuis longtemps ce que Dieu aurait à dire de ses choix. Alors il s'asseyait derrière nous et veillait à ce que nous fassions nos prières, même si, pour sa part, il s'en abstenait. Il nous faisait remarquer que tout, l'univers entier, les humains, les animaux et tous leurs mouvements, actions et paroles, étaient écrits d'avance dans les livres de Dieu. Il dessinait du doigt un globe dans l'air et disait :

« *Il* est partout, notre *Sauveur*, *Lui* qui nous accorde la Grâce et le pardon, en cet instant même *Il* siège le crayon à la main et écrit l'avenir de tout l'univers, le tien, le tien et le tien aussi. »

Il prenait une inspiration, comme ému par ses propres paroles.

« Il faut craindre Dieu, parce qu'il a aussi une gomme qu'il utilise au besoin. S'il t'a écrit un futur radieux, il peut te le reprendre. Tes possessions, ta santé, ta famille et tes amis. Alors tu ne pourras rien faire d'autre que causer le mal autour de toi, parce qu'il n'y aura personne qui voudra te pardonner tes péchés. »

Première révélation

Il était quatre heures et demie quand je perçus le tapage de mes noces qui approchait, les coups de klaxon ininterrompus. Il fallait faire savoir et entendre à tous que l'on était en route pour aller chercher une fiancée. Au bout d'un moment, une Zastava blanche tourna dans la cour. Bientôt ce furent cinq voitures, et peu après tout l'espace fut encombré par les véhicules et leur tintamarre.

De l'auto blanche descendit un homme, qui rectifia le nœud de sa cravate, tourna lentement la tête en direction de la façade, ôta ses lunettes et jeta des regards autour de lui, et ensuite la porte de la voiture claqua, fort.

Au moment où les gens se rendirent compte qu'il s'agissait de Bajram, le temps s'arrêta. Quelques secondes, les montres s'immobilisèrent, nul ne fit plus un geste, le vent même retomba. Comme si tout l'ensemble avait été prié de ne plus bouger pour la photo. Nous étions le tableau noir vide et Bajram l'éponge humide qui vient claquer en son centre, et il avança lentement vers la maison, comme les gouttes coulent le long du panneau de bois.

Que fait-il ici ? Mais qu'est-ce qu'il fait ici ? demandai-je à ma mère. Ce n'était pas au mari qu'il revenait d'aller chercher sa fiancée, mais aux hommes de sa famille. Et pourtant, il était là, fit un vague salut à mon père installé sur une chaise dehors et vint se camper devant lui.

«Je ne sais pas», répondit ma mère tout en écoutant Fatimè, éplorée, lui chuchoter quelque chose à l'oreille. «Je n'en ai pas la moindre idée», reprit-elle, et son visage fut gagné par une expression étrange, comme si elle venait d'apprendre la mort de quelqu'un.

La jeune fille n'avait jamais entendu dire que le mari fût arrivé avec le cortège. Celui-ci était censé attendre chez lui que sa fiancée lui soit remise. Comment pouvait-il mépriser ce que l'on dirait de lui, se demanda la jeune fille incrédule, et elle serrait les plis de sa robe, et pourquoi venait-il faire un foin pareil ?

Bajram serra la main du père de la jeune fille et échangea avec lui quelques rapides politesses. Après y avoir été autorisé, Bajram prit place à son côté. Le père de la jeune fille et Bajram avaient l'air grave, et au bout d'un moment Bajram sortit une cigarette de sa poche et l'alluma de la main gauche, abritant la flamme des bourrasques avec la droite. Il avait la tête penchée comme s'il s'était déchiré un muscle de la nuque.

«Belle journée», dit ensuite Bajram, il tira sur

sa cigarette et recracha la fumée. «Je tenais absolument à venir, *zöteri*, impossible de rester à la maison. Un jour pareil.

— Je comprends», dit le père de la jeune fille, même s'il ne savait pas si l'effronterie de Bajram l'émouvait ou le choquait.

Le père de la jeune fille s'étonnait que le mari eût le culot d'engager la conversation aussi facilement, comme s'il était en train de traiter une affaire ordinaire quelconque, et il regarda la jambe que celui-ci étirait et tendait dans la zone qui lui était réservée. Était-il fou, se demanda le père de la jeune fille, ou voulait-il seulement donner une image de lui : un type qui se comporte avec légèreté et ne prend pas les choses trop au tragique. Ou bien avait-il juste décidé sur un coup de tête d'accompagner le cortège, car un jour pareil n'importe qui pouvait perdre son discernement, voire sa raison.

Le père de la jeune fille alluma une cigarette en signe d'approbation et s'éclaircit la voix. Les voitures garées à l'entrée de la cour étaient semblables à un groupe de moustiques autour d'une flaque de sang, songea la jeune fille en les regardant par la fenêtre. Les hommes qui en étaient descendus fumaient et se dirigeaient vers les tables chargées de mets.

«La fête se passe bien chez vous ?» Bajram étendit la jambe encore plus avant et mit une main dans sa poche. «Chez nous en tout cas, oui.

— Oui oui», répondit le père de la jeune fille, il s'éclaircit encore une fois la gorge et changea de position à son tour, comme s'il menait une conversation corporelle avec Bajram.

« Par chez nous, mon père et ma mère attendent de voir Eminè avec impatience. Votre excellente famille leur est connue. Ils n'ont aucune raison de douter de moi, car le nom de votre famille est sans tache, d'excellente réputation. Je suis un homme qui a beaucoup de chance. Et je vous assure qu'Eminè en a tout autant. Elle est entre de bonnes mains. Je serai un bon mari, vous pouvez en être certain », déclama Bajram d'une seule traite, et il s'emplit de nouveau les poumons de fumée.

Une foule se pressait autour des tables, pour l'essentiel des hommes de la famille de Bajram, à qui les frères et sœurs de la jeune fille servaient du jus de fruits, du café et du thé. Mais les conversations étaient retenues et hésitantes, loin du vacarme que la jeune fille avait imaginé.

Au bout d'une heure environ, Bajram se leva sans prévenir. Toutes les conversations s'arrêtèrent. C'était comme un raz-de-marée de la hauteur d'un étage, pensa le père de la jeune fille, l'assurance de cet homme. Le père de la jeune fille se leva à sa suite, épousseta les jambes de son pantalon et tendit la main à Bajram.

« Merci. Tes mots sont une musique à mon oreille. Tes parents t'ont bien élevé. Eminè est à l'intérieur, nous pouvons aller la chercher. J'espère que vous irez bien et jouirez de la vie — de vous, de vos enfants, de vos richesses.

— *Zöteri*, entama Bajram. Pourrais-je aller la chercher, moi seul ? »

Le père de la jeune fille le regarda, déconcerté. Puis il jeta un regard alentour et se rendit compte que personne ne disait mot, les gens étaient assis sur place en silence, tous avaient éteint leur cigarette et l'observaient, lui, et alors il finit par sourire.

J'étais assise dans la chambre à coucher de mes parents et j'attendais. J'entendis ses pas qui essayaient d'entrer, leur cadence sur le ciment, les portes qui geignaient et grinçaient. J'arrangeai une dernière fois les pans de ma robe et dissimulai mon visage sous le voile.

Bajram apparut seul et dirigea immédiatement ses regards sur moi comme s'il n'avait pas remarqué la présence de mes frères et sœurs qui nous observaient, lui et moi, tour à tour, comme s'ils cherchaient la réponse à ce qu'il était normal de ressentir dans de telles circonstances. Nous nous étions tous préparés à ce que mon père et mon petit frère m'accompagnent à la voiture qu'un parent de Bajram conduirait, mais voilà que c'était ce dernier qui s'appuyait nonchalamment, un poignet sur le chambranle, tenait ses lunettes noires entre ses doigts et scrutait ma toilette.

Il était vêtu d'un costume qui tombait bien et droit, ses cheveux bruns étaient épais et joliment ondulés, imprégnés de lotion capillaire de bonne qualité et polis par un gel brillant. Il portait une

chemise blanche et une cravate noire qui formaient avec la veste rejetée sur son épaule et sa
ceinture de cuir noir un ensemble distingué et
raffiné.

Bajram se mit à sourire. Ses joues s'ourlèrent,
largement et joliment s'arquèrent. Ses dents
avaient toujours la même blancheur que quelques
semaines auparavant près de la pierre, et elles se
découvrirent comme des diamants chatoyant de
mille feux. À leur vue, impossible de croire que
Bajram enchaînait les cigarettes au même rythme
que mon père.

Il tendit finalement la main. Un rayon de soleil
dans son dos lui faisait comme une auréole.

«On y va?» demanda-t-il, et il quitta l'encadrement de la porte et s'avança légèrement.

Sa main sculpturale était pointée sur moi
comme le canon d'un fusil. La peau semblait
ferme et solide comme le roc. Je songeai que sur
cette main je pourrais m'appuyer et bâtir une
demeure stable, éternelle, tresser tout autour un
foyer commun, des enfants et une vie heureuse,
et, légère, je lui tendis la main, tel un autre fusil,
je pressai sa peau veloutée, ses doigts doux
comme le satin, et j'abandonnai tout sans un
regard en arrière.

Nous traversâmes le corridor et débouchâmes
sur la terrasse, et il patienta le temps que
j'embrasse mes frères et sœurs, en larmes, qui me
souhaitèrent bonne chance, nous descendîmes
sur la pelouse où les tables avaient été désertées,

mes parents pleuraient et me retenaient dans leur étreinte.

Nous finîmes par atteindre la voiture blanche. Les conducteurs jetèrent leurs cigarettes, écrasèrent les mégots et sautèrent à bord. Cela empestait l'essence, un nuage de gaz s'accumulait au-dessus de la cour et les volutes de tabac le pourchassaient comme un tourbillon de sangsues assoiffées.

L'auto de Bajram était décorée de rosettes et de fleurs. J'aurais dû m'asseoir à l'arrière avec ses parents, m'accrocher à l'appuie-tête de devant et faire le dos rond jusqu'à ce que la maison de mes géniteurs fût hors de vue. Si l'épousée s'installait confortablement, au vu de son village et de sa famille, cela signifiait que les quitter ne lui causait aucune peine. Ce qui, à son tour, voulait dire qu'elle était nonchalante et paresseuse.

Et voici que Bajram me demandait de m'asseoir à la place du mort, au vu de tous. Je restais plantée devant lui, aussi raide qu'une statue, et je n'osais pas regarder derrière moi, à demi morte. *Vraiment*, avais-je envie de lui demander. *Tu veux vraiment que je m'assoie là ? Qu'est-ce que vont penser les autres du fait que nous ne sommes que tous les deux dans la voiture ?*

Bajram se mit à rire et répéta son invitation en tendant la main en direction du siège avant. Ne t'occupe pas des autres, dit-il comme s'il avait lu dans mes pensées, après quoi j'obéis, qu'aurais-je pu faire d'autre qu'obéir à mon mari ? Je commençai à m'installer. Bajram me tenait la porte, il replia proprement les volants de ma robe et me demanda si j'étais bien assise. Je ne répondis pas, tout engoncée que j'étais. J'essayai de m'avancer, j'agrippai le tableau de bord de la main droite et enfonçai les ongles de la main gauche dans le siège. Eh bien, dit Bajram, il rit encore, claqua la porte et contourna le véhicule.

Bajram me fit un clin d'œil et démarra. Les conducteurs obliquèrent pour rejoindre la route, et nous partîmes, les derniers, nous fermions la ribambelle, devant nous le ciel gris, sur les côtés les fenêtres remontées et derrière, au bout de l'asphalte déformé et tremblant sous les roues du cortège, la maison inachevée, qui finit par disparaître. Une fois que nous eûmes roulé un peu, les klaxons repartirent de plus belle. Pour la saison il faisait relativement chaud, le mois de mai dans toute sa splendeur.

Mon haleine formait sous le voile une vapeur torride. Je sentais les gouttes de sueur qui faisaient couler la poudre sur mon visage et la poudre qui collait à la voilette. J'enfonçai la main dessous pour avoir plus d'air, mais la voiture était une fournaise, silencieuse et vide, navette spatiale éjectée dans l'immensité.

Ce n'est qu'au fur et à mesure du paysage de plus en plus étranger que je me rendis compte que nous ne nous étions rien dit, Bajram et moi, depuis quinze bonnes minutes. Je quittai des yeux le panorama où les montagnes au loin se changeaient en forêt ascendante, pour me tourner vers lui. À travers ma voilette je distinguai le contour de ses cuisses musclées, leur début et leur fin. Le costume allait à Bajram comme il se devait. Lui, était aussi droit que le tronc d'un pistachier, même en voiture il se tenait droit.

J'avais envie de poser la main sur la sienne, qu'il avait ouverte sur sa cuisse, le pouce tendu et les doigts étalés, comme s'il avait fait de la place dans sa paume pour la mienne, mais je n'osai pas. Je décroisai les mains et les posai sur mes cuisses. Bajram saisit l'allusion et ôta ses lunettes. Il se mit à sourire.

« Tu peux les mettre dans la boîte à gants ? » me demanda-t-il, et il étendit sa main droite jusque devant moi.

Je saisis la paire sans un mot. Je lui rendis son sourire et espérai qu'il remarque à quel point un mouvement si petit et délicat avait fait chavirer tout mon corps. Il était plus près de moi que jamais, nous étions pour la première fois seul à seul. Puis je tirai sur les lunettes et les rangeai.

Mais la main de Bajram ne se reposa pas sur le volant, elle resta sur ma cuisse gauche comme si elle y était chez elle, et ma jambe était si brûlante qu'il me semblait qu'elle allait fondre et s'évaporer. *J'ai deux options*, pensai-je. Je pouvais laisser sa main en place ou la saisir, je pouvais décider de me mettre à l'aimer, lui, à partir de ce moment, ou attendre que cela se produise plus tard. Je choisis : je posai la main sur la sienne.

Et, quelques minutes durant, je fus la femme la plus heureuse au monde.

Regardez-moi ! avais-je envie de crier, je voulais

grimper en haut des minarets et des gratte-ciel, et parler de nous à tout le monde, comme nos doigts s'entrelaçaient et se pressaient ensemble si bien que nous ne savions plus lesquels étaient à qui. Sa main était douce et sa prise tendre et chaleureuse, son visage beau et anguleux.

Mais il m'avait frappée, alors même qu'il était si droit, alors même qu'il m'avait promis la vie la plus heureuse.

Une seconde plus tôt il avait ôté sa main de sous la mienne et l'avait mise par-dessus. Et puis il l'avait amenée à lui, avait fermé les yeux un instant et l'avait posée sur son entrejambe.

Je retirai ma main, effrayée — une telle dépravation me choquait et j'avais peur pour ma vie, car la voiture avait manqué de se retrouver sur la voie à contresens. Il me reprit la main et refit la même chose. Et moi je la retirai à nouveau. Quand les yeux de Bajram se rouvrirent pour la seconde fois, je ne reconnus pas son visage. Ses yeux dégueulaient, sa lèvre supérieure lui remontait jusqu'au nez et ses sourcils jusqu'aux cheveux, et Bajram me lança un regard haineux, méprisant, qui finit en rage pure. *Ce n'est pas la peine*, je pensais. *D'avoir attendu si longtemps pour prendre un raccourci au dernier moment.*

L'arrière du crâne de Bajram se mit à trembler au moment où il serra les dents, et deux pointes aiguës se formèrent sous son menton. Pour la troisième fois il s'empara de ma main avec détermination, la tira entre ses jambes et commença à se caresser avec. Il serra encore plus fort et la maintint appuyée en signe qu'elle devait y rester. Puis il déplaça la sienne et se mit à tâtonner à travers les couches de vêtements entre mes jambes. Je n'aurais jamais cru qu'un homme si beau pût avoir des gestes si déplaisants.

«Non», dis-je doucement.

La main de Bajram trouva le jupon sous la robe. Ses deux doigts tirèrent sur le tricot à côtes comme des pincettes et finirent par découvrir les sous-vêtements. Il se mit à caresser. Puis il écarta ma culotte avec son majeur et me caressa de l'index.

«Non!» criai-je, et j'agrippai sa main, je serrai aussi fort que je pus et lui décochai un regard haineux.

Tu me fais mal.

Il retira ses doigts et me gifla, fit faire presque un demi-tour à ma tête. À la place de son visage je vis des monts, bas, nus. Je sentais battre mon cœur dans ma joue, et l'odeur de ses doigts s'y était collée. Puis il enfonça ses doigts dans sa bouche d'un air méchant et rit.

8

Le lendemain le chat m'envoya un texto. Il me disait qu'il était sans toit et avait besoin d'un endroit où dormir. Je m'apprêtais à lui répondre en lui proposant d'habiter chez moi, quand mon téléphone bipa de nouveau.

J'emménage. Un constat.

Grave, bienvenue! fut ma réponse.

J'écrivis immédiatement après que j'avais un boa en guise d'animal de compagnie. *Ça ne te dérange pas?*

Non, carrément pas! et il apporta ses affaires la semaine suivante.

Notre vie commune s'amorça aussitôt, prometteuse, même si je n'avais jusqu'alors vécu qu'en compagnie du serpent. Nous partagions toutes les dépenses et le chat se fit à la présence du boa, il y touchait même parfois, et je me disais que notre amour serait comme au cinéma : fort et puissant, sans questions et sans perte de temps.

Nous nous promenions main dans la main à travers les jardins, partagions le journal le matin, nous faisions des confidences que l'on réserve à son cher et tendre. Le chat m'interrogea sur mes histoires passées, et je lui dis que j'avais été avec des femmes et des hommes, mais qu'aucune relation n'avait jamais rien donné, et j'ajoutai que j'étais vraiment content d'être avec lui maintenant.

Je lui contai mes espoirs et mes craintes, et lui ses rêves et sa famille. *C'est une histoire des plus banales. Je suis un chat tout à fait banal, d'un foyer banal et tout en moi est banal, des amis banals et un travail banal, et tout et tout. Ne t'occupe donc pas de ça.* Je ne lui ai jamais demandé pourquoi il était sans domicile, parce que j'avais l'intuition qu'il ne voulait parler ni de sa situation économique ni de sa position sociale. Il me dirait tout quand il serait prêt.

Nous prenions des bains pendant lesquels je lui lisais des extraits de mes livres préférés. Nous faisions de longues randonnées et fréquentions des spas, nous nous essayâmes au bowling, à l'alpinisme et au squash. Et nous étions tous deux convaincus que cette fois était différente, que c'était le destin, que ces deux-là étaient entrés dans la vie l'un de l'autre pour la rendre digne d'être vécue.

Le chat adorait le cinéma. Il aurait pu ne faire que ça, regarder des films. Il me traînait dans les salles obscures plusieurs fois par semaine et s'irritait contre moi et les autres spectateurs si quelqu'un faisait trop de bruit. Une fois il avait grimpé sur le dossier de son siège et hurlé à deux hommes à la peau foncée qui discutaient quelques rangs derrière nous :

« Ici, en Finlande, on fait silence au cinéma ! Fermez-la ! »

Puis il avait fourré la patte dans son paquet de pop-corn et s'était mis à les bombarder, même si la séance n'en était encore qu'aux publicités.

Le chat avait une connaissance approfondie des œuvres et des périodes, des acteurs et des scénaristes, des réalisateurs et des galas. Il traquait les films sur Internet et faisait des listes : à voir absolument, pas encore sûr, et pour finir sans le moindre intérêt.

Le chat apprenait ses listes par cœur, au cas où on l'interrogerait. Et ce n'était pas qu'une lubie d'amateur, car après quelques semaines de vie commune il m'avait avoué qu'il envisageait secrètement de se reconvertir : il ne voulait plus être chat, mais monteur.

« Tu es exactement comme moi », je lui avais dit en souriant, et j'avais déposé une tasse de café devant lui sur la table à laquelle il s'était installé pour étudier ses listes. « C'est comme ça que je procède, moi aussi. C'est bien d'être à l'avant-garde, tout le temps sur la brèche. C'est obligé que quelqu'un te pose la question, juste sur ce film-là, si ça se trouve, et tu auras la bonne réponse. »

Le chat avait ponctué d'un vague hum et déclaré : mon truc, c'est pas *exactement* du même calibre que tes livres idiots auxquels personne de sensé ne pige rien.

« Ne me parle pas comme ça, commençai-je. C'est un manque de respect et je n'aime pas ça. »

Le chat jeta ses lunettes sur la table, prit sa tasse de café et se tourna pour me regarder. Il croisa les pattes arrière, bomba le torse et posa une patte avant sur le dossier d'une chaise qui semblait tout droit sortie d'un décor du Paris des années 1920 pour l'occasion.

« Voyez-moi ça, dit-il, plein de morgue. Ce qui est un manque de respect, c'est que tu ne m'as toujours pas présenté tes frères et sœurs, poursuivit-il entre ses dents.

— Ils sont trop pris, je te l'ai dit cent fois.

— Toujours la même antienne, embraya-t-il, revêche. En vérité, le seul acte irrespectueux de toute cette conversation, c'est le suivant », ajouta-t-il, et il tendit une patte — celle qui tenait la tasse de café.

Puis il la laissa tomber. Sous le choc la tasse non seulement se brisa, mais le serpent fut pris de panique. Il était sensible aux bruits et aux coups, ce que le chat savait parfaitement.

« Ramasse ! » dit-il, indomptable — un éclat de rage sauvage dans les yeux.

Le serpent se mit à donner des coups sourds contre le sol et le mur et à siffler, et bientôt sa petite tête émergea de sous le canapé, suivie de son corps entier. Il y avait du café partout, par terre, sur le tapis, les murs et les chaises, et le chat ayant craché son mécontentement, se remit, soi-disant, à étudier ses listes. Le serpent s'était assez rapproché de la table et du chat pour que je l'attrape et le mette autour sur mes épaules, sans m'occuper du matou.

« J'avais deviné ! s'écria-t-il.

— Arrête. Il va se blesser sinon. Il peut mourir à cause des écorchures.

— M'est égal s'il meurt, brusqua-t-il. Cette bestiole immonde mérite de crever. Je ne comprends même pas pourquoi tu l'as pris chez toi, de toute façon. »

Je portai le serpent jusque dans ma chambre, le déposai sur le rebord de la fenêtre et revins dans la cuisine où le chat avait disposé ses listes en trois piles. Elles étaient couvertes de tirets, de flèches, de sommes d'argent et de notes marginales — les attentes, partis pris et opinions du chat. Je sortis un petit sac, j'y mis les éclats les plus gros.

« Tu sais, j'ai un peu réfléchi, annonçai-je en mettant les débris à la poubelle.

— Ouais, bah n'hésite pas à me faire part de tes *réflexions*, dit le chat.

— Pour la reconversion », dis-je, je me coinçai un rouleau d'essuie-tout sous le bras, chopai une éponge dans l'évier et me mis à rattraper les conneries du chat. « J'ai pensé arrêter la fac. Et vu que ça va bientôt être le moment d'envoyer les candidatures, je pourrais postuler pour la même école que toi, dis-je, par terre. Nous serions tout le temps ensemble. Je me suis dit que je pourrais devenir réalisateur. Je crois que je pourrais être bon dans ce métier. »

Le chat pendant un moment ne fit pas un bruit. J'avais tout épongé, le sol était sec et j'eus même le temps de sortir l'aspirateur avant qu'il ne se remette à communiquer. À rire de tout son cœur. Il se fendait tellement la poire qu'il donnait l'impression d'avoir du mal à reprendre son souffle.

«Toi? Toi qui ne connais rien aux films?» parvint-il à demander au milieu de sa crise.

Je mis l'aspirateur en marche. Tout en m'appliquant je grognai à son adresse que je pouvais tout à fait apprendre, en savoir autant que lui.

Vint le printemps, un printemps clair et ensoleillé. Notre premier printemps commun, soleil frais et longues soirées lumineuses. La neige ruisselait des toits, s'enfuyait dans les caniveaux et l'air était plein du parfum de la terre humide. Les arbres se couvraient de feuilles vert tendre qui chatoyaient comme des rubans de soie.

Le chat, de manière surprenante, n'avait pas envie d'assister à ce spectacle, les pelouses détrempées colorées d'un vert encore lourd, les rues encore pleines de gravier, sèches tandis que tout le reste était encore mouillé. Le printemps donnait la nausée au chat, toute cette lumière et ce soleil, et il ne se levait pas avant l'après-midi. Et les rares jours où il acceptait de sortir, il protégeait son manteau d'hiver comme s'il s'agissait de son trésor le plus précieux et refusait de quitter ses gants épais, son écharpe et ses rangers. Il s'enterrait sous des couches de vêtements et enveloppait sa tête dans une capuche serrée, même s'il arrivait que la température monte jusqu'à vingt degrés.

J'avais entretenu l'idée qu'il haïssait le froid et pour cette raison préférait éviter de se déplacer l'hiver, mais manifestement son seul motif était qu'il ne voulait pas se montrer. Il n'aimait pas la façon dont les gens allaient parler de lui et de moi. Au début il m'avait fait comprendre qu'il se fichait pas mal des autres, mais, le temps passant, il avait eu vent de rumeurs et appris à lire sur les lèvres des gens des paroles qu'il prenait contre lui, et même s'il faisait tout pour ne pas y croire, il s'était mis à se voir dans les mots des autres.

La différence, c'est un fardeau, étaient ses mots, découragés. *Les gens ne font que reluquer, moi et toi, et ils sont sciés, ils nous reluquent, toi et moi, et ils sont sciés ! Tu vois, d'abord on essaie de se rendre semblable aux autres, et comme ça ne marche pas, on sort des blagues super débiles pour mieux dissimuler sa différence sous les rires, et quand les blagues ne sont plus drôles, on se met à mentir. Et quand tout ça ne sert plus à rien, il est temps de faire ses valises et de filer.*

Il avait grossi. Lorsqu'il grimpait sur le rebord de la fenêtre pour observer les passants, il restait un moment suspendu par les pattes avant, tandis que ses pattes arrière pédalaient dans l'air comme des moignons frétillant de manière effrénée. Après seulement, il parvenait à se hisser à bout de bras, et se mettait à râler, *pfiou* et *aaah*, et se traitait de tous les noms. Il ne devint pas gros et jovial, mais gros et amer, et il se mit à se trouver laid. *Ne me regarde pas, je suis devenu vraiment affreux.*

J'avais beau lui assurer qu'il était toujours très beau, il ne cessait de se couvrir d'insultes, et moi de reproches. Il m'accusait d'être la cause de son obésité, de sa fourrure graisseuse et de son ventre pendouillant, de ses griffes négligées, qu'il ne prenait même plus la peine de se couper seul. D'après lui, je le nourrissais trop. *Je suis un chat, et je ne peux tout simplement rien à ma nature. Je mange quand il y a à manger. Je bois quand il y a à boire.*

Il était dévoré d'impatience, attendant, pour la fin du printemps, la réponse de l'école supérieure à laquelle il avait envoyé son dossier. Il tournait en rond, stressé, dans l'appartement, comme si cela allait faire passer le temps plus vite. Moi aussi, j'attendais, même si j'avais été obligé de lui cacher mes intentions, puisqu'il n'avait pas manifesté la moindre confiance en ma réussite. *On ne peut pas se réveiller un beau matin et décider qu'on veut devenir médecin. Ces choses-là, ça demande du temps, de la maturation.*

Mais si, on peut, j'avais envie de lui dire. Exactement comme ça. On peut ouvrir un livre et rester dessus tellement de temps qu'on a la nuque qui flanche. Le chat croyait que le temps le rendrait mûr et intelligent, que le temps en lui-même, la vie qui passe, de jour en jour, lui donneraient l'expérience d'où il tirerait sa sagesse. *Non, ça ne marche pas comme ça,* j'aurais eu envie de lui dire, *pas du tout ainsi.* Au lieu de ça je restais bouche cousue et le soutenais à chaque phase du processus. *Tu peux le faire. Tu es un chat intelligent. Ils prendront qui, sinon toi ?*

Nous commençâmes à vivre de routine, et soudain nous nous connaissions déjà si bien que nous n'avions plus de questions à nous poser l'un à l'autre. Le chat avait appris à ne pas me parler pendant la première demi-heure suivant mon retour à la maison, il me laissait lire tranquillement et baissait le son de la télé quand j'allais me coucher avant lui, et moi de mon côté j'avais appris à lui préparer ses habits pour le lendemain, car le chat était mauvais en matin et moi, très bon.

Puis, un banal soir de juin, le chat en vint à la conclusion qu'une vie comme ça, ce n'était pas pour lui. *Chaque jour c'est pareil*, furent ses mots. *Je dois me séparer de toi. Je veux te quitter. Je ne veux plus de ça. Être chat dans un monde pareil, dans une relation comme ça.*

Alors un vieux proverbe kosovar me traversa l'esprit, qui dit que trop de bien gâte son homme. De bonnes choses, vous pouvez en obtenir et elles peuvent se produire de bien des manières. Si quelqu'un possède plus qu'il n'a besoin, s'il est habitué à être trop bien traité ou est trop doué pour quelque chose, il se convainc qu'il ne mérite que ce qu'il y a de mieux. Il refuse de fréquenter qui que ce soit d'autre que ceux qui lui ressemblent. Il s'habitue à la bonne chère et à la bonne boisson, et se demande comment il se fait qu'il ait jamais pu se contenter de limonade sucrée ou de tabac bon marché. Et tout ce temps-là il s'imagine que les autres crèvent de jalousie.

Tu croyais vraiment que toi et moi, que nous deux nous serions ensemble pour toujours ? Mais comment tu as pu t'imaginer une chose pareille, tu comprends quand même que moi je suis fait comme ci et toi tu es fait comme ça, et que les deux ensemble ça le fait pas ? Une bêtise pareille, ça devrait vous valoir une amende.

Le chat voulut déménager séance tenante, mais quand je lui dis qu'il devrait réfléchir encore un peu, il s'arrêta pour considérer ce que j'avais à lui offrir. *Tu peux habiter avec moi même si tu n'es pas avec moi. Ça ne me pose pas de problème*, je dis. Puis le chat souleva la tête du canapé, la tourna et sourit, et il avait les paupières bombées comme dans les dessins animés japonais.

« Très bien, dit le chat. Mais je te préviens, je ne paye pas un centime pour le loyer.

— Ça me va. »

PRINTEMPS 1980

Seconde révélation

La voiture pénétra dans une cour ceinte de hauts murs de ciment, tout juste repeints en blanc. Le portail était encadré de petits buissons de cyprès bordés de fleurs chamarrées qui semblaient avoir été plantées au lance-pierres.

La maison familiale de Bajram trônait au centre d'un vaste espace, seule, il n'y avait pas l'ombre d'une quelconque autre construction. Cette bâtisse immense était telle que je l'avais imaginée, et ses alentours étaient bondés d'hommes, de femmes et d'enfants qui nous attendaient, en grande tenue. Maintes femmes portaient une *dimije*, en mémoire de leur propre mariage, robe brodée de perles qu'elles se procuraient spécialement pour l'occasion.

L'auto stoppa au milieu d'une pelouse bien tondue. À l'autre bout de la cour, la demeure massive à deux étages et toit orange. Nous n'étions qu'à une trentaine de kilomètres de chez moi, et j'avais pourtant l'impression de me trouver à l'autre bout du monde. La façade blanchie à la chaux, un balcon courant sur toute la longueur du premier étage, et les terres de la famille, qui s'étendaient presque à perte de vue.

J'entendais les gens pousser des soupirs mélancoliques et échanger des paroles, mais, enfermée dans la voiture, je ne comprenais rien à ce qu'ils disaient. Bajram se glissa dehors et fit le tour pour m'ouvrir.

Je descendis lentement, saisis la main qu'il me tendait et tirai à moi le reste de mon vêtement, et ce faisant j'eus l'impression d'être la seule personne qui comptât au monde. Tous s'effaçaient devant nous, ouvrant un passage au centre de la cour qui me conduirait tantôt au pied de la maison.

Les femmes chantaient et frappaient leurs tambourins, les hommes faisaient résonner de gros tambours qu'ils portaient en bandoulière sur une épaule, les *tupan*, et moi j'avais les bras le long du corps et les mains posées l'une sur l'autre au niveau du bas-ventre, et je m'efforçais de marcher en gardant les yeux au sol. Bajram me prit par une épaule et sa sœur par l'autre. Ils me conduisirent lentement en direction de la terrasse.

Une fois à la porte, il fallait procéder à l'onction du linteau. La sœur de Bajram portait une coupelle d'eau sucrée.

«Quand tu seras devant la porte d'entrée, tu plongeras la main dans l'eau et tu en enduiras le linteau», m'avait enjoint ma mère.

Il y a peu encore, la croyance était vivace au Kosovo que cela rendrait la vie douce au mari et à son épouse. Je m'humectai les doigts et tapotai le linteau, sous l'œil vigilant du cortège. Puis Bajram ouvrit. À l'intérieur m'attendait ma chambre, notre chambre commune, à Bajram et moi.

Une fois dans le vestibule, je me rendis compte que la maison était construite exactement sur le même plan que la nôtre, le même que toutes les demeures kosovares. Le tapis était placé exactement au centre du corridor, les coqs en porcelaine, en rangs derrière la vitre de l'armoire du salon, ne changeaient jamais de place, l'évier de la cuisine était dépourvu de la plus petite éraflure et pas la moindre miette de pain ne venait déranger la symétrie des motifs au sol.

Bajram me tendit une main énergique et m'accompagna à la porte de la chambre à coucher. À ma surprise — il avait sans doute exigé qu'il en fût ainsi — ce fut lui qui me présenta notre chambre, et non sa mère. Après l'onction, l'homme patientait généralement le dos tourné à la porte principale jusqu'à ce que l'épousée revienne à son côté. Je jetai un rapide coup d'œil à Bajram avant de faire un pas de plus. Lui était gonflé de morgue, comme s'il jouissait à pleins poumons de la situation et de l'attention qu'il recevait.

Au moment où il ouvrit, la première chose que je vis, ce furent les rideaux rouges qui donnaient à la chambre un aspect sombre, confiné, presque menaçant dans le contre-jour. La fenêtre donnait, ce qui sortait de l'ordinaire, sur un verger.

Le sol était couvert d'un tapis rouge accordé aux tons du couvre-lit. L'armoire était taillée dans un bois foncé, ainsi que le lit et les tables de chevet, bâtis d'un seul tenant. La coiffeuse appartenait à la même série. La chambre de catalogue typique : le mobilier avait été acheté en une fois, directement dans la vitrine de quelque magasin.

Tout affichait qu'on n'avait pas regardé à la dépense : la façade comme l'intérieur sentaient la peinture fraîche, le vernis et le parfum de bois des meubles ne s'estomperaient pas avant longtemps, et il vous sautait aux yeux et au nez que les placards de la cuisine étaient flambant neufs et n'avaient jamais été utilisés.

Puis Bajram me demanda si j'aimais la chambre, les affaires qu'il m'avait achetées, l'infinité de rouge et le paysage de robustes poiriers plantés sur l'arrière, le champ à leur suite, la route secondaire sablonneuse entre les deux et les montagnes agglutinées au fond. Il voulait savoir *tout de suite*, dit-il. *Dis-moi ce que tu en penses. J'ai acheté énormément de choses pour toi*. Tout ça, c'est pour toi, dit-il, et il pointait les rideaux du doigt. Je regardai Bajram, hochai la tête et m'assis sur le lit.

« Vite, alors, dit Bajram au bout d'un moment.
— D'accord. »

Je lui demandai où se trouvaient les vêtements qui avaient été apportés de chez moi car j'y avais dissimulé un paquet de bonbons. Bajram cria à sa mère, qui enjoignit une des jeunes filles qui s'affairaient dans la maison d'aller chercher les paquets, montés au dernier étage.

Quand j'eus mis la main sur le sachet, nous ressortîmes.

Les invités s'étaient alignés, à quelques mètres de la porte, attendant la grande révélation, l'instant où le voile de la mariée serait soulevé et son visage exhibé au vu de toute la noce.

Comme à mon insu, je pris la main de Bajram. Cet homme m'avait acheté assez de bijoux pour toute une vie et choisi une chambre rouge ainsi que des boucles d'oreilles en or.

Puis le père de Bajram présenta devant moi un magnifique petit garçon, son petit-fils. Celui-ci me faisait un sourire craintif, comme gêné d'être au centre des regards. J'aurais voulu lui rendre son sourire, mais je ne devais pas me départir une seconde de mon air sévère. Je me penchai à sa hauteur, saisis ses mains et y déposai les bonbons — c'était le moins que je pusse lui donner, car ce qu'il s'apprêtait à faire renforcerait les chances d'avoir un garçon.

«Merci», dit-il.

Le père de Bajram le souleva et l'enfant tira délicatement le premier pan de mon voile derrière ma tête. Ceux qui avaient de bons yeux purent distinguer la forme de mon visage. Plus d'un retenait son souffle, plissait les paupières pour mieux voir. Je fermai les miennes. Mes ongles vernis de rouge remontèrent lentement vers ma poitrine. Le garçonnet saisit le second pan de mon voile et le releva encore plus lentement que le premier.

Et désormais tout était visible, cou, menton, lèvres, nez, yeux, front et cheveux.

Les gens restèrent un instant silencieux. Puis les femmes se mirent à applaudir et les hommes à siffler. Au bout d'un moment je glissai les pouces sous le lobe de mes oreilles et les soulevai à la vue de tous, et ensuite j'élevai mes poignets dans les airs. L'or éblouissait comme un soleil au zénith. *Tout cet or, c'est pour moi que mon mari l'a acheté.*

Puis les gens entamèrent les réjouissances, chantèrent et dansèrent avec plus de fougue. Nous restâmes immobiles Bajram et moi pendant au moins une demi-heure. Les invités nous observaient, prenaient des photos, et les parents de Bajram entamèrent la remise des présents, ils me passaient aux doigts, aux poignets, au cou toujours plus de bijoux et glissaient des billets sous mon voile. Tout ce temps je gardai les dents serrées, j'essayai de congédier tous ces bruits et de ne regarder personne dans les yeux.

Après cela démarra le *temene*, la danse de la mariée, les hommes firent de nouveau rouler leurs tambours et les femmes sonner leurs tambourins, et ces dernières me chantaient des chansons dont il me fallait écouter attentivement les paroles, car celles-ci énuméraient la liste des actions à accomplir par l'épousée.

Si tu aimes ta belle-mère,
va donc l'embrasser.
Si tu aimes ton beau-père,

va donc la main lui baiser.
Et si tu aimes ton très cher,
va donc encore lui prouver.

Je serai pour lui une épouse parfaite, songeais-je, m'exécutant de manière irréprochable. *Tout ce qu'il voudra, il l'obtiendra de sa femme.* Les sifflets de ces hommes, les applaudissements admiratifs des femmes et des enfants ; ils étaient satisfaits — la fiancée était belle, son teint sans défaut, ses cheveux épais, ses lèvres pleines, et l'or étincelait presque à vous en aveugler. Je me sentais plus magnifique que jamais, comme si je me pavanais sur une scène avec un micro, comme si j'avais face à moi mes admirateurs, impatients que j'entonne ma chanson, comme si leurs applaudissements étaient le crépitement des flashs.

C'est alors que je l'entendis.

Un chat miaulait.

9

Au bout de quelques semaines je me retrouvais à coucher par terre dans le vestibule. Le chat jugeait que le serpent puait, et que moi je puais vu que je m'en occupais, il avait donc exigé de dormir seul dans mon lit. *Sinon je m'en vais*, tel était l'ultimatum, et là je m'étais avisé que tout compte fait j'avais amplement la place de m'étendre dans l'entrée de mon appartement.

J'avais demandé à faire des heures sup, à bosser de nuit et le week-end parce que le chat ne se contentait pas d'espace, non, il voulait aussi un nouvel ordinateur pour monter ses courts-métrages, une caisse plus grande où faire ses besoins et de la bouffe bio hors de prix.

Et il s'en gavait tant qu'il était devenu gigantesque. Quand il s'affalait sur mon lit, où nous avions dormi à deux sans aucun problème, les couettes et les oreillers montaient jusqu'au plafond, et les ressorts du sommier descendaient presque jusqu'au plancher, qu'il faisait trembler chaque fois qu'il se déplaçait sur ses énormes pattes, maintenant au format ours.

Quand je rentrais du boulot, je le trouvais assis sur mon lit en train de grignoter des pistaches dont je devais ramasser les coques qu'il recrachait un peu partout, ou alors il se grattait la fourrure si frénétiquement que tous les coins et recoins étaient pleins de poussière et de poils. Il laissait traîner des miettes de chips ou de biscuits au fond des paquets, qui finissaient ensuite dans le lit ou par terre quand il se retournait ou allait aux toilettes, et il n'arrêtait pas de faire des pets infects et des rots immondes.

Il se souciait comme d'une guigne que mes livres soient rangés dans l'ordre alphabétique par zone linguistique, ou que mes eaux de toilette et mes déos soient alignés au millimètre. J'avais envie de lui demander s'il était vraiment si difficile que ça de remettre les choses là où il les avait prises.

Si j'avais su que le chat allait me coûter aussi cher, j'y aurais réfléchi à deux fois.

En juin le chat reçut, adressée par l'université, une mince enveloppe — et moi, un épais courrier. J'avais espéré le contraire, ou que je pourrais renoncer à ma place, à son profit.

Tu ne le mérites pas, commença le chat. *Tu fais le guignol. Tu prends. Tu voles. Tu mens. T'as grugé, c'est sûr. Pourquoi tu m'aurais caché ça, sinon ?*

Au début j'avais cru qu'il voulait seulement cracher sa bile, rincer le goût amer d'avoir eu tort, mais il avait continué : *Ils ne te prennent que parce que tu es un immigré. Vous avez vos propres quotas, même s'ils ne veulent pas le dire. Un peu de couleur, de prétendu exotisme, un machin spécial. Quelle tristesse. Tu me fais tellement pitié que je ne veux plus te voir. Je ne veux pas être avec un type qui ne se rend même pas compte qu'on se sert de lui.*

« Ne termine pas les choses comme ça, le priai-je.

— Si, dit-il, définitif. Parce que, tu sais quoi ?

— Quoi ?

— Je déteste les immigrés, grogna-t-il. Tu ne piges pas combien on t'a déjà donné ? Combien de chances on t'a ménagé ? »

Nous élevions la voix. Je me pris le visage dans les mains et m'assis face au chat. Lui faisait l'odalisque sur le canapé et me lançait des regards pleins d'aigreur.

Je rétorquai avec fermeté qu'on m'avait donné exactement la même chose qu'à tout le monde. Autant de chances qu'aux autres. Alors il éclata de rire. *Ah, la la,* il avait soufflé d'un air apitoyé.

« Je pensais que je ne détestais pas tous les immigrés, mais en fait si. Et je pensais que je ne te détestais pas, mais c'est toi que je hais le plus », ajouta-t-il, en colère.

Il quitta soudain la banquette et sauta sur la table. Il fit voler tout un tas de trucs posés dessus, mit ses pattes autour de mon cou et serra si fort qu'il me bloqua la circulation. Il grimaça, et pour la première fois je vis toutes ses dents. Dont quatre aussi tranchantes que des poignards.

«Tu m'as menti, hein?» me demanda-t-il, et il resserra encore sa prise.

Je posai les mains sur ses pattes et tentai d'écarter ses doigts, mais celles-ci étaient si puissantes et solides qu'elles semblaient avoir été forgées dans du métal.

«Tu vois, j'ai rentré le nom de tes parents, de ton frère et de tes sœurs dans le moteur de recherche. Et devine quoi? Il n'existe personne qui porte ces noms-là! Personne! Et j'ai appelé l'état civil aussi, putain, et il a fallu que je me fasse passer pour un putain de chercheur en onomastique!»

Le chat étendit une patte sur mon menton et l'écrasa. *Alors*, dit le fanfaron grimaçant. *Qu'est-ce que t'as à dire?* fut sa question alors qu'il savait pertinemment que j'étais incapable d'ouvrir la bouche, mon visage virait à l'écarlate, je sentais mes veines saillir sur mon front, le sang se retirer de mon corps et exercer toute la pression au niveau de mon cerveau.

Comme je ne répondais pas à ses vantardises, le chat prit appui sur le rebord de la table avec une patte arrière et poussa. *Putain de pédé.* Ma chaise partit à la renverse et moi avec. Lentement, derrière la figure du chat, commencèrent à se dessiner le plafond et les rideaux, et pour finir la pièce tout entière fit la culbute. Je heurtai le sol comme une série de vases éclatant les uns après les autres, mon épaule s'écrasa sur le coin du canapé et le dossier en bois de la chaise se cassa en deux avec un craquement.

Le chat glissa une patte arrière sous le couteau à pain resté sur la table, se redressa sur ses deux jambes et donna un coup de pied en l'air, le couteau s'envola presque jusqu'au plafond. Au moment où il retombait, le chat le rattrapa au vol et se mit à le faire danser autour de lui avec dextérité. Il ne me quittait pas des yeux — il n'avait même pas besoin de regarder la lame, qui lui obéissait comme une baguette magique. Ses yeux s'étaient effilés en triangles très pointus et ses muscles bandés lui gonflaient tout le haut du corps.

Puis il se ramassa, s'élança et monta dans les airs, le couteau à la main, comme dans un film au ralenti ; tournoya plusieurs fois sur lui-même tel un patineur artistique réalisant une pirouette. Le couteau suivait le chat sous la forme d'un mince rai de lumière brillant, et la panse du chat suivait le reste de son corps comme une bombe à eau à moitié pleine — si vite il tournoyait. Comme un samouraï.

Enfin il atterrit sur moi, ses pattes se fichèrent avec un bruit sourd sous mes aisselles, tout le sol trembla, jusqu'aux fenêtres. Instantanément il m'agrippa le menton où, surgissant de ses doigts, ses griffes me lacérèrent la peau. Il avait placé son autre patte sur mon cou, et je pouvais sentir la fine lame, avec quelle délicatesse, comme une feuille de papier-machine, qui me tranchait la gorge. *Je vais tailler*, menaça-t-il, et sa figure se convulsa en une grimace affreuse. *Dis-moi la vérité ou je te taille, putain, je te saigne à mort,* annonça-t-il entre ses lèvres contractées, et il enfonça la lame un peu plus loin — je sentais que ma carotide n'allait pas tarder à crever.

C'est alors que le serpent sortit de derrière le canapé en se tortillant, et le chat lui lança un regard vigilant, *hum*, sa fourrure se hérissa. Il cracha dans sa direction et relâcha légèrement son étreinte. Le serpent siffla à son tour et se rapprocha, il n'était plus qu'à quelques pas de nous. Il s'enroula sur lui-même comme une pile de palets, et je tentai de tendre le bras pour le faire venir encore plus près, le mettre autour du cou du chat, pour qu'il l'étrangle de toutes ses forces, mais je ne parvenais pas à l'atteindre.

Me prenant sur le fait, le chat souleva la patte qui tenait mon menton, je n'y vis que du feu, et la rabattit d'un coup sec, l'air siffla comme cinglé par un mince fouet. Puis il m'écrasa sa patte massive en pleine figure et je m'évanouis.

Lorsque je repris conscience, un moment plus tard, le chat et le serpent se confrontaient. La chaise renversée, mon corps, un mur de la pièce et le canapé formaient l'arène où ils se mesuraient. Le serpent était lové sur lui-même et sifflait, le chat s'était dressé sur ses pattes postérieures et se déployait autant qu'il pouvait dans toutes les directions, pour occuper le maximum d'espace ; son ventre poilu retombait si bas qu'il touchait presque terre. Et le chat crachait, ils faisaient tous deux presque le même bruit.

Les griffes du chat jaillirent tout entières, et il

se mit à frapper et gifler l'air tout en jouant du couteau. Il changeait d'appuis comme un boxeur et tendait la patte comme pour inviter le serpent à venir à lui. *Zam*, s'écria-t-il d'un coup en élevant une patte arrière et la repliant pour augmenter sa puissance, et son pied explosa en plein dans la gueule élastique du boa.

Celle-ci vola vers l'arrière en décrivant une trajectoire bien nette comme une ligne se dévide du moulinet, mais le serpent se remit sans plus de délai et s'enroula de nouveau. Il attaqua à plusieurs reprises, tenta de mordre, mais le chat était trop malin et trop rapide. Il bondit sur le canapé, du canapé à la fenêtre et grimpa aux rideaux, s'accrocha au lustre et sauta sur le frigo, d'où il décocha sa lame en direction du serpent, mais le manqua.

C'est alors que le chat commit une erreur : il bondit du réfrigérateur sur la table, en travers de la pièce. Car au beau milieu de cet élégant vol plané, le boa se détendit comme un ressort, de toute sa taille, à la verticale, l'espace d'un instant, avec ses motifs géométriques, on aurait dit une règle. Sa bouche s'enfonça dans le flanc villeux du félin.

Avant que j'aie pu comprendre ce qui se passait, le boa avait enroulé par trois fois ses anneaux autour du chat. Celui-ci était entièrement prisonnier et seule sa tête apparaissait, compressée, comme à la surface de sables mouvants. Le chat offrait un spectacle identique au mien quelques instants auparavant, il était tuméfié et sa face était en train de virer de couleur. Ses iris étroits se striaient de veinules écarlates, et il émettait le petit bruit le plus aigu qui fût, *mhhm*, il gémissait.

Le chat tentait d'ouvrir la bouche, d'agiter les oreilles, de froncer les sourcils et de faire vibrer ses moustaches, mais, à chaque geste, le boa l'étranglait davantage.

Je vis une larme rouler au coin de son œil, puis une autre. *Sauve-moi*, il me suppliait de ses pleurs. J'entendis ce qu'il pensait, et me demandai s'il méritait de vivre ou de mourir.

Je m'emparai vaille que vaille du baluchon formé par le serpent et le chat et le tirai entre mes jambes. Le boa se mit aussitôt à siffler. J'empoignai sa mâchoire et pressai — l'étreinte ne se desserra pas. Puis je lui griffai la peau avec mes ongles, mais cela aussi fut inutile.

Les yeux du chat se fermaient. Je voyais bien que son cœur n'allait pas tarder à cesser de battre, que ses fonctions vitales ralentissaient, que son sang ne circulait plus dans sa tête et dans ses membres.

Je me levai, marchai jusqu'à l'évier, ouvris l'eau froide à fond et attrapai un grand verre. Je laissai couler un petit moment, sans regarder dans mon dos ; j'espérai que le chat aurait la force d'attendre. Quand l'eau fut bien froide, je remplis le verre et le jetai sur le serpent. Celui-ci tourna la tête et siffla ; le chat s'emplit d'autant d'air que s'il avait passé des minutes entières immergé. Le serpent était toujours noué mais serrait moins fort.

Je lui jetai plusieurs verres d'eau — et alors seulement il s'allongea, délivra le chat et retourna en rampant sous le canapé, laissant derrière lui un matou bien mal chiffonné et une longue traînée aqueuse.

La fourrure du chat était luisante de transpiration. On aurait dit un nouveau-né, ses membres étaient collés à son corps comme s'ils avaient été brisés ou déboîtés. Pendant un moment il respira superficiellement — comme s'il n'avait pas conscience du monde qui l'entourait, pas conscience d'être en vie. Je me laissai tomber assis à son côté et caressai sa petite tête.

« Tu vas bien ? »

Le chat releva les yeux, troublé, haussa un sourcil, *ouinhhh*, ouvrant la bouche.

Des minutes s'écoulèrent avant qu'il pût réagir normalement. Il avait oublié ma question, ne l'avait sûrement pas entendue, si même il avait remarqué que je le caressais et massais son corps endolori. Un moment plus tard il remettait ses membres en place et respirait plus profondément.

« Je suis désolé », dis-je.

Le chat attendit un instant, puis ses yeux s'ouvrirent d'un coup — ils n'avaient jamais été aussi ronds.

« Non mais putain, dit le chat presque en chuchotant.

— Je suis désolé », répétai-je.

Le chat se releva en s'appuyant sur ses pattes

avant, sans comprendre encore de quoi je lui parlais. Debout il tanguait comme un homme ivre, se rattrapait aux murs et aux chaises en se tenant les flancs car il avait des côtes cassées. En sortant de la pièce il cracha du sang et toussa. Je le suivais.

« Ne me parle pas », dit-il d'un ton tranchant, et il se mit à ahaner.

« Ne me dis pas un putain de mot », ajouta-t-il.

Personne ne va jamais t'aimer, furent ses mots une fois qu'il eut repris son souffle. Et tout ce que je voyais, c'était son dos velu, pas un fragment de sa face.

Puis le chat passa son gilet et mit son bras ensanglanté en écharpe, *personne*, il répéta et posa le menton sur son épaule pour me décocher un coup d'œil qui avait retrouvé son blanc, me faisant voir son séduisant profil, et enfila à tâtons ses pieds dans ses chaussures. *Tu vas crever tout seul, solitaire et triste*, sur ces paroles il ouvrit la porte. *Et tu l'auras mérité. Bougnoule.*

La nuit de noces

L'instant qui, quelques semaines auparavant, me semblait irréel et insensé, était maintenant à portée de main : moi et Bajram étions au lit ensemble pour la première fois.

Peu auparavant nous avions mangé, lui et moi, après quoi les femmes qui avaient préparé notre repas, ses sœurs et ses tantes, avaient chanté devant la chambre. *Si tu trouves la mariée jolie, sors donc nous donner des sucreries*, et Bajram, assis sur le lit, avait ouvert une boîte de chocolats, s'était levé et était allé à la porte.

Les femmes parties, ce fut le moment. Bajram avait annoncé qu'il passait aux toilettes.

Puis la porte se rouvrit. Dans la chambre obscure apparut Bajram, à la main un petit plat de porcelaine où des haricots blancs, crus, brillaient comme des étoiles miniatures. Bajram les jeta en l'air, sans trop faire attention, à ma surprise, si bien que, en dépit de la force qu'il avait mise dans son geste, ils ne s'élevèrent que de quelques centimètres. Ils retombèrent dans tous les sens et se répandirent dans la chambre, sur le lit, par terre, derrière les meubles, et s'entrechoquèrent, frappèrent les objets et les murs dans un bruit de billes de marbre.

Mon rôle était de les ramasser pour les déposer dans le plat que me tendait Bajram. Celui de l'homme était de regarder, d'étudier sa femme, sous toutes les coutures, d'examiner et de mesurer les formes de sa nouvelle aimée. Faire connaissance avec le corps de la femme.

Je quittai le lit et laissai glisser par terre ma nuisette en soie. Je tendis la main, dans laquelle Bajram déposa la coupelle de porcelaine, dont le rebord était frappé, je ne m'en aperçus qu'alors, des initiales B et E, entrelacées en cursive. Je me mis à quatre pattes et commençai à rassembler les haricots, un à un.

J'avais cru que l'embarras et la honte m'empêcheraient de me baisser, et donc logiquement de ramasser les haricots, mais il n'en fut rien, cela m'apparut en fait aussi naturel que de procéder à la récolte de l'automne à venir.

Une fois la coupe remplie et moi relevée, mon regard se fixa sur Bajram, debout à l'autre extrémité du lit, entièrement nu, dont le pénis érigé de toute sa longueur semblait d'une taille à faire peur. Bajram avait les mains musclées, le corps anguleux, les épaules larges, tout en lui était symétrique. Il avait de belles plaquettes d'abdominaux et le dos cambré, qui se transformait en deux éminences bien visibles : deux fesses si rondes qu'elles semblaient indépendantes l'une de l'autre. Le bas de sa colonne vertébrale et son coccyx étaient couverts d'un fin duvet qui risquait de s'épaissir avec le temps et de gagner du terrain.

J'avais envie de toucher Bajram, tout de suite, de poser ma tête sur son torse, de caresser les quelques poils qu'il avait sur la poitrine, d'écouter les palpitations de son cœur.

Il restait encore un haricot sous le lit. Je m'étirai en prenant appui sur un genou. Au moment où la fève tomba sur le haut de la pile, je n'entendis plus rien que la respiration lourde et lascive de Bajram. Je tournai les yeux. Il avait commencé à se toucher, il se caressait le torse de la main gauche et se massait le sexe de la droite. Il bondit hors du lit et me traîna par le bras.

Et je me souviens exactement de ce qui s'est passé. De tout. Comment Bajram a forcé un passage entre mes cuisses en déchirant mon hymen. Je me souviens de l'odeur désagréable et sure de son aine, de mon bas-ventre concassé par la souffrance, comme si quelqu'un m'avait tailladée à coups de couteau, d'avoir hurlé de douleur, de la main de Bajram qui se posait sur ma bouche et de ses bredouillements d'apaisement, de son haleine fétide : cigarette, ail, cigarette, poireau, cigarette et bœuf trop cuit.

Je me souviens de son corps lourd sur moi, des gouttes de salive au coin de sa bouche et de ses cheveux trempés de sueur collés sur son front, mais peut-être plus vivement que tout je me souviens de son visage qui avait chaviré au moment

177

de jouir : de son regard qui n'était plus fixé sur rien, de l'orifice ouvert de ses lèvres et du ahanement qui entrait et sortait de sa bouche, et de ses muscles qui tremblaient après le va-et-vient de ses hanches.

Quand Bajram eut fini, il quitta la chambre, indifférent et prosaïque, il essuya sa verge sur un coin de couverture et partit. Il bondit du lit et se grogna à lui-même un mot ou deux comme si rien ne s'était passé, comme s'il s'était levé ainsi des centaines de fois.

J'étais restée assise sur le lit et je songeais à l'immense déception qu'il venait de m'être donné d'éprouver, à ces quelques minutes de mauvaises odeurs, de positions bizarres et de surprises inattendues, désagréables. J'étais à la fois calme et paniquée. Je n'avais plus rien à attendre, ça serait comme ça à chaque fois, songeais-je.

Puis je regardai sous la couverture. Quand je me rendis compte que les draps n'étaient tachés que d'un peu de sang, je sortis une lame de rasoir de sous mon aisselle. Suivant le conseil de ma mère, je l'avais gardée dans mon soutien-gorge et l'avais glissée sous mon bras avant de me déshabiller. Je me fis une petite entaille et récoltai du sang dont je m'enduisis ainsi que les draps, sans laisser la marque de mes doigts. Je les léchai, dissimulai la lame sous le matelas et serrai mes bras le long de mon corps.

Quand Bajram revint, il s'allongea sur le lit sans un mot, souleva la couverture et observa mon entrejambe. Il sourit de satisfaction et coinça la couverture entre ses jambes. Il se comportait avec une telle certitude et une telle aisance que je sus qu'il agirait toujours ainsi, qu'il procéderait au lit toujours dans le même ordre.

Puis il ouvrit le tiroir de sa table de nuit et en sortit son paquet de cigarettes, des West rouges, en sortit une, l'alluma après l'avoir consciencieusement installée entre ses lèvres et souffla sa fumée à en remplir la chambre.

Le lendemain matin fut suspendu le drap blanc marqué en son centre d'une grosse tache rouge.

Les parents qui avaient dormi à la maison regardèrent, et le drap convainquit jusqu'aux plus sceptiques que l'épousée était intacte au moment de ses noces. Le drap flottait au vent par-dessus les prairies vallonnées. Je le contemplais par la fenêtre de la cuisine et j'étais soulagée que l'épanchement de sang se soit si vite tari la veille. Au matin il ne me restait, à l'aisselle et au biceps, qu'une fine pellicule.

C'est alors qu'un chat noir traversa la cour, bondit sur le mur et trottina jusqu'au coin. Il s'assit, il avait l'air impérial, les montagnes qui s'élevaient à l'arrière-plan lui faisaient une toge, les murs étaient son harnais de corps et les arbres dessinaient l'orfèvrerie de son plastron. Sa longue queue noire pendait avec la courbure d'une vipère, et il restait ainsi immobile, observait la maison qui semblait lui rendre ses regards.

Je me demandais pourquoi toute la matinée avait été si étrange et silencieuse. Quand j'avais servi le café aux hommes et leur avais proposé une tranche de pain sur un plateau, ils avaient déposé de l'argent sur celui-ci, mais étaient repartis chacun chez soi. La mère de Bajram n'avait pas témoigné le moindre intérêt quand je lui avais annoncé le programme de l'après-midi et de la soirée et fait part de l'impatience avec laquelle j'attendais l'arrivée de ma parentèle.

Quand Bajram prit la voiture avec son père, j'exigeai de sa mère qu'elle me dît la vérité. *Ce n'est quand même pas que personne ne va venir?* Un moment après, elle me fit venir au salon, m'invita à m'asseoir et alluma la télévision.

La disparition de Josip Broz Tito hier soir marque la fin d'une époque.

«Bajram ne voulait pas te le dire», commença-t-elle, et elle s'essuya le coin des yeux avec son mouchoir. «Il avait peur que ta journée ne soit gâchée si tu l'apprenais. C'est pour ça qu'il a tenu à venir te chercher hier.»

Quand il fut avéré que j'avais été la dernière à apprendre la nouvelle, je sus que mes noces étaient terminées. Cette journée ne serait pas celle des portes ouvertes, lorsque tout un chacun peut se rendre dans la nouvelle demeure de la mariée pour admirer les vêtements et les objets, achetés par son mari, exposés dans la chambre à coucher des nouveaux époux. Les parures de fête ne couvriraient pas le lit et les murs, le plancher ne disparaîtrait pas sous les paires de chaussures, l'or ne s'amoncellerait pas sur la coiffeuse, les bijoux ne pendraient pas aux boutons des tiroirs et les bagues ne seraient pas alignées sur une belle rangée dédoublée par le miroir.

Et j'avais regagné la cuisine, posé une main sur ma poitrine, fermé le poing, et quand j'avais remarqué que le chat n'était plus sur le mur, j'avais caressé la vitre du bout des doigts et pleuré.

II

When you touch me, I die
just a little inside
I wonder if this could be love

Lady Gaga, « Venus »

10

Lorsque nous partions l'été pour le Kosovo, nous parcourions près de trois mille kilomètres en bus, car mon père refusait de voyager en avion ou en train. Il disait que ces machines allaient si vite qu'elles ne résistaient pas, que leur structure métallique allait céder et qu'ensuite elles se disloquaient en autant de petits morceaux sur lesquels les gens fusaient comme des grêlons.

Nous embarquions au port d'Helsinki pour l'Estonie, et de Tallinn nous gagnions Berlin en bus. À Berlin nous changions pour Vienne et à Vienne pour Pristina.

De ces voyages j'ai conservé le souvenir d'heures passées assis sans bouger, du soleil étouffant et du profil des villes. Comme Tallinn avait l'air primitif, par exemple, comparée à Helsinki, comme Varsovie se dressait, repoussante et incolore, sur un bras de la Vistule, et comme l'inflation consonantique de la langue polonaise m'angoissait, tous ses mots me paraissaient durs et violents. Lorsque j'en fis part à mon père, celui-ci me dit que la langue était ainsi faite parce que les Polonais étaient des gens durs et violents, soutiens de la Russie et des Serbes. *Dieu merci, ce pays honni du Créateur n'est plus qu'à trois cents kilomètres.*

Après que nous avions traversé la Pologne et remonté ses interminables files de camions, nous arrivions en Allemagne, où les routes étaient à quatre voies et toutes neuves, elles fleuraient l'asphalte frais et on y roulait si vite que la condition de passager devenait encore plus effrayante que l'alphabet polonais.

Je me souviens des abords modestes de la région de Berlin. Elle ne démarrait pas en fanfare, mais se mettait lentement en route, comme s'échauffent les muscles du coureur de fond. Et je me souviens de notre hâte, avec quelle rapidité il nous fallait changer pour Vienne, toujours le même cérémonial, nous n'avions pas le temps d'aller aux toilettes, sans même parler de nous dégourdir les jambes, et mon coccyx me faisait mal dès l'instant où le bus s'ébranlait.

Mais ce n'était pas grave, car bientôt nous atteindrions Vienne, ma favorite. Ses bâtiments élevés avaient belle tournure : ses tours fuselées et ses structures galbées qui se succédaient les unes aux autres. Elles étaient bâties en verre brillant, et à leur pied les gens semblaient contents, joyeux, beaux et, plus encore, heureux. Plus que tout j'attendais les heures que nous passerions à la gare routière, même si je n'avais pas l'autorisation d'explorer seul les environs.

Je tombais en admiration devant tout — les

bancs modernes où nous prenions place, les logos sur les sacs de courses, la légèreté avec laquelle les Viennois soufflaient la fumée de leurs cigarettes, comme si rien n'avait pénétré dans leurs poumons, les voitures à la carrosserie rutilante, éblouissante, et aux roues qui semblaient tourner vers l'arrière, alors qu'elles allaient vers l'avant.

J'appuyais mon front contre la vitre du bus pour Pristina et rêvais de revenir dans cette ville et de la découvrir, d'entrer dans tous ces immeubles que nous n'approchions jamais et qui se perdaient derrière nous après à peine quelques dizaines de minutes de conduite. Bientôt se profilaient des montagnes, différentes des monts Balkans. Plus vertes et abruptes, cependant plus douces, leurs pentes parsemées de maisons à l'air confortable, et, ceintes par les routes et les habitations, ces montagnes ne recelaient de menace envers personne, elles existaient, voilà tout.

De la fin du voyage je ne me souviens que de la chaleur et de la nausée. Les bus étaient hors d'âge et très bruyants, ils ne comportaient pas toujours de toilettes, ils tournicotaient sur les routes défoncées et leurs sièges étaient recouverts d'un velours qui exhalait sa vieillesse.

À l'entrée en Slovénie, mon père disait, beaucoup de gens sont morts ici. Et à l'arrivée en Croatie, il disait de la même façon : beaucoup de gens sont morts ici. Et à l'orée de la Bosnie mon père disait, c'est ici que sont morts le plus de gens, et lors de la traversée de la Serbie mon père disait, ici aussi des gens sont morts, et c'est tant mieux. Des gens sont morts de tous côtés, il y a eu des morts en Macédoine, il disait, et en Albanie, en Bulgarie et en Grèce.

Toute la péninsule avait vu mourir tant de gens que je pensais que mon père voulait honorer les victimes en répétant le mot *mort* le plus de fois possible.

Une fois parvenus à destination, mes parents souriaient. Ce n'était pas le même sourire que celui que nous affichions, mes frères et sœurs et moi, car le nôtre était dû au soulagement — de ne plus avoir, après trois jours de route, à rester assis dans un bus —, mais le leur était celui de qui n'a pas souri depuis longtemps.

Nous résidions chez les parents de ma mère, dans la campagne de Pristina, et nous ne faisions pas grand-chose. Nous nous levions le matin, prenions le petit déjeuner et le souper, et allions nous coucher. Je me souviens que le temps s'écoulait avec lenteur, mon père se faisait rare et chaque journée s'achevait par une dispute entre ma mère et ses parents.

«Mais vous aviez promis de rentrer!» s'exclamaient ceux-ci.

Et ma mère disait que ce n'était pas possible. Elle le mentionnait comme en passant, car elle ne se disputait pas avec eux au même rythme qu'eux avec elle. Ma mère répondait à leurs questions calmement et lentement, et eux posaient les leurs avec excitation et colère. Et finissaient par dire à ma mère qu'elle avait tourné le dos à son pays. Le sommet était atteint lorsque nous étions convoqués, mes frères et sœurs et moi, et interrogés, dans quel pays préférerions-nous vivre, ici ou en Finlande, quel était le meilleur des deux, et nous nous regardions, nous étions debout en rang d'oignons et répondions chacun à notre tour que nous préférions de loin vivre en Finlande plutôt qu'ici, mais nous n'expliquions pas pourquoi.

« Tu vois, disait mon grand-père. C'est ce que je veux dire. »

Une nuit je m'étais réveillé pour aller aux toilettes, quand j'avais croisé mon grand-père dans le couloir. Il passa en premier et j'attendis mon tour devant la porte. Quand je ressortis il n'avait pas regagné sa chambre, mais s'était assis sur la banquette du salon et avait laissé la porte ouverte. J'eus à peine le temps de discerner sa silhouette du coin de l'œil qu'il me faisait sursauter en me hélant par mon nom.

« Bekim. Viens là », chuchota-t-il.

J'y allai, je m'assis sur ses genoux, comme il m'intimait de le faire, et lui demandai ce qu'il y avait. Il soupira profondément et se mit à parler. Il était inquiet pour nous, quel genre de personnes allions-nous devenir ? Je ne sus que répondre, car la pièce était presque d'un noir d'encre, et il me demanda si je me rendais compte que j'étais en train d'oublier des mots de ma langue maternelle, et pourquoi je n'aimais pas les mêmes jeux que mes cousins, il voulait savoir, et il me demanda pourquoi je parlais si peu, pourquoi je passais mes journées avec les animaux de la ferme, pourquoi je ne répondais pas quand on me demandait si j'aimais la nourriture, pourquoi je lisais des livres le soir plutôt que de regarder la télé avec eux.

« Et je suis inquiet, dit-il. Qu'un jour tu ne sois plus albanais du tout, mais complètement autre chose. Et alors tu iras en enfer. »

Il m'attira plus près de lui, me colla contre son flanc et m'entoura de ses bras. Je sentis un relent de vieille sueur sous son aisselle et d'ail dans son haleine, et ses doigts durs enserraient mes poignets. Puis il dit que ma mère avait proposé que je reste habiter chez eux, si j'en avais envie.

« Tu pourrais aider avec les animaux et suivre les cours en albanais », dit-il, et il me serra le poignet.

Je tentai de me dégager, mais il serra plus fort.

« Réfléchis », chuchota-t-il pour finir, et il me fit glisser par terre.

Je ne fermai pas l'œil de la nuit. Et quand j'entendis ma mère se lever, j'allai la voir et lui demandai pourquoi elle avait proposé une chose pareille, moi je ne voulais pas habiter ici, elle le savait bien, quand même.

Et ma mère avait plissé le front, s'était raclé la gorge et avait posé un moment le regard ailleurs, elle s'était ensuite tournée vers mon grand-père et avait traversé la pièce avec au fond des yeux un regard que je ne parvins pas à déchiffrer.

1980-1993

L'alchimie du pays

J'obéissais à Bajram et à ses parents, je ne m'élevai jamais contre eux, bien que ce fût sur mes épaules que retombait une grande part des tâches ménagères et des travaux des champs. Je fus longtemps incertaine de la place que j'occupais dans la maisonnée, et mon incertitude croissait du fait que je ne tombais pas enceinte. Son père parlait peu, ce qui rendait sa mère d'autant plus bavarde. *Est-ce qu'il ne faudrait pas qu'on lui fasse quelque chose,* chuchotait-elle à Bajram, à portée de mes oreilles, *qu'on l'emmène chez le médecin. Je m'inquiète. Il n'y a rien dont j'aie plus envie dans cette vie que de voir le moment où tu auras un fils.*

Bajram avait trois sœurs aînées qui s'étaient toutes mariées dans les environs et nous rendaient visite plusieurs fois par mois. Il n'y avait personne d'autre dans la maison, juste ses parents et nous.

J'accouchai finalement de notre premier enfant, un garçon. Bajram et ses parents n'auraient pas être plus heureux, ils lui consacraient tout leur temps et lui rapportaient sans cesse des vêtements du bazar.

En m'occupant de mon fils je me rendis compte que je n'étais pas comme les autres mères. Les femmes du village parlaient en permanence de leurs rejetons : à quel âge ils avaient marché, jusqu'à quel âge ils avaient tété et quels vêtements pour enfants on trouvait au bazar. Leurs conversations m'avaient préparée à ce que la maternité changeait les gens. La seule chose dont on se préoccupe ensuite, c'est de son gamin et de son bien-être, elles disaient. Tout l'excédent, c'était pour lui, quant à soi, même l'eau et le pain sec faisaient l'affaire.

Une fois que j'eus surmonté le vide que me causa la naissance de mon premier, les quatre suivants ne traînèrent pas. Nous eûmes deux filles consécutivement, l'aîné prit les traits de son père et Bajram se montra de plus en plus impatient, jusqu'à la naissance d'un second fils, et ensuite d'une troisième fille. Bajram était ravi — par les deux garçons, qui étaient son portrait craché.

J'aimais mes enfants de tout mon cœur, évidemment j'aimais mes enfants, mais, bien que les aimer me fît voir le monde d'une façon entièrement nouvelle, je ne les aimais pas autant que moi-même. Nul ne peut aimer autrui plus que soi-même. Il n'y a rien de plus triste qu'une mère qui, en évoquant constamment sa progéniture, essaie de prouver le contraire.

Si j'avais pu choisir, j'aurais préféré ne jamais enfanter. C'était douloureux et sale, et le travail augmentait à chaque nouvelle naissance. En réalité, Bajram et moi avions en commun la déception que nous avait causée l'unilatéralité de la vie de famille et de la parentalité.

J'étais l'épouse de ses rêves. Je m'occupais des soins, de la toilette, de l'habillement et de la nourriture de ses enfants, je décrottais et faisais briller les chaussures de ses invités quand ils nous rendaient visite. Je veillais à ce que la cruche des toilettes soit toujours pleine pour nettoyer — je m'en assurais après le passage de chaque invité. Je préparais chaque soir ses vêtements pour le lendemain, je repassais ses chaussettes et ses chemises, et lavais ses sous-vêtements à l'eau quasi bouillante, sinon ils sentaient à l'entrejambe.

Je tombais enceinte dans la plus grande discrétion et ce n'est que dans les derniers mois que mon ventre passait avant le travail. Je ne commérais jamais avec les autres femmes et élevais des enfants silencieux, qui ne faisaient pas toute une histoire d'eux-mêmes. Ils n'avaient le droit de parler que lorsqu'on les y autorisait.

Quand le cancer emporta la mère de Bajram, elle qui avait fait tourner la maison et délégué les tâches ménagères pendant trente ans, je pris sa suite sans rouspéter, ainsi que tous ses devoirs. Au village, ma réputation d'épouse, de femme et de mère était inattaquable — personne n'était capable d'abattre autant de tâches domestiques, personne ne pouvait rivaliser avec la finesse de ma pâte à *pitè*[1] et personne ne faisait de lessive plus parfumée. Et nulle n'avait d'enfants aussi scrupuleusement obéissants envers leur mère.

Durant toutes ces années Bajram ne m'a pas dit une seule fois merci, alors qu'il a eu mille occasions de le faire. Pas un merci que sa serviette préférée soit toujours propre et prête à servir, qu'il n'ait jamais à partir au travail sans avoir pris son petit déjeuner, que ses chaussures aient l'air toujours neuves, que nos enfants ne l'aient jamais réveillé pendant la nuit, que je n'aie jamais fait de remarque sur ses ronflements et que je ne l'aie jamais abandonné quand il avait besoin de moi, car j'étais toujours là dans sa vie. Rien ne m'a fait plus mal que le fait qu'il ne m'ait jamais remerciée — pas même de faire tout ce boulot, de battre les tapis, laver les sols et les murs, faire la poussière et préparer à manger.

Ne comprenait-il vraiment pas, me demandais-je, combien de temps cela prend ? Quand je m'endormais en moins d'une minute à côté de lui, comprenait-il que chaque endroit de mon corps me faisait mal ? Et quand je faisais l'amour avec lui en dépit de ma fatigue, songeait-il que personne ne peut aimer davantage son mari qu'une femme qui attend à la maison ?

Bajram avait de longues journées au ministère de l'Éducation, et quand il rentrait il fallait aussi-tôt lui servir le souper et lui accorder deux heures de calme. Pendant ce temps, nul n'avait le droit

1. Sorte de chausson de pâte fine fourré de légumes.

de lui adresser la parole. Les enfants étaient consignés dans leur chambre.

Et pourtant rien ne lui allait, il était toujours pris d'accès de fureur. Il pouvait devenir violent sans la moindre raison, gifler nos filles si elles étaient dans le passage. Il voulait que le monde suive ses désirs. Il vivait ses journées dans sa tête et était frustré lorsque la réalité ne correspondait pas à l'image qu'il s'en était faite.

Le père de Bajram décéda subitement d'une hémorragie cérébrale. Passant son temps en travaux physiques, il ne s'était jamais plaint de la fatigue. Un matin, en route pour les champs, il était tout simplement tombé à plat ventre. Plusieurs heures s'étaient écoulées avant que quelqu'un ne remarque qu'il était étendu de tout son long dans l'herbe haute. *La mort l'a avalé comme un caramel*, tels furent les mots de Bajram. *Je viens juste de comprendre que tout peut finir à tout moment. Quel sens cela a-t-il ?*

Nous lui fîmes de dignes funérailles, après lesquelles Bajram proposa que nous déménagions à Pristina. Il serait plus près de son travail et les enfants iraient dans une meilleure école. Il n'y aura plus besoin de s'occuper de tout ça, tu verras, ça sera plus facile pour toi aussi.

Bajram se sentait nu. Il se retrouvait seul sur ses terres et recevait, à moins de trente ans, une responsabilité que les gens de son âge connaissaient rarement. Il partit chercher un appartement à Pristina et trouva rapidement, au sixième étage d'un immeuble.

La vie citadine fut, pour nous tous, un choc. Depuis ma prime jeunesse j'avais toujours rêvé d'habiter en ville et de faire les magasins de vêtements et de bijoux, mais les bâtiments étaient bruyants et les gens grouillaient de partout. Impossible de se concentrer, où que ce soit. Il y avait des boutiques à chaque coin de rue, des kiosques à journaux et des débits de tabac, des restaurants expectorant leurs vapeurs de graisse bouillante.

Tout était cher, la nourriture en particulier. À la campagne, dix dinars nous faisaient des semaines, maintenant à peine quelques jours. La ville foisonnait de tentations, de jeux et de drogues. De voleurs qui vidaient poches et sacs. Il fallait être en permanence sur ses gardes, et les enfants ne pouvaient pas sortir seuls le soir, car les rues étaient sillonnées par des berlines noires aux vitres fumées. Chaque jour des jeunes femmes et des enfants y disparaissaient, vendus pour subir des horreurs dont on a peine à croire que l'esprit humain puisse les concevoir.

Nous savions que la ville avait été marquée par des troubles entre Albanais et Serbes, mais nous ne comprîmes la gravité de la situation qu'à notre installation. Chaque jour quelqu'un mourait, quelqu'un voyait ses biens détruits, sa maison, sa voiture. En une du *Rilindja* se succédaient des actes de violence tous plus cruels les uns que les autres, une personne se faisait tuer sur le chemin de son bureau ou bien, en pleine nuit, des voitures étaient poussées dans les lacs avoisinants et les familles se brouillaient. Les petits Serbes ne jouaient plus avec les petits Albanais, les Serbes ne mangeaient plus dans les restaurants tenus par des Albanais et les Albanais refusaient de servir les Serbes dans les kiosques à tabac. *La mort de Tito, ç'a été la fin*, disait Bajram. *Les Serbes ne vont pas lâcher. Ils veulent nous voir à genoux, leur cirer les pompes.* Une raison qui avait fait que Bajram voulait tant s'installer en ville était qu'il serait aux premières loges pour suivre ce chaos.

La situation se tendait sans répit. Milošević, le chef de parti, transférait aux chantiers de Belgrade des sommes toujours plus importantes, des millions et des millions de dinars.

Tout le monde se mit à regretter Tito, car s'il avait encore été au pouvoir les revendications des Serbes n'auraient jamais abouti. C'était le moment que la Yougoslavie avait redouté depuis des années : que cet homme, qui s'était extrait à bout de bras de sa modeste condition de paysan pour nous diriger, meure. Qui allait guider la Yougoslavie quand Tito ne serait plus ?

Quelques années à peine après sa mort, Pristina devint un endroit dangereux. Milošević prononçait des discours dans lesquels il promettait protection aux Serbes de la région qui craignaient — sans raison — pour leur statut. *Plus personne ne vous frappera*, proclamait Milošević. Nous assistions avec effarement aux déchaînements provoqués par ses paroles— personne n'avait frappé de Serbes, personne ne les avait même touchés.

Tout à coup les rues furent encombrées de chars et de soldats, et quand les Albanais furent écartés de leurs postes, des hôpitaux et des forces de police, quand les écoles ne dispensèrent plus d'enseignement en albanais, la situation devint désespérée, nous n'avions même plus la place de respirer en ville. Le concierge de notre immeuble ne faisait plus le ménage aux étages où vivaient des Albanais. Au bureau de Bajram, les chefs furent remplacés par des Serbes, et Bajram finit par perdre son travail. Les décideurs locaux accordèrent des dégrèvements d'impôts aux entreprises serbes tandis que les Albanais étaient pressurés. Ces derniers étudiaient dans les caves et les appartements privés, en secret, et les enseignants surpris à dispenser des cours étaient battus, des grenades étaient jetées dans les logements des civils et des innocents étaient roués de coups en pleine rue.

L'air se fit lourd et humide, plein de remugles de brûlé, car il était consumé tour à tour par les désespérés et par les fous. J'avais peur d'être réveillée en pleine nuit et que notre immeuble ait été incendié. Ou que nous soyons enlevés, moi et les enfants, emmenés quelque part, et que plus personne ne nous revoie jamais. Comment était-il possible d'avoir tant de haine que vous en perdiez le sens du bien et du mal ?

Lorsque la guerre éclata en Bosnie et que nous entendîmes rapporter la sauvagerie des traitements infligés aux Bosniaques, qu'ils étaient chassés de chez eux, leurs immeubles bombardés, les femmes enceintes torturées et violées, les gens emmenés dans des camps de concentration, je me demandai ce qu'il arrivait à cette planète, à quel moment les personnes se transformaient en bêtes féroces qui se dépècent mutuellement et noient leurs proches. Les gens étaient morts de l'intérieur, les vaisseaux qui irriguaient leur cœur n'étaient que mycélium et leur âme une macule noire, poisseuse. Ceux qui se montraient capables de tels actes méritaient-ils même de vivre ?

Lorsque j'entendis les rues trembler sous les roues des tanks, j'imaginai ce que cela ferait si ma vie s'achevait comme celle de maints Bosniaques. Je contemplerais les constructions s'écroulant, la Biblioteka Popullore dhe Universitare e Kosovës ainsi que la mosquée Xhamia e Llapit[1] se dissolvant comme sable, et la ville ne serait plus ville, mais neige tourmentée saturée de poudre, et il y aurait des morts dans des explosions et des feux, et parmi ceux-ci se trouveraient mes amis et parents, moi-même.

Je ne pouvais m'empêcher d'avoir ces pensées, tandis que la peur me faisait trembler tout le corps. Je transpirais d'épouvante, j'étais obligée de me changer plusieurs fois par jour et n'osais plus sortir. Il arrivait que je me réveille au beau

1. Mosquée de Llapi (1470), l'un des plus anciens bâtiments de Pristina.

milieu de la nuit et vérifie, dans l'angoisse, que tous les enfants étaient encore en vie, je plaçais mes doigts sous leurs narines pour m'assurer qu'ils respiraient encore.

En observant les mitraillettes des sentinelles serbes, je compris que ce soldat, là, pouvait décider d'achever n'importe quel passant en quelques secondes, et que ce tank, ici, pouvait raser d'un coup de canon tout un immeuble s'il prenait au commandant l'envie de le faire.

La mort faisait un vêtement aux gens, et la ville entière s'était enveloppée de linges trempés de cendres, la mort toussait la poussière des plâtras et répandait un brouillard fantomatique, et elle était si proche que toute la vie avait changé d'aspect : ce n'était plus un voyage unique mais une petite estafilade, une piqûre d'aiguille au bout du doigt, un coup de couteau dans une ruelle sombre, et cela n'avait plus rien d'unique.

Un jour de juin 1993, de retour de chez mes parents, nous découvrîmes que notre appartement avait été saccagé. La porte défoncée. Mes bijoux dérobés, les meubles brisés et l'électroménager réduit en miettes. La télévision éventrée par une grosse pierre et les câbles cisaillés. La porte du réfrigérateur arrachée et les fils eux aussi coupés. Les fenêtres éclatées. Le poêle hors d'usage, le tuyau dégommé. Plus d'eau chaude dans la salle de bains, le chauffe-eau jeté par terre et cassé en deux. Les photographies emportées, par pure méchanceté ils avaient volé nos photos, toutes les photos de notre mariage et de nos enfants.

Il ne restait rien, pas même un matelas où dormir. Bajram contempla un moment les ruines, les éclats de verre et les vêtements déchirés, le peu de nous, et dit : *Nous devons partir. Sinon, nous allons mourir.*

Puis nous apprîmes que nous n'obtiendrions aucune compensation pour les dommages. D'après des témoins oculaires serbes, notre porte était restée ouverte et une bande de jeunes Albanais en avait profité, ce qui contenta la police serbe. Bajram faisait les cent pas, nerveux, dans l'appartement et bougonnait. Il semblait pensif, comme s'il ne maîtrisait pas tout à fait la décision qu'il avait prise, triturait ses cheveux qui avaient poussé.

Il nous conduisit, moi et les enfants, chez mes parents, se procura des valises dès le lendemain, les jeta dans le vestibule et annonça qu'il allait faire un tour dans notre appartement de Pristina pour récupérer ce qu'il y aurait de récupérable. Il possédait quelques milliers de dinars en liquide, à l'aide desquels nous pourrions tout juste prendre un nouveau départ.

Nous avions entendu des histoires innombrables d'Albanais qui avaient émigré en Allemagne, en Suisse et en Autriche, aux Pays-Bas, mais Bajram voulait partir loin, là où il n'y aurait pas un seul Serbe. Il entoura sur la carte qu'il s'était procurée trois États : l'Australie et les États-Unis parce que c'était loin, mais la Finlande parce que le nom lui plaisait et qu'il avait entendu parler de la richesse des pays nordiques.

Réalisant la quantité de candidatures et de formulaires que nous aurait coûtée l'émigration vers les deux premiers, il se rabattit sur son dernier vœu et compulsa un tas de livres consacrés aux pays du Nord.

« Ils disent qu'il y a de bonnes écoles et que le travail y est bien payé, commença-t-il. On n'y habitera pas longtemps », et il referma son bouquin.

« Parfait, répondis-je. Nous partons, mais nous reviendrons plus tard.

— Ce sera mieux pour nous tous », dit-il, et il marqua un petit temps.

Puis il dit merci.

1993

Au-dessus du ciel des Balkans

Bajram n'avait jamais pris l'avion. Il se fourra cinq chewing-gums dans la bouche, me saisit par la main et la serra au moment où les moteurs, juste à côté de ses oreilles, se mirent à souffler de l'air à l'intérieur de l'appareil et à supporter le poids des passagers. Sa main était moite et le contact désagréable.

Pour moi aussi, il s'agissait de mon premier vol, mais je devais garder la tête haute, en tant qu'épouse et mère de ses enfants, qui étaient tout aussi dévorés par la peur que leur père et avaient mal aux oreilles. L'avion était un long tube de métal sans issue. Lorsqu'il eut pris suffisamment de vitesse et s'éleva dans les airs, toujours plus haut, Bajram plaqua ses mains sur ses oreilles. Il craignait que le plancher ne se décroche sous lui, de tomber en piqué vers la mort et que la chute dure une éternité, car tomber de si haut devait sans doute prendre des heures.

Bajram se tourna pour regarder par le hublot, par-delà ma tête. Ses yeux s'agrandirent encore et sa poigne se fit si dure que c'en était presque insupportable. *Si l'homme avait été créé pour voler, nous aurions des ailes*, disait-il.

Un mois auparavant nous avions pris le bus pour Sofia, en Bulgarie, où nous avions dû passer plusieurs semaines. La ville était étouffante et massive, la foule interminable, les gens s'engloutissaient dans les entrailles des immeubles comme fourmis en fourmilières. Nous logions dans un hôtel bon marché, nous ne sortions pas, moi et les enfants, du périmètre de la cour et de la boutique au coin de la rue, car d'un jour sur l'autre nous attendions que Bajram règle la situation.

Lorsqu'il tenta d'acheter des billets pour Helsinki, les préposés à l'agence de voyage refusèrent de les lui vendre. Lorsqu'il leur dit que nous allions rendre visite à de la famille en Finlande, ils ne le crurent pas, mais lui demandèrent les noms et adresses des personnes en question. Ils ne le crurent pas davantage lorsqu'il leur dit qu'il avait trouvé un travail en Finlande, et pas non plus lorsqu'il leur annonça qu'il était diplomate, et ils ne virent pas d'un meilleur œil qu'il essaie de leur graisser la patte. Ils savaient que nous étions albanais. Toute la ville était pleine de nous, et tout le monde voulait prendre un avion.

Quand notre pécule toucha à sa fin, je demandai à Bajram de se montrer sincère. *S'il te plaît, dis-leur la vérité. Dis-leur que tu as cinq enfants épuisés et une femme épuisée, et dis-leur que tu as*

peur que nous ne nous en sortions pas vivants. Dis-
leur que tu es une personne, comme eux, un père et un
mari, et que tu as envers ta famille les mêmes senti-
ments qu'eux pour la leur.

Le lendemain, Bajram accourut à l'hôtel.
Quand il fit son entrée dans notre chambre, il
était essoufflé et jetait des regards apeurés dans
son dos. Puis il referma la porte, tira sept billets
d'avions de sa poche intérieure, me les mit dans
la main et m'embrassa sur le front.

«Tu es un génie», dit-il, et il me caressa les
cheveux en souriant, et une fois qu'il fut reparti
je m'assis avec aux lèvres le plus grand sourire de
ma vie — sans savoir si je souriais parce que nous
allions partir ou parce que Bajram m'avait donné
le nom de génie.

Les gens qui nous entouraient avaient l'air aisés
et importants, ils parlaient une langue étrangère. Je
n'osai même pas quitter mon siège pour aller aux
toilettes. Bajram quant à lui n'entendit ni ne vit
rien avant le milieu du vol, moment où l'avion se
mit à osciller vigoureusement et à ballotter comme
une barque instable. Nous avions l'impression
d'être dans un train qui déraillerait. Les haut-
parleurs crachèrent un message auquel nous ne
comprîmes rien, et une lampe jaune s'alluma au
plafond au centre d'une série d'étroites cases
noires. Bajram était certain que nous allions mourir, bien que les autres passagers n'eussent pas l'air
effrayés. Il ouvrit les paupières, me regarda avec

205

ses yeux fous de terreur et posa une main sur ma cuisse.

L'aînée de nos filles se mit debout sur son siège dans la rangée devant nous. Elle jeta d'abord un œil à son père, puis à moi. Bajram avait enfoui son visage dans ses mains. *Qu'est-ce qu'il se passe ?* demanda-t-elle d'une voix tremblante.

«Je ne sais pas. Assieds-toi», dis-je.

Et elle obéit. Elle se rassit à côté de son frère et le prit par la main. Au bout d'une dizaine de minutes les tremblements cessèrent. La lumière jaune s'éteignit et les gens avaient toujours le même air impassible, ils feuilletaient leurs magazines et sirotaient les boissons qu'ils avaient commandées aux hôtesses.

«Ne leur parle pas comme ça», m'ordonna Bajram. Il avait les yeux ouverts, ses doigts enserraient les accoudoirs.

À l'arrivée nous fûmes conduits dans un centre d'accueil, on aurait dit un hôpital pour les oubliés. Du voyage, j'ai presque tout effacé, alors qu'on pourrait croire que le moindre détail resterait en mémoire, la surprise devant les lampadaires et les bâtiments, si différents, la façon de marcher des gens dans la rue et leur habillement, le parfum de l'air. Et le choc devant la petite taille des immeubles, tous si bas, pas un de haut, et leur aspect bon marché. Et l'abondance de forêts et d'eau.

Peu de temps après nous étions assis entre les murs gris d'un couloir désert au troisième étage d'un immense bâtiment. Nous attendions Bajram. Sa voix nous parvenait depuis la pièce d'en face. L'employée du centre parlait anglais, langue dont Bajram ne connaissait pas plus de deux mots. Je supposais que nous attendions un interprète, c'est ce que nous avions conclu des paroles des autorités qui nous avaient conduits jusque-là, mais Bajram agitait les mains avec impatience et élevait la voix contre la femme aux cheveux blonds qui semblait ne lui répéter qu'une seule et unique paire de mots.

Le finnois avait des sonorités insensibles et incolores. Les mots se brisaient comme des os fragiles et mal en point.

Nous restâmes en résidence au centre d'accueil. Nous nous étions imaginé que nous aurions notre propre appartement, avec salle de bains et cuisine privatives. Contre un mur de notre chambre étaient alignés trois lits superposés peints en rouge et contre l'autre des placards à vêtements. Les lits étaient en métal, de la camelote, et poussaient un grincement perçant chaque fois qu'on se retournait. Ça nous rendait fous, Bajram et moi, et nous finîmes par descendre les matelas sur le sol froid pour pouvoir dormir tranquillement.

Bajram m'avait raconté qu'en Finlande les gens vivaient dans des pavillons spacieux avec piscine, sol en stratifié et vaste cuisine, que les maisons étaient bâties au minimum à cinquante mètres les unes des autres, et que les gens respectaient ainsi l'intimité de chacun, pas comme au

Kosovo où les maisons étaient collées les unes aux autres, plus hautes les unes que les autres. Imagine, *grua*[1], c'est un monde complètement opposé.

Un matin j'avais remonté les pieds pour échapper au béton froid et les avais posés sur le fauteuil d'où je contemplais la ville pluvieuse par la fenêtre, et j'avais réfléchi à l'impudence dont Bajram avait fait preuve en me mentant si grossièrement.

J'étais furieuse. Je n'avais plus pensé qu'à cela pendant des nuits, des semaines, des mois, et chaque fois que je le voyais, qu'il parlait, que je sentais son odeur ou qu'il allumait une cigarette, qu'il ronflait ou grinçait des dents, je le haïssais davantage, je me haïssais davantage. J'avais envie de le tuer.

Nulle part ces fameuses maisons finlandaises, ces piscines, ces étages supérieurs rénovés, ces pièces claires ! Tout ce que nous avions auparavant et ce que nous possédions s'était changé en ceci : des sols en plastique et des vieilles paillasses.

Huit familles logeaient au même étage, qui comportait huit appartements et une cuisine commune. Les salles de bains étaient équipées d'étranges cuvettes de toilette surélevées où s'accumulaient les taches suspectes. Un de nos plus grands chocs fut de découvrir que les Finlandais ne se lavaient pas les parties intimes après avoir fait leurs besoins, mais s'en remettaient seulement à du papier. Du papier ! Voilà donc

---

1. « Femme. »

pourquoi les toilettes ne comportaient pas de cruches ou de bouteilles remplies d'eau. C'était la chose la plus sale que j'eusse jamais vue. Comment pouvaient-ils se promener après être allés à la selle ?

L'appartement d'en face était occupé par une famille somalienne de huit personnes, qui faisaient du bruit nuit et jour et parlaient une drôle de langue. Lorsque mes enfants jouaient avec leurs enfants à la peau noire, j'avais l'impression que quelque chose n'allait pas, que c'était le monde à l'envers. Nous étions devenus le genre de personnes qui se lient d'amitié avec les opprimés, avec ceux qu'on n'aime pas. Nous étions rejetés au même titre que les Tziganes, nous étions de ceux qui venaient de loin pour entrer dans ce pays, où les gens étaient si blancs qu'on les aurait crus faits de neige tassée. Moi, je nous considérais comme blancs, mais à leurs yeux, notre blanc, ce n'était pas la même chose.

La plupart du temps je restais assise, seule, dans notre appartement et je réfléchissais. J'avais l'impression que les Finlandais nous regardaient comme des bêtes en cage. J'avais même honte de sortir me promener, parce que je savais qu'ils me reconnaîtraient rien qu'à ma façon de me tenir. J'avais honte de prendre les transports en commun, de m'asseoir dans les jardins publics, de regarder les gens dans les yeux et d'aller dans d'autres magasins que ceux d'alimentation.

Et le jour où j'avais acheté cinq baguettes de pain en réduction et cinq boîtes de tomates concassées sans déposer la barre de séparation sur le tapis roulant, j'avais cru mourir de honte : la caissière s'était mise à me parler en finnois sur un ton véhément en agitant la barre sous mon nez pour me montrer comment la placer, car par ma faute elle avait essayé de me faire payer les achats du client suivant. Je n'avais pas compris un traître mot. J'avais tendu un billet, m'étais enfuie sans attendre ma monnaie et n'avais plus jamais remis les pieds dans cette boutique.

J'admirais cette organisation. Songer que l'on séparait les achats avec une barre sur le tapis roulant, que celles-ci avaient même une rainure qui leur était dédiée afin de les placer dans un ordre rationnel. Au Kosovo il n'y avait pas de barres de séparation. Je me disais que, à mon retour, je commencerais mon récit par elles.

Mais quand je rentrais à l'appartement et notais la manière dont les employés du centre d'accueil me saluaient, avec quelle condescendance ils me souriaient, j'avais envie de leur foutre mon poing dans la gueule, et quand ils nous parlaient comme à des enfants en nous disant que ça ne se faisait pas de manger avec les doigts, j'avais eu envie de leur éclater la tête à coups de poêle.

Nous mangions peut-être avec les doigts, mais nos hommes, nous ne les retrouvions pas au petit matin vautrés sur les bancs publics et aux arrêts de bus. Les leurs buvaient tellement qu'ils ne se souvenaient pas de ce qu'ils avaient fait et d'où ils étaient allés, et quand j'avais appris que plus d'un avait tout perdu — sa famille, sa santé et son travail — à cause de l'alcool, j'avais commencé par secouer la tête puis été prise de fou rire, parce que je n'avais jamais rien entendu d'aussi insensé.

Je n'ai jamais vu des gens comme ça, disait Bajram. *Ils sont plantés là, à nous regarder, comme des arbres ou des statues*, ajoutait-il, railleur. *Grand bien leur fasse.* Il refusait de comprendre quand je lui disais que s'ils nous fixaient ainsi, c'était probablement parce qu'ils ne voulaient pas de nous ici, dans leur pays.

Mais regarde autour de toi, imbécile, répondait Bajram, et il étendait les bras. *Ils ont plus que ce dont ils ont besoin. Pourquoi ne voudraient-ils pas de nous ici ? Qu'est-ce qui pourrait bien leur manquer, qu'ils n'auraient pas déjà ?*

1994

Le village

Au bout de près d'un an au centre d'accueil, nous fûmes placés dans une petite ville finlandaise dont la vie s'arrêtait complètement passé huit heures du soir. Les autres immigrés furent dispersés dans la même zone.

Les immigrés ne se fréquentaient qu'entre eux et se fichaient bien que le règlement des immeubles précisât que le silence devait être respecté à partir de vingt-deux heures, que l'usage du sauna commun n'était possible qu'aux heures allouées à chaque foyer, qu'il était interdit de laisser sécher son linge dans la buanderie collective pendant la nuit et que vous ne pouviez pas vous garer sur n'importe quelle place de parking. Tout cela leur paraissait une série de détails tatillons, et quand ils se rendaient compte à quel point cela mettait les Finlandais en rogne, ils riaient.

Les autres trouvèrent du travail dans les usines du coin, mais Bajram refusait ce genre de boulots. Il les considérait comme indignes de lui car il était diplômé de l'université et il avait eu de bons postes. *Aucun diplômé de la fac d'ici n'accepterait d'aller bosser à l'usine non plus*, disait-il, *jamais*.

Bajram apprit le finnois mieux que moi, mieux qu'aucun des autres immigrés, et il se fit des amis finlandais auxquels il disait tout de son monde et de sa culture, et qu'il invita même une fois à la maison.

Il nous présenta, moi et les enfants, comme une partie de son mobilier, à ces hommes dans la force de l'âge qui souriaient, assis à table, et jetaient des regards autour d'eux. *Ça c'est un bon garçon et ça une bonne fille qui fait bien la cuisine*, avait dit Bajram.

Je leur avais préparé le repas, des poivrons farcis à la viande accompagnés de *mazë*[1], j'avais pétri et cuit du pain frais et servi le thé, et ils avaient mangé et s'étaient tapoté le ventre d'un geste que même moi je comprenais. Mais Bajram n'était pas rassasié. Il avait soulevé son assiette et l'avait tendue dans ma direction sans rien dire. Je venais de prendre une bouchée et j'avais les doigts pleins de la crème où j'avais trempé mon pain. Bajram l'avait bien vu.

J'attrapai en toute hâte son assiette, je tentai de déglutir et de m'essuyer discrètement les doigts sur la nappe, sous son assiette, mais j'avais trop de nourriture sur les doigts et ceux-ci brillaient de graisse malgré mes efforts.

Je plaçai deux poivrons dans l'assiette de

1. « Crème. »

Bajram, alors que le plat était plus près de lui que de moi, et je déposai l'assiette devant lui. J'essayai de reprendre le cours de mon repas, même si je me rendis immédiatement compte que Bajram ne faisait plus le moindre geste. J'espérais qu'il allait laisser les choses en rester là. Quand je relevai les yeux, il soufflait comme un bison, il posa un doigt sur le bord de son assiette et donna de petits coups d'ongle. *Ne fais pas ça*, priai-je mentalement.

Il me fusillait du regard, je finis par me lever, sortis un torchon propre et me penchai pardessus la table pour effacer la trace, presque invisible, de *mazë* sur le rebord de son assiette, après quoi il se remit à manger.

Les hommes à ses côtés me regardaient avec pitié. Je jetai un coup d'œil à Bajram — tout à sa gloutonnerie — pour m'assurer que je pouvais leur renvoyer le regard que j'aurais aimé lui adresser. Ils se plongèrent tous quatre dans la contemplation de leur assiette, empoignèrent leurs couverts et attaquèrent leur *mazë* crémeux à la cuiller, comme une soupe.

Bajram passait toutes ses soirées et ses weekends avec eux. Ils allaient dans des endroits renommés, partaient en voiture et se rendaient à des événements sportifs et musicaux.

Bajram manqua les anniversaires, les premiers jours à l'école et l'apprentissage du vélo des enfants. J'avais pensé qu'il allait s'intéresser à ces choses-là, maintenant qu'il n'avait rien d'autre à faire, que ses enfants avaient besoin de lui plus que jamais, mais lorsqu'il rencontra d'autres Albanais qui avaient émigré en Finlande, avec lesquels il pouvait enfin parler sa langue, il se montra encore plus rarement.

Au moment de partir il laissait toujours de l'argent sur la table de la cuisine. J'appris rapidement à déduire la durée de son absence de l'importance de la somme. Il comptait que cent marks par semaine suffisaient amplement. À chacun de ses départs, j'étais soulagée. Je prenais l'argent et me mettais aussitôt à faire les comptes pour les jours à venir, et sur chaque somme je mettais une petite part de côté.

Nos enfants les plus âgés reprirent l'école. Quand il s'avéra qu'en Finlande même les enfants qui n'étaient pas en âge d'être scolarisés, avant sept ans, pouvaient aussi être pris en charge durant la journée, j'étais si heureuse que je n'y croyais pas. Je craignais qu'ils ne les renvoient à la maison et disent qu'il n'y avait aucune raison pour qu'on s'occupe d'eux.

Parce que les femmes finlandaises travaillaient, elles n'avaient pas le temps de rester avec leurs enfants. Elles les confiaient à d'autres. Quand j'appris que les jeunes quittaient leur famille à l'âge de dix-huit ans, je fus choquée. De quoi était faite une personne à un si jeune âge ? Que connaissait-elle de la vie ? Rien du tout.

J'envoyais mes gamins à l'école et au jardin d'enfants toujours en avance et j'allais les chercher tard dans l'après-midi. Je passais le plus de temps possible à dormir. Je n'en avais jamais assez, car je dépendais du temps qui passe. De ce que mon mari allait rentrer et repartir.

11

Lorsque je revins à Pristina après huit ans d'interruption, plus rien ne ressemblait aux images qui avaient fait subsister la ville dans mon esprit. La poussière tombait du ciel comme une bruine alentie et remontait des égouts comme un brouillard où se mêlaient l'essence et la sueur en suspension dans l'air.

Une longue file de taxis stationnés devant le terminal attendait les Kosovars de l'étranger qui revenaient au pays l'été.

Le chauffeur tenait entre ses épais doigts bruns, crevassés par le soleil, une cigarette consumée jusqu'au filtre, et son visage ne tressaillit pas quand je répondis à sa tentative de lier conversation en lui intimant d'aller tout droit. Il scrutait les alentours et épongeait à intervalles réguliers son front trempé de sueur d'un coup de manche jaunie.

Je me détournai pour regarder par la fenêtre, où la vue des panneaux publicitaires de l'aéroport, boutiques et cafés laissa place en un instant à un séduisant panorama d'arbres et de montagnes basses qui ressemblaient à des chapeaux alignés. Une chaleur tenace faisait trembler le paysage, qui flottait comme un drap au vent.

Plus nous nous rapprochions du centre-ville, plus les rues se faisaient étroites avec leurs publicités trop grandes explosant d'orangés, de jaunes, de verts, de rouges et de bleus, hurlant pour se faire remarquer. Les voies étaient encombrées, la chaleur infinie et la sueur pénétrante, et partout s'élevaient des maisons de brique orange, presque toutes inachevées, béant d'orifices noirs à l'emplacement des portes et des fenêtres. Il n'y avait de trottoirs qu'en de rares endroits. Partout des ordures, entre les immeubles et en bordure des rues, l'entrée des magasins déversait des marchandises que l'on cherchait désespérément à vendre, fruits, électroménager et jouets entre lesquels zigzaguaient les voitures.

J'entrai dans ma chambre et déposai ma valise sur le lit. L'établissement, le Grand Hotel, était situé à proximité du boulevard Bill Klinton, à l'extrémité nord de la rue Xhorxh Bush, un peu au sud de la statue de Skënderbeu. La rue Sheshi, piétonne, était noire de monde, de boutiques de fringues, de cafés à la sono beuglante dominée par des conversations encore plus assourdissantes.

Je déambulai au hasard, les mains dans les poches, jusqu'à ce que je m'installe dans un café à la terrasse de laquelle on parlait littérature et politique, éducation et égalité. Je m'étais attendu à trouver des gens occupés à lécher leurs blessures et cloîtrés chez eux, dans la peur, mais je compris vite combien ceux qui avaient quitté le Kosovo, les *shqipëtarët e diasporës*[1], étaient à la ramasse. Leurs attitudes et leurs valeurs restaient figées à l'époque de leur départ, et ils s'y raccrochaient, dans leurs petites communautés familiales, dans leurs appartements européens exigus de leurs quartiers malfamés où le pays natal n'existait qu'au travers des émissions de télé et de radio.

Un serveur, beau mec, me servit un *macchiato* à cinquante centimes, et je me tus pour mieux écouter. Ce fut pour moi l'occasion de constater que je maîtrisais mal la langue, mon albanais était hésitant, lent, approximatif. Je ne connaissais pas tous les termes, la langue elle aussi avait changé. Et pourtant les goûts et les parfums, le doux arôme du *macchiato*, la fumée épaisse et boisée du tabac bon marché et la vapeur odorante qui s'échappait des étals des vendeurs d'épis de maïs frais, tout cela m'était familier.

Je craignais que quelqu'un ait envie de faire connaissance avec moi, car je serais alors confondu. Je savais la honte que représentait d'être un Albanais qui avait oublié sa langue maternelle. Je faisais tourner la tasse entre mes doigts, j'uniformisais avec le bâtonnet rouge la mousse bicolore et commandais différents cafés que je me conten-

1. « Les Albanais de la diaspora. »

tais de goûter, des desserts auxquels je ne touchais pas.

Je me sentais coupable d'être fatigué — et de penser aux mauvaises choses, de ce que revenir dans cette ville après toutes ces années ne me faisait rien de spécial. J'aurais dû me dire que j'étais rentré chez moi, que j'y reviendrais pour mourir. Il aurait fallu que j'aie des projets, que je note les noms des Muzeu i Kosovës, Muzeu Etnologjik, Varrezat e Dëshmorëve et de la Galeria e Arteve, que j'aille visiter les expositions de photographies montrant les fosses communes et parler aux survivants, et que j'écrive ensuite leur histoire.

J'aurais peut-être dû penser à tous ces morts, à ceux qui avaient tué ou avaient été tués. Ma fatigue n'était rien comparée à des mois de vie dans les bois, en plein hiver, quand vous avez les doigts et les orteils qui gèlent et finissent par tomber. Rien à côté des enfants mort-nés que vous enterrez dans la neige froide.

J'entendis les miaulements douloureux du chat une première fois au moment où je rentrais du café. Ils montaient de la station de lavage auto adjacente à l'hôtel. Il fallut, bien sûr, que j'entre immédiatement demander au propriétaire d'où ils provenaient. Après s'être remis de la surprise qu'un inconnu entame la conversation en lui parlant d'un chat, celui-ci m'indiqua que derrière le bâtiment s'était montré, il y avait juste quelques jours, un matou qui n'arrêtait pas de miauler.

L'homme, qui s'essuyait les mains sur son tee-shirt sans manches crasseux et son jean bleu tout taché, me demanda à travers le boucan du karcher pourquoi je voulais savoir ça, après tout il ne s'agissait que d'un chat, *vetëm një macë*. Dans mon emportement, j'éludai sa question mais lui demandai à quoi ressemblait l'animal. Sa réponse fut qu'il n'était jamais allé voir, parce que ce n'était qu'un chat.

J'avais envie de lui dire ta gueule gros con, mais je n'eus pas le temps, vu que, vif comme un écureuil et malin comme un singe, je m'étais éclipsé derrière le bâtiment. La baraque était ancienne et comptait deux étages, à la manière traditionnelle. Les propriétaires vivaient au-dessus de la station en plein cœur des rues les plus encombrées de Pristina.

Une fois dans l'arrière-cour, je repérai une échelle en bois, appuyée contre un mur, et une haute enceinte construite à un mètre environ de la maison, qui séparait les deux terrains. Elle tenait si paresseusement debout qu'elle semblait menacer de s'effondrer d'un instant à l'autre sur la bicoque.

L'arrière de la maison était jonché de bouteilles en plastique, de restes de nourriture et de papiers d'emballage jetés pêle-mêle. Au sommet de ce tas d'ordures un petit chat orange et blanc farfouillait en quête de nourriture.

Il avait les pattes maigres et le corps chétif. Son pelage orange était parsemé de taches blanches irrégulières, et il avait l'air extrêmement mal en point. On aurait dit qu'il avait pris un bain de boue avant de se faire essorer à la machine.

Quand je fis un pas vers lui, il cessa de gratter et se tourna pour me regarder, droit, d'un œil accusateur comme si j'avais, de ce seul pas, menacé sa vie.

À ma seconde enjambée, il se prépara à reculer, son arrière-train se souleva et ses pattes se tendirent, ses longues griffes jaunes sortirent.

J'entrepris alors de l'apaiser. Je m'accroupis à sa hauteur et tendis une main fermée dans sa direction. Le chat commença par scruter avec curiosité et fit au bout d'un moment un premier pas vers mon poing, vers cet humain souriant et parlant, un être tel, c'était certain, qu'il n'en avait jamais vu.

Une heure presque s'écoula avant qu'il ne commence à me faire confiance. Il faisait de temps à autre quelques pas prudents dans ma direction, mais bondissait sur son tas d'ordures au moindre changement de respiration.

Je le laissai m'étudier et me flairer en toute tranquillité, et ce n'est qu'une fois qu'il m'eût touché que je le touchai à mon tour. Je caressais son petit crâne, son ventre et son dos, et bientôt il me sautait dans les bras.

J'allais l'emporter dans ma chambre d'hôtel. Il n'avait pas de maison, je m'étais dit. Quelle pitié que personne ne l'ait accepté auprès de lui, un si beau chat ! En aucun cas je ne pouvais le laisser à un type qui qualifiait une beauté si enchanteresse de *juste un chat*.

Le chat dans les bras, je regagnai l'avant du bâtiment et me retournai vite pour vérifier que personne ne nous avait vus. Je manquai de justesse d'entrer en collision avec la bedaine du laveur de voitures, qui s'exclama d'une voix de stentor mais qu'est-ce que vous comptez faire avec un chat des rues ?

« *Macë e rrugës*[1] ! » répéta-t-il, il secouait la tête et s'esclaffait. « *O budallë*[2] ! »

Un clope gluant de bave pendait au coin de sa bouche.

Je lui lançai un regard assassin et dissimulai le chat sous ma chemise. Si les autres avaient pour les félidés la même froideur que ce laveur, j'avais intérêt à le soustraire aux regards, telles étaient mes pensées.

Une fois dans ma chambre, je mis le chat dans la baignoire et ôtai ma chemise qui commençait à sentir le rance. Elle était couverte de taches humides, maculée par le suif de la fourrure du chat.

À ma surprise, ce dernier se trouvait être l'un des plus gentils minets que j'eusse rencontrés. C'était un sacré charmeur : quand je remplis la baignoire, il me regarda par en dessous avec ses yeux limpides, étincelants, et l'eau qui dégoulinait sur son corps ne semblait pas l'émouvoir plus que cela, il tortillait le derrière. J'aurais bien sûr compris, et quelle était l'origine de son

1. « Un chat des rues ! »
2. « Oh, le fou ! »

comportement, s'il avait griffé ou mordu ; de ce qu'on lui avait jeté des pierres, donné des coups de pied, qu'on l'avait traqué et battu, au simple motif de sa félinité.

Puisqu'il avait le poil vraiment trop emmêlé, je le gratifiai d'un bon shampoing à la senteur fruitée. *Tu vas être tout propre, tout propre et heureux, et tu pourras manger tout ton soûl*, je lui dis en plongeant les doigts dans sa fourrure rêche.

Comme j'ébouriffais son pelage, apparurent l'un après l'autre bleus et égratignures, cicatrices et écorchures. Évidemment, il en avait vu de rudes, s'était battu avec d'autres chats et avait connu la faim si longtemps qu'il était deux fois plus petit que la normale. Quel manque de cœur et comme c'était dégoûtant — mais ce qui me tuait encore plus, c'est que le chat ne faisait pas un drame de ses meurtrissures, mais baissait la tête, fermait les yeux et se réfugiait sur le rebord opposé de la baignoire comme s'il en avait honte.

Je le séchai avec soin et le repris dans mes bras. Je lui dis à partir de cet instant ta vie va changer. Ça va bien se passer, je vais m'occuper de toi. *Tu ne seras plus jamais à la rue et tu ne souffriras plus, je te le promets.*

Puis j'avais commandé au room service de quoi sustenter le chat, qui avait mangé avec appétit. De la salade, des tomates, du concombre, des frites et une tranche de bœuf, nappée de sauce crémeuse, ainsi que du pain blanc — tout ce que j'avais prélevé sur le chariot de service pour le mettre dans son assiette.

« Eh bien », dis-je.

Je souriais. J'observais et attendais de voir si, à l'autre bout de la table, il me renverrait mon sourire, mais il était encore en train de se remplir l'estomac, et gloutonnement qui plus est ! À la fin de son repas, il lécha poliment son assiette vide et miaula sur un ton quémandeur.

« Tu ne peux pas finir tout d'un coup », le réprimandai-je, paternel.

Je me levai de table et allai m'étendre. Le chat sauta par terre, traversa la pièce en courant et bondit sur le lit. Il grimpa sur mon ventre et tourna un moment sur moi, jusqu'à trouver une position confortable à mon côté, la respiration sifflotante, content et détendu comme un vacancier.

Alors que nous n'étions ni l'un ni l'autre complètement endormis, et le chat s'étirait avec un plaisir audible et changeait régulièrement de position contre mon flanc, ma main glissa comme par habitude sur son crâne. Le chat tressaillit comme s'il sursautait dans son sommeil, et je me mis à le caresser, ma main effleura d'abord sa tête et son cou, puis ses doigts doux, aux longues griffes, et le haut de ses jambes, son ventre et son dos, pour finir sa queue et ses pattes arrière, et il ronronnait si fort contre moi que je savais qu'il était comblé de bonheur.

1994

Les serpents

Une nuit Bekim, mon plus jeune fils, s'était mis à faire des cauchemars qui n'en finissaient pas. Il était entré en hurlant dans notre chambre et serrait un rouleau à pâtisserie si fort dans sa main que ses phalanges étaient toutes blanches. Ses joues avaient un éclat rouge sang. Je l'avais pris par les épaules et lui avais demandé qu'as-tu ?

Il entreprit de me raconter son cauchemar, le serpent suspendu de tout son long au plafonnier de sa chambre, si long et si fort qu'un seul nœud autour de la lampe lui suffisait pour tenir, et il n'avait plus qu'à laisser descendre le reste de son corps pour parvenir jusqu'à lui.

« Chhh, dis-je. Une bête comme ça, ça n'existe pas », lui assurai-je, et je le renvoyai dans sa chambre, bien qu'il se tînt l'entrejambe d'une main et marchât avec les genoux tout raides.

Mais il se remit à hurler, et cette fois comme s'il allait mourir. J'accourus et lui confirmai que je ne voyais aucun serpent dans la pièce, ni sous le lit ni sous ses draps. Lui me dit que le serpent allait se cacher dès qu'il entendait des pas s'approcher.

Je ne le comprenais pas. Les rêves qu'il nous racontait étaient terrifiants. Ils grouillaient de serpents à sonnette, la tête encapuchonnée, d'énormes boas constricteurs qui pulvérisaient des immeubles, et de petits serpents noirs aux yeux rouges, qui étaient doués de parole et proféraient des menaces. Ils s'enroulaient tous les uns aux autres si étroitement que leur peau couinait comme du caoutchouc mouillé. *Tu n'as qu'à ouvrir la bouche, et je te tue. Ouvre-la, si tu l'oses.* C'était le genre de choses qu'ils lui disaient.

« Chh », fis-je à nouveau, j'avais le frisson.

Je restai assise près de lui presque toute la nuit. Il dormait sans bruit face au mur, les jambes croisées, et sursautait en permanence au rythme de ses cauchemars. Plongé dans le sommeil, il passait une main sur le mur et explorait la surface rugueuse, et pressait l'autre sur son visage.

Quelques soirs plus tard, j'essayais de le coucher, mais il poussait des hurlements continuels. Il avait les dents serrées et ne cessait de donner des coups de pied. Comme s'il y avait quelque chose en travers de son chemin.

« Qu'est-ce que tu as ? » lui criai-je.

Ses hurlements finirent par me mettre dans une rage telle que je le frappai. Je le frappai pour qu'il me réponde. Ou pour qu'il arrête, au moins, que nous autres, moi et ses frères et sœurs, puissions dormir, mais ça ne le fit pas taire, il ne sentit même pas la gifle.

La porte de l'appartement s'ouvrit et se referma. Bajram passa de l'entrée à notre chambre à coucher, s'assit sur le lit, ôta ses chaussures, ses chaussettes et le reste de ses vêtements, les jeta dans un coin, s'allongea et souffla d'un air las.

« Il est malade ? » demanda Bajram.

Je lui dis que notre fils faisait des cauchemars. Des rêves violents pleins de serpents.

« Ça passera, laissa-t-il vaguement tomber.

— Et si ça ne passe pas ? »

Le désespoir qui transparaissait dans ma voix le fit se redresser alors qu'il s'était installé pour dormir. *Boucle-la, bien sûr que ça va passer.* Bajram alla voir le garçon et posa la main sur son front écarlate et trempé de sueur.

« Chhh », le consola Bajram, mais les pleurs ne cessaient pas. « Ils n'existent pas, continua-t-il. Je les tuerai s'ils arrivent. Je les tuerai tous de mes propres mains. Je les déchiquetterai. »

J'avais envie de lui dire d'arrêter. Sa voix, pleine d'assurance, me donna l'espoir qu'il n'allait pas toucher au garçon. J'avais envie de lui donner un coup de barreau de chaise sur la tête, de lui crier aux oreilles que ce n'était pas comme ça qu'il réussirait à consoler un si petit enfant — il s'agissait de serpents, pas de boules de glace tombées par terre.

« Chhh, allez, chhh, allez », continua-t-il comme s'il avait trouvé la solution. Le garçon donnait des coups de pied et s'égosillait, il avait le visage contracté et pendant un moment on aurait dit qu'il avait complètement cessé de respirer. Je le secouai, mais cela ne fit que désaccorder ses larmes en rafales.

Bajram, avec colère, se mit debout et contourna le lit, il s'agenouilla devant le petit et l'agrippa vigoureusement par le bras.

« Mais qu'est-ce que tu veux ? » cria-t-il, et il le secoua comme un prunier. Plus fort, en serrant de plus en plus durement. J'avais pitié du garçon. Bajram lui criait dessus et moi je criais sur Bajram, et aveuglés par notre désir égoïste, nous étions incapables de comprendre pourquoi l'enfant faisait toute une histoire pour un cauchemar. Pourquoi ne se rendormait-il pas, puisqu'il avait compris que son rêve n'était pas vrai ?

Puis Bajram raffermit sa prise, lui passa les mains sous les aisselles. Il le rudoya si brutalement et si longtemps que le garçon cessa enfin de pleurer — au bord de l'évanouissement.

« Ne refais plus jamais ça, lui ordonnai-je quand nous eûmes regagné notre chambre.

— Toi, tu me dis comment élever mes gamins ? » hurla-t-il, et il me cogna la poitrine à en faire sonner toute la pièce comme si une boule de bowling avait été jetée dans l'eau, et il ajouta : *Une fois. Refais ça encore une fois. Et ce sera ta dernière.*

Allongée à côté de Bajram, écoutant ses ronflements lourds, je sentais mon front perlé de sueur, mes cheveux collés sur ma nuque, ma respiration glacée qui circulait à grand-peine. Comment pouvait-il s'endormir aussi vite ? À un moment pareil ?

Nous emmenâmes notre fils chez le médecin. Bajram restait à la cafétéria pendant les séances de psychothérapie. Il avait honte d'évoquer ses problèmes en présence d'un interprète. Il ne supportait pas qu'un de ses compatriotes le vît dans une situation dont il ne se sortait pas.

L'hôpital puait le métal et l'alcool à quatre-vingt-dix degrés. Notre fils s'entretenait seul à seul avec la thérapeute dans une pièce trop éclairée, presque dépourvue de meubles. Ils commencèrent par parler des animaux en général. La femme lui proposa de faire deux listes. Sur la première elle notait les animaux que notre fils aimait bien et sur l'autre ceux qu'il n'aimait pas.

Plus tard elle me les montra. La première comptait le chien, l'oiseau, le poisson, le dauphin et le singe, la seconde le requin, le crocodile, le lion, le tigre et le chat. Elle me dit que les enfants aimaient les animaux auxquels étaient associées des images positives et rassurantes.

« Et ils rejettent ceux qui sont associés des images négatives, souligna-t-elle. Ceux qu'ils perçoivent comme menaçants ou dangereux. »

Elle posa le doigt sur la deuxième liste. *Pouvez-vous me dire pourquoi il a mis le chat sur la seconde liste et non sur la première ?* Je ne répondis pas, car je ne voyais pas où elle voulait en venir. Nous n'étions pas là pour parler des chats, mais des cauchemars du garçon. La fois suivante, la même question lui fut posée à lui. *Je ne sais pas*, fut sa réponse.

Je dis à la femme que moi non plus je n'aimais

pas les chats, je suis comme mon fils, ce sont des animaux capricieux et furtifs. Je lui dis que je ne comprenais vraiment pas pourquoi les Finlandais les faisaient entrer chez eux, car au Kosovo le chat est un animal sale. Je m'étonnais qu'on fît tant de questions à propos des chats et pas une au sujet des serpents.

La semaine d'après, la femme me montra l'image d'un arbre doté de deux grosses branches : par l'une nous allions entrer dans l'esprit du garçon et par l'autre nous ressortirions après avoir été au cœur des choses. L'idée était d'extirper peu à peu les serpents de l'intérieur. Au cours du processus notre chargement, le serpent, tomberait en marche.

La femme ne mentionna le serpent que deux mois après le début des séances, bien que les symptômes ne se soient pas atténués. Nous écoutâmes notre fils hurler bien des nuits, et nous avions tous tellement pitié de lui que nous lui consacrions tout notre temps disponible. Nous lui achetions ce qu'il voulait, nous regardions toutes ses émissions préférées et les nuits tranquilles nous priions pour qu'il soit enfin débarrassé de ses cauchemars.

Ils dessinèrent les animaux de la seconde liste, en discutèrent, évoquèrent leur place dans la nature, ils les regardèrent en photo et même, plus tard, en vidéo. La femme lui racontait des choses banales : comment ceux-ci vivaient à l'état sauvage, ce qu'ils mangeaient et où et comment ils passaient l'hiver.

Pour chacun d'eux la femme demandait au petit s'il trouvait les images menaçantes ou s'il aurait le courage de caresser l'animal en question si c'était possible. Peu à peu plus aucun de ces animaux ne lui parut menaçant, et ce n'est qu'à partir de ce moment que la femme lui parla des serpents.

Selon elle, ce genre de cauchemars pouvait être causé par à peu près n'importe quoi, *l'esprit humain est fin comme du papier et peut se déchirer à tout moment*. Ils pouvaient être déclenchés par un film effrayant ou une histoire d'horreur, un phénomène ou un événement choquant l'esprit humain.

Elle était certaine qu'il n'était pas question d'une peur centrée spécifiquement sur les serpents, mais sur ce que le garçon rattachait aux serpents, les images ou les souvenirs que ceux-ci faisaient naître en lui.

Je finis par suggérer à Bajram de repartir vivre ailleurs, tant que nous ne nous étions pas encore tout à fait installés en Finlande. *Ça lui ferait du bien, rien que la lumière, ici il fait tout le temps noir*, mais alors Bajram avait trouvé un travail.

Il se mit à donner des leçons aux locuteurs des langues balkaniques, faisant le tour de plusieurs communes où des immigrés, venus de différents points du monde mais surtout de Yougoslavie, commençaient à affluer dans les années 1990.

Bien qu'il partît tôt le matin et rentrât tard le soir, on aurait dit qu'il était tout le temps présent. Il ne nous laissait pas de place, car il se réservait la salle de bains. Ou alors il regardait la télé au salon, ronflait sur son lit ou voulait manger.

Les enfants grandissaient et faisaient entendre un nouveau son de cloche, ils exigeaient de lui et de moi des choses, des vêtements, des jeux, du maquillage, des serviettes hygiéniques et plus d'espace, car dans leur chambre ils n'avaient pas la place de mettre quoi que ce soit d'autre que leur lit. Leurs affaires ne tenaient plus dans leurs placards.

Un appartement aussi petit n'est pas fait pour une famille aussi nombreuse, me plaignais-je auprès de Bajram, et quand il répondit que nous n'avions pas de quoi déménager, je proposai que nous dormions dans le salon et que les filles et les garçons aient leurs propres chambres. En guise de réponse il grogna et dit quand ce sera toi qui payeras pour tout ça, tu pourras décider.

Il se leva et entra dans la chambre des enfants. « Vous vous prenez pour qui ? » demanda Bajram, et il écarta d'un coup de talon une de nos filles qui était assise par terre, l'obligeant à se réfugier à quatre pattes jusqu'à l'autre bout de la pièce.

Et son expression, je n'oublierai jamais l'air qu'avait alors notre fille : sa lèvre inférieure lui était descendue jusqu'à la pointe du menton, elle se frottait les côtes et tournait les yeux vers la télévision comme pour dissimuler son effroi. *Je ne vous ai pas élevés comme ça. Vous êtes prêts à nous*

envoyer pioncer dans le salon, moi et votre mère, c'est
ça ?

Je vis comme les enfants se mirent de plus en plus à l'éviter. Bientôt je fus la seule à être au courant que leurs chaussures partaient en lambeaux ou qu'ils avaient besoin d'une nouvelle brosse à dents. Une fois que je demandais à une des filles pourquoi tu ne vas pas voir ton père, il pourrait te racheter des moufles pour remplacer celles que tu as perdues, elle avait eu l'air stupéfaite. Elle avait penché la tête et plissé le front, et elle avait dit qu'elle préférait être privée de gants plutôt que de demander quoi que ce soit à son père.

Je me jurai que lorsque Bajram rentrerait le soir je lui demanderais à quel moment es-tu devenu ce type-là, tes enfants ont peur de toi, mais quand Bajram rentra, il tira un grand coup sur la porte, la fit claquer et jeta ses chaussures en les faisant rebondir sur le mur comme des cailloux.

Ses talons frappèrent le sol en plastique comme si quelqu'un y donnait des coups de marteau, et il ouvrit le réfrigérateur avec une telle brutalité que les pots à lait rangés dans la porte manquèrent de voler par terre, et il claqua son verre tellement fort sur l'évier qu'il manqua de le casser, et il y versa ce qu'il restait de lait et but, et quand le pouls rugueux de sa déglutition envahit tout l'appartement, je me triturai le lobe de l'oreille, me levai et lui demandai s'il voulait manger tout de suite ou se reposer d'abord.

12

Lorsqu'on s'enquiert de mon prénom, je réponds parfois par la vérité, mais, aussi fréquemment, je le troque pour Michael ou Jon, Albert ou Henri ; ce faisant, j'évite la question suivante, et tu viens d'où ?

Je me demande toujours pourquoi la personne qui m'interroge tient à le savoir. Est-ce l'effet d'une curiosité innocente pour mon pays d'origine ou entend-il en tirer des conclusions à mon sujet ? Car ce n'est pas la même chose de dire à quelqu'un que vous êtes suédois, allemand ou anglais et d'annoncer que vous êtes turc ou iranien. Votre pays d'origine n'est que dans de rares cas une chose indifférente.

Quand je lance une invitation à venir chez moi, les gens acceptent en général, car le fait que j'aie un serpent les intéresse prodigieusement. Ils ôtent leurs chaussures, font quelques pas dans l'appartement et découvrent le terrarium, où il n'y a pas de serpent. *Aïe.*

Quand je leur annonce que celui-ci est sans doute planqué sous le canapé, ils s'arrêtent net à la porte du salon et me demandent pourquoi j'ai choisi un tel animal de compagnie, et, avant de leur répondre, je me sens toujours obligé de les reprendre. *Il ne s'agit pas d'un serpent quelconque, c'est un boa constricteur.*

En quelques occasions j'ai dit la vérité et avoué que je l'ignorais, vu que, à dire vrai, j'avais peur des serpents. La plupart du temps cependant je raconte que je me le suis procuré parce que je suis calé sur le sujet, que c'est une bête calme, suffisamment indépendante et facile à entretenir. Le serpent est un parfait compagnon pour quelqu'un qui vit seul comme moi.

Quand j'entame les recherches sous le canapé, ils sont pris d'une soudaine envie d'aller aux toilettes et, quand ils ressortent, d'une envie de rentrer chez eux, ils rebroussent chemin et se rhabillent. Le serpent est trop grand et trop effrayant, une fois que je l'ai enroulé tout entier autour de mes épaules, et sa peau n'est pas visqueuse comme ils l'imaginaient, mais sèche, comme un plastique doux, comme du silicone brillant.

Ah oui, impressionnante, cette tête, humpf, ils soupirent en ouvrant la porte, *tu n'as pas peur ? Et s'il grimpait sur les toilettes et plongeait dans le trou ?* ils demandent et referment la porte derrière eux, et moi je m'interroge, pourquoi ces questions ? Le serpent pourrait tout à fait apprendre à humecter sa peau dans la cuvette et à se tortiller pour ressortir. Ou à faire ses besoins comme tout le monde. Se pourrait-il en fait, me disais-je en caressant son crâne rugueux, qu'on s'attende au pire de sa part, simplement parce que c'est un serpent?

1995

L'imam

Bajram avait entendu parler d'un imam turc qui vivait à Helsinki et avait le pouvoir de chasser les mauvais esprits. Trois jours plus tard, celui-ci frappait à notre porte. Il avait une centaine d'ouailles dans sa ville.

À son arrivée, notre maison ne devait pas comporter une seule croix. Si les télécommandes étaient croisées l'une sur l'autre, il fallait les mettre en parallèle, sinon la conjuration n'aurait aucun effet. Nous alignâmes les cotons-tiges par terre dans la salle de bains, nous vidâmes toutes les commodes et arrangeâmes leur contenu de la même manière sur le dessus des meubles, sur le sol et sur les lits. Le pire, ce furent les vêtements, dont les manches risquaient de se croiser, par accident. Et les couverts et la vaisselle dans les tiroirs et les placards de la cuisine. Finalement, nous fourrâmes le tout dans de grands sacs-poubelle noirs que nous descendîmes dans la voiture.

« Dieu seul peut lui venir en aide, commença

Bajram. Dieu lit son jugement à chaque musulman mort. Et il torture ceux qui mentent et ne font pas la prière. Tous ceux qui trompent, insista-t-il, tous ceux qui pratiquent le sexe avant le mariage et s'adonnent à l'alcool. »

La liste des gens à condamner et des interdits était si longue qu'il ne pouvait se trouver un seul musulman qui ne se fût rendu fautif un jour ou l'autre, Bajram le disait parfois lui-même.

L'imam ne portait pas l'habit religieux, contrairement à ce que j'avais imaginé. Il était vêtu d'un costume sur mesure gris anthracite. À ses doigts brillaient deux grosses bagues en or, et il portait autour du cou une grosse chaîne assortie aux anneaux, au poignet une montre en acier. Il gardait les deux boutons du haut de sa chemise ouverts. Les poils blancs de son torse s'en échappaient, et son lourd bijou les rabattait sur sa peau moite. L'imam salua Bajram d'une solide poignée de main, se contenta de me jeter un coup d'œil fuyant, et lui demanda en finnois où se trouvait l'enfant.

Bajram montra le chemin à l'imam qui lui emboîta le pas après s'être débarrassé dans l'entrée de ses chaussures en peau de serpent. Ses chaussettes coordonnées à son costume étaient humides aux orteils.

L'imam entra dans la chambre des enfants avec Bajram. Le garçon était allongé sur son lit et contemplait, les yeux vitreux, le plafonnier, comme si la lumière ne le dérangeait pas le moins du monde. Il avait développé un goût pour celle-ci, et s'était mis à exiger qu'on laisse la lampe allumée même la nuit. Des traînées de larmes avaient séché sur ses joues. Bajram tira un mouchoir de sa poche et le passa sur celles-ci d'un geste délicat et tendre, lui tamponna doucement le front.

L'imam s'était assis sur le lit à côté de lui et annonça qu'il était prêt à commencer. Le garçon cilla pour la première fois depuis notre entrée. Il se retourna pour lancer un regard de détresse à cet inconnu puis à moi.

«Tout va bien», dis-je, et je passai de l'autre côté du lit pour lui prodiguer mes caresses.

«Il est là pour te guérir, tu vas retrouver la santé», ajouta Bajram.

L'imam regardait autour de lui, dubitatif.

«Qu'est-ce qu'il y a?» demanda-t-il au garçon.

La question fit bouger le garçon. Il tourna le dos à l'imam et dit qu'il avait peur. Je le tranquillisai de nouveau en caressant ses cheveux épais qui étaient collés sur son front.

«Je ne reste pas longtemps», ajouta l'imam, et il caressa la tête du petit comme s'il venait d'apprendre, en me voyant faire, la manière de calmer un enfant.

Il fit savoir à Bajram que, le temps de l'intervention, la pièce devait être plongée dans le noir le plus complet, parce que les mauvais esprits ne se manifestent pas dans la lumière. Et qu'il ne pouvait y avoir personne d'autre qu'eux deux, lui et le garçon, dans la chambre.

«Très bien, répondit Bajram.

— Pourquoi ? »

Ma question avait jailli comme expulsée hors de moi, comme si elle avait été emballée dans un mince sac en plastique rempli d'air qu'on avait fait exploser.

L'imam commença par me regarder puis il se tourna vers Bajram et dit que, au moment où il sort, le mauvais esprit cherche immédiatement un nouveau corps à posséder, sans quoi il meurt.

« Je l'attraperai dès qu'il sortira… »

Il fit une courte pause.

« … et je le détruirai. Je suis immunisé. »

Bajram sourit, satisfait. *Merci*. Et il le dit la voix traversée par l'insouciance qu'il y avait toujours dans ses paroles au moment où approchait la solution d'un problème qui le hantait.

Je n'avais pas confiance en l'imam et lui pas davantage en moi. Je ne voulais pas laisser le garçon seul avec lui, mais Bajram me traîna sans ménagement hors de la chambre et abandonna son fils à cet inconnu qui pourrait lui faire tout et n'importe quoi. L'imam jeta un regard suffisant à Bajram, cligna de l'œil et referma la porte.

Le garçon hurla plusieurs minutes sans interruption. Tantôt on aurait dit qu'il se faisait taper et tantôt qu'il était fou de terreur. Nos enfants nous demandèrent ce qu'il se passait, quand il irait mieux. *Il va bientôt être guéri*, disait Bajram, *ça ne devrait plus durer très longtemps maintenant*.

Nous nous étions collés les uns aux autres sur le canapé. Bajram était assis sur un accoudoir, moi à son côté, de l'autre nos quatre enfants, en rang du plus âgé au plus jeune. Je n'avais pas souvenir que nous nous soyons jamais installés de cette manière. Nous ne possédions pas de photos où nous sommes côte à côte en train de faire des choses ensemble, avais-je réalisé, car nous ne faisions jamais rien qu'on aurait pu prendre en photo. Lentement je me mis à ressentir quelque chose de fort, qui me montait dans le ventre, et cela faisait du bien. Nous étions ensemble, là, assis sur le canapé. Nous voulions tous une seule et même chose, et nous pouvions le sentir les uns chez les autres.

Quel que fût mon désir d'en rester là, de caresser l'idée de temps meilleurs, j'ouvris la bouche. *Je n'y crois pas, je ne crois pas qu'il va guérir, je ne veux pas vous mentir.*

Et alors Bajram m'observa, avec le regard qu'il avait pour moi en ce genre d'instant, quand je ne m'étais pas tue alors que j'aurais dû. Bajram réservait un regard spécial à ces moments, et il en usait à celui-ci : ses lèvres devenaient toutes dures et s'entrouvraient, ses incisives, en haut et en bas, surgissaient comme les dents d'un castor, et il faisait remonter ses moustaches jusqu'à son nez en contractant toute la peau de son visage et se retournait pour me regarder, et là je sus ce qui allait se passer après le départ de l'imam.

Au bout de quelques minutes l'imam ouvrit la porte, rejoignit l'entrée d'un pas alerte et se baissa pour ramasser ses chaussures en croco. Le garçon sortit, apeuré, de son lit et alla rallumer la lumière. Il regagna sa couche en sautillant, comme s'il ne pouvait poser le pied qu'à de rares endroits bien précis.

Une fois couché, il eut un soupir de soulagement intense, remonta sa couette et se remit à contempler le plafonnier dans la même position qu'avant l'arrivée de l'imam. Bajram s'enquit auprès de ce dernier de ce qui s'était passé dans la chambre.

« Tout va bien. À son réveil il sera de nouveau normal », proféra l'imam, et il ouvrit la porte pour partir.

« Pour de vrai ? »

La tristesse de la voix de Bajram embrassa les murs de la pièce comme une lourde tenture de velours.

« Oui. Les mauvais esprits sont partis, dit l'imam. Ils ont été détruits », expliqua-t-il. Il désigna le plafond du doigt et dit qu'il n'y avait plus d'inquiétude à avoir. *Dieu est grand et Dieu est bon.*

Puis Bajram lui saisit la main et la posa sur la sienne tout en attirant l'imam à lui pour lui donner l'accolade.

L'imam quitta notre maison au bout d'une demi-heure avec tous nos remerciements. Il glissa la liasse de billets que lui tendait Bajram dans sa poche de poitrine placée du côté gauche, près du cœur. Il mit son manteau, enfila ses chaussures et dit : *Dieu vous bénisse, Il nous donnera à tous ce dont nous avons besoin. Toutes les questions et toutes les réponses, Il nous les donnera.*

Quand je me réveillai en ce nouveau matin, je me tournai pour regarder le garçon qui dormait entre nous deux depuis des mois déjà. Bajram s'était levé et prenait sa douche. Depuis la salle de bains parvenait le tambourin de l'eau qui s'écrasait sur le dur sol carrelé.

« Bonjour. »

Je m'étirai au-dessus du petit et le fis venir plus près de moi.

« Tais-toi », dit-il, et il posa la main sur mes yeux pour les fermer.

Puis il ferma les siens, paupières plissées, et se marmonna quelque chose. Ses cils battaient et ses joues tremblaient, sa respiration était saccadée et gelée, comme si sa bouche eût été remplie de glace.

13

Quand je sortis de la salle de bains au matin, le chat s'était réveillé. Il miaula, heureux, le ventre encore rebondi du festin de la veille.

Je lui demandai s'il voulait partir en voyage avec moi. Il m'observa pendant un moment avec étonnement, bondit par terre, vint à mes pieds et se frotta aux jambes de mon pantalon. Oui, il irait n'importe où avec moi.

Je fermai la porte de la chambre et fourrai le chat derechef sous ma chemise pour que personne ne le remarque. Je sautai avec lui dans un taxi stationné devant l'hôtel. Je choisis une Volkswagen orange pour faire plaisir à mon chat orange éclaboussé de blanc.

Lorsque je le sortis, je vis à quel point mon choix le ravissait, car dès que la voiture eut démarré il posa les pattes avant sur la vitre et scruta avec satisfaction le paysage qui passa en quelques minutes de la jungle urbaine frénétique aux grappes de calmes montagnes. Elles aussi furent bientôt derrière nous, et l'asphalte brûlant ondoya sous nos roues comme une lave noire.

Le village était accroché à flanc de montagne. La piste sableuse qui y menait grimpait en lacets sur l'un des versants et redescendait abruptement de l'autre.

«Arrêtez-vous, dis-je au chauffeur à la hauteur du magasin du village.

— Là? C'est une de celles-là?»

Le chauffeur désignait des maisons de brique rouge, un peu plus loin, plantées de poiriers en rangs bien alignés. De l'autre côté de la route, Mehmet tenait toujours le magasin qui avait été là de tout temps, aussi loin qu'il m'en souvienne.

«Je descends ici», dis-je, je payai et sortis de la voiture.

Je contemplai le village comme si je n'y avais jamais mis les pieds, comme si tout autour de moi n'était que rêve, mirage agité par le vent. Je poussai un soupir et inspirai l'air lourd, poussiéreux — je ne parvenais pas à croire que j'en étais arrivé là, que je me tenais ici, sur cette même route poudreuse, après toutes ces années, et comme le bruit de la terre me parut familier au moment où j'y posai le pied. Un son doux, celui des vagues ou des feuilles frôlant le sol. Ces choses-là, l'esprit toujours les oublie, mais le corps jamais, je songeai.

J'étais devant la boutique avec mon chat et contemplais la route qui filait en zigzag sur des kilomètres entre les montagnes et plus loin encore. À quelques centaines de mètres de nous, elle se divisait, un chemin de sable étroit quittait la route principale pour rejoindre une poignée de maisons modestes.

J'allai au magasin pour nous acheter le petit déjeuner, à mon chat et moi. Je pris sur une étagère des biscuits, de l'eau, du jus de fruits, des chewing-gums et quelques bouts de bœuf séché pour mon chat. Je déposai mes achats sur le comptoir, et l'immobilité des mains de l'homme derrière la caisse me fit lever les yeux sur son visage, que je reconnus aussitôt à son grand sourire et à ses dents pourries. Rien n'avait changé.

« C'est vraiment toi ? » demanda Mehmet.

Ses rides se faisaient plus profondes à mesure que son sourire s'agrandissait.

« Oui, c'est moi », grommelai-je, et je lui jetai un rapide coup d'œil de sous mes sourcils.

« *O Zot i madhë*, comment vas-tu ? demanda Mehmet, d'une voix incrédule. Ça fait une éternité que je ne t'ai pas vu », enchaîna-t-il.

Il s'essuya le visage d'une main tremblante. Il frotta ses yeux larmoyants et ne sut plus que faire de ses mains. Sa voix chevrotait, il essayait de dire plusieurs mots à la fois.

Je lui répondis froidement et espérai qu'il allait cesser son interrogatoire.

Il voulait savoir comment se portaient ma mère, mon frère et mes sœurs. Et je lui dis la vérité, je n'avais rien à cacher. Quand je lui annonçai qu'il était inutile de me poser ces questions puisque je n'avais pas vu ma mère depuis un bout de temps et que d'ailleurs nous ne nous parlions même plus, il s'éclaircit la voix et s'essuya le front.

«Mais... d'accord», dit-il derrière son comptoir comme s'il devait s'obliger à passer à la question suivante, avec le visage figé d'un paralytique. «Eh, ce ne serait pas un chat que tu as, là, emballé dans ta chemise?» demanda-t-il, et il pointait un doigt replié dans la direction de mon chat comme pour s'en éloigner.

«Oui, mais on n'a pas le droit d'y toucher», dis-je, et je fourrai vite fait mes courses dans un sac en plastique blanc, pour faire comprendre à Mehmet que la conversation était terminée.

«Tu vas voir ton grand-père et tes cousins?

— Je ne sais pas.

— Passe donc! Ils seront sûrement contents de te voir, surtout ton grand-père, il parle souvent de toi, il pense beaucoup à toi.»

Tandis que je sortais, Mehmet agitait la tête comme s'il avait vu un fantôme. Je lus sur ses lèvres qu'il se marmottait la formule où l'on invoque Dieu par deux fois, *o zot o zo*t[1], et fait rouler sa tête pleine d'émotions. Ça sert de réponse à toutes les situations pour lesquelles on ne trouve pas, ou il n'y a pas, de mots.

Je m'avançais en direction des maisons, jusqu'à ce que mon cœur se mette à battre si fort que toute ma cage thoracique se soulevait à son rythme. Ma nuque et la paume de mes mains

1. «Ah, Dieu, Dieu.»

transpiraient, et ma gorge cabossée m'étranglait et me brûlait comme si elle eût été remplie de sable.

Sans que je m'en rende compte, mes mains s'étaient glissées sous ma chemise, mes doigts serraient le chat par le cou. Quand je relâchai ma prise, il se mit à pousser des miaulements douloureux. Je le soulevai à deux mains au-dessus de ma tête, le soleil faisait ressortir ses rayures orange, il me regardait et avait l'air de sourire, sa queue et ses pattes pendaient comme des chaussettes sur un fil à linge, et je lui demandai pardon, *pardon*, je lui dis, et je le fis redescendre pour lui donner un baiser au sommet de sa petite tête.

Je me sentais mal. La chaleur était insoutenable, et alors nous nous retournâmes, moi et mon chat, pour grimper à flanc de coteau.

À mi-pente, à une dizaine de mètres du chemin de sable, se dressait une énorme, haute pierre d'où l'on voyait tout le village, toutes les maisons et les routes qui y conduisaient et en repartaient. La pierre dont me parlait ma mère et qu'elle adorait. Quand nous venions au Kosovo, elle y montait presque chaque soir et contemplait ce monde à des milliers de kilomètres duquel elle était partie. *Ce paysage, il n'y a rien qui puisse rivaliser avec*, c'étaient ses mots, *je l'adore*. Le soleil rouge brillait en travers de son visage et elle avait la main sur son front, et elle était assise, fière comme le chamois et haute comme la montagne dans son dos.

Je quittai la route pour la pierre, grimpai et m'installai avec mon chat, en son point le plus magnifique et le plus élevé. J'assis mon chat à mon côté et il se tint tranquille, je tirai du sac les biscuits et le bœuf que j'éparpillai devant nous. Tout en observant le repas du chat je sortis une cigarette de ma poche, la mis entre mes lèvres et l'allumai, ce qui ne sembla pas importuner le chat.

La fumée nous enveloppait, la montagne, moi, le chat et la pierre, le monde semblait réduit à une rognure d'ongle, et le village se dressait devant nous comme une vessie éclatée d'où suintait un liquide inodore de maisons, de voitures et de gens.

1995

Alternatives

Si nous lui avions fait boire du poison ou avions mélangé à sa nourriture une forte dose de médicaments, l'avions enterré dans la forêt pendant la nuit et dit à la police et autres qu'il s'était enfui ou avait été kidnappé en bas de chez nous, tout aurait été fini. Au Kosovo les gens disparaissaient tout le temps, les jeunes filles se faisaient enlever au bazar et les petits enfants arracher aux bras de leurs mères, et emporter au loin. La mort du garçon était une possibilité parmi d'autres, une option à considérer, car j'étais persuadée qu'il ne connaîtrait jamais une vie digne d'un être humain. Il cesserait de souffrir, et nous cesserions d'être une part de sa souffrance.

Nous vivions avec lui dans un brouillard, nous nous abîmions, nous étions plongés dans la fosse la plus profonde de la mer, d'où nul n'était jamais revenu. La masse d'eau criait au-dessus de nous comme le fer battu par le gel, et ni surface ni fond ne se voyaient, que le noir, il en était pétri, le désespoir qui procédait de lui en était fait, c'était se déplacer d'un point à un autre en sourds-muets et en aveugles.

Personne ne semblait en mesure de l'aider, nous moins que quiconque, bien qu'il fût notre chair et notre sang. Aurions-nous dû en faire davantage, me demandais-je, un parent remplissait-il son devoir en faisant pour son enfant ce qu'il estimait raisonnable et en attendant ensuite de voir, ou bien devait-il faire en permanence tout son possible ? Car, de vrai, nous aurions dû lui donner davantage. J'aurais pu passer plus de temps avec lui, Bajram aussi. Il aurait pu être plus souvent à la maison, acheter quelque chose au garçon, lui parler.

Je ne savais pas pourquoi je m'étais même mise à penser qu'il devait gagner un endroit meilleur. De façon tout aussi surprenante, je me mis à songer à des choses complètement vaines et futiles, je comptais par exemple — combien de fois par minute je déglutissais ou combien de pas il y avait de tel à tel endroit. Étais-je désespérée ou folle, les deux peut-être, pour avoir ce genre de pensées obsessionnelles ? Puis je me mis à prendre mes temps, à quelle vitesse je nettoyais la salle de bains, repassais les chemises de Bajram ou passais l'aspirateur dans tout l'appartement.

Quand j'avais mentionné la chose à Bajram, un soir que je préparais le repas, il était resté un moment silencieux et ne m'avait pas répondu. Puis il avait saisi le rouleau à pâtisserie plein de farine dans sa main droite et jeté sa cigarette dans l'évier comme s'il ne pouvait pas tenir les deux en même temps, et m'avait assené un coup dans le dos.

«T'es devenue dingue, *oj budallaqe*, femme stupide et étourdie», avait-il dit, et il avait jeté le rouleau sur la table.

Le choc fut suivi d'un bruit de pas énergiques. Le garçon entra dans la cuisine. Nous avions été obligés de le retirer du jardin d'enfants, parce qu'ils ne parvenaient même pas à le forcer à manger. Il pouvait verrouiller ses dents si fort qu'elles se fendaient.

«Ne la touche pas, dit-il d'une voix tendue. Sinon, je te tue.»

Il avait l'air à la fois apeuré et sans peur. Je retirai les mains de mes hanches pour lui montrer que je n'avais pas mal, et je le reconduisis dans sa chambre, où Bajram vint le châtier. *À qui crois-tu parler?* furent ses mots, et il se mit à le frapper à coups de ceinture.

Bajram avait bien fait de me taper. Est-ce que je voulais le bien de mon enfant et ce qui, aux yeux de Dieu, était juste, ou seulement que cesse cette tristesse? Je n'avais même plus la force de dire son nom ni de répondre à Bajram quand il rentrait du travail et m'interrogeait sur la journée du garçon, il occupait en permanence mon esprit et toutes les conversations. Je méritais ce coup, car personne doué de toute sa raison n'aurait jamais eu une telle idée, ni par semi-dérision ni pour rire. En tout cas, nul ne l'exprimerait à voix haute, même s'il s'apprêtait à passer à l'acte.

Le lendemain matin le garçon s'éveilla d'une longue nuit. Il avait dormi à poings fermés, sans faire un seul cauchemar. Quand il arriva dans la cuisine, son visage avait repris des couleurs, et il s'installa à table et sourit. *Bonjour*, il salua et regarda son père, et plus jamais il ne nous a reparlé de ses cauchemars, des serpents ou de sa vie.

Bajram qualifia sa guérison de miracle, et moi aussi je crus que c'était terminé. Mais personne ne peut guérir de cela en une nuit, pas même un enfant. Je commençai à douter, et s'il n'avait fait que nous faire tourner en bourrique tout ce temps-là et seulement prétendu qu'il faisait ces cauchemars pour obtenir de l'attention de notre part ? *Ne sois pas stupide*, fit Bajram, *les enfants sont des enfants, d'abord ils croient à un truc et puis c'est autre chose.*

Ce n'est qu'au moment où il me dit ces mots que je compris l'insouciance de Bajram à l'égard de son avenir. Il était certain que ses enfants prendraient soin de lui quand ils seraient grands et lui vieux, même si ceux-ci étaient encore petits à notre arrivée dans *ce pays abandonné des dieux*, comme l'appelait Bajram.

Je savais qu'au Kosovo les troubles ne faisaient que croître, il était donc peu vraisemblable que nous retournions nous y installer dans les années à venir. Je savais que nos enfants *leur* ressembleraient à *eux* de plus en plus, et à nous de moins en moins. Je savais qu'adviendrait ce qui advient toujours : ils se mettraient à mépriser les gens qui étaient différents d'eux. C'est inévitable, il en va toujours ainsi. Et Bajram n'appréciait que les autres Albanais.

Quand la situation se détendit, je me mis à me demander comment Bajram percevait sa vie. Était-ce égoïste de ne pas lui demander comment les choses se passaient au travail? Ou combien il lui restait dans le portefeuille quand je lui demandais de l'argent? Que pouvait ressentir un homme qui échoue dans son obligation principale — je ne m'étais même pas demandé ce que pouvait éprouver un homme qui n'a pas de quoi acheter des vêtements à ses enfants, et qui contemple une table sur laquelle il n'y a rien d'autre qu'une casserole de soupe. Que ressentait-il quand il donnait à ses enfants une *pitè* qui n'était fourrée que d'un peu d'oignon et de poireau?

Je me rendis compte que nous avions du mal à tisser des liens avec nos enfants, à avoir prise sur eux. Ils ne parlaient pas volontiers de leur vie, et nous ne leur demandions pas vraiment comment cela se passait à l'école. Nous agissions comme des imbéciles, ils pouvaient entrer et sortir comme ils voulaient, ils n'avaient aucune limite.

Notre fils aîné se mit à passer la nuit chez ses amis. Il demandait de temps à autre, comme pour la forme, s'il pouvait s'absenter un moment. Je lui disais bien sûr. Et Bajram la même chose. Nous laissions leurs professeurs se charger de leur éducation, nous avions confiance dans le système que l'on disait le meilleur du monde.

Bajram discutait rarement avec eux. Et lorsqu'il le faisait, il pérorait sur le Kosovo et l'islam. Sur les prophètes et la guerre, la bataille de Kosovo Polje, l'Empire ottoman, Skënderbeu et Enver Hoxha. Sur les gens qui avaient déjà fui en masse la situation d'alors au Kosovo mais qui voulaient rentrer au pays et rejoindre les rangs de l'UÇK. *Ce sont des héros*, Bajram disait, *seul Dieu sait s'ils retourneront dans leur famille un jour.*

Et Bajram s'attendait sans doute à ce qu'ils comprennent que lui aussi pourrait bien être l'un de ces hommes qui abandonnaient femme et enfants pour aller défendre leur liberté. Mais ils ne lui posaient aucune question. J'avais cru qu'il se vexerait et m'accuserait de les avoir mal élevés, mais *le fait*, selon ses mots, *qu'ils n'aient pas le sentiment d'avoir besoin de nous, c'est bon signe. Le meilleur.*

Notre fils cadet entra à l'école et apprit à lire et écrire le finnois en quelques semaines. Selon l'enseignant, il ne comprenait pas immédiatement tous les mots, mais il n'hésitait pas à demander, et même à le bombarder de questions.

Son instituteur me montra des images où figuraient trois fourchettes et quatre voitures ou six maisons et cinq pommes que les élèves devaient compter et redessiner sur leur feuille après ne les avoir vues qu'une fois. Les dessins du garçon étaient d'une précision extraordinaire, il avait reproduit les ombres et se souvenait de détails auxquels son instit lui-même n'avait pas fait attention.

Il voulait rester à l'école, à ce qu'il paraissait, et refusait de rentrer à la maison. Il passait l'après-midi à guetter anxieusement le tic-tac de la pendule, rangeait ses affaires le plus lentement possible et déambulait longuement dans les couloirs de l'école.

L'enseignant me demanda comment cela se passait chez nous.

« Bien, dis-je. Bien. »

Je croyais, au silence qui suivit ma réponse, que la conversation en resterait là.

Je regardai un moment autour de moi, je cherchais un point où fixer les yeux, un objet auquel me raccrocher et les mots justes, avant d'oser me retourner vers lui. Puis je priai l'interprète de lui dire que j'avais compris et lui ferais savoir immédiatement si nous avions des problèmes.

Je réalisai que l'instituteur attendait toujours une réponse. Qu'aurais-je pu dire ? Que j'avais du mal à me faire au pays et que mon mari avait du mal à gérer ses angoisses vis-à-vis du Kosovo, que la situation était difficile pour toute la famille ? À quoi cela aurait-il servi ? Quand bien même je lui aurais dit qu'une guerre était sur le point d'éclater dans mon pays, je le sens, je le sens si nettement que je défaille et que parfois j'oublie de cracher mon dentifrice après m'être lavé les dents, qu'aurait-il pu faire ?

Je parcourus tout le chemin jusqu'à la maison main dans la main avec le garçon et je refusai de le lâcher, car je pensais à tout ce qu'il allait pouvoir devenir. Médecin, juriste, patron d'une grande entreprise, banquier. Tout. Comme c'était bon de recevoir des compliments, d'être sa mère en pareils instants. Mon enfant deviendrait plus grand que moi, et il saurait des choses que je ne pourrais jamais apprendre. Ce sentiment fit peut-être naître en moi l'idée que les gens voulaient avant tout vieillir.

Je serrais plus fort, car je sentais que je me noyais dans le gris de ce trottoir sans fin.

Le lendemain matin j'étais assise dans la cuisine en face de Bajram, alors qu'en général je le laissais prendre son petit déjeuner tranquillement, car moi et les enfants nous mangions toujours après lui. Il avait l'air content devant sa tasse de café. À son expression je voyais avec quelle perfection le café avait été préparé, le soleil d'automne qui lui chauffait les poignets fit affleurer à sa bouche un petit sourire contenu. Le garçon n'avait manifesté aucun symptôme depuis longtemps, nous pouvions enfin dormir et vivre en paix.

La vie de Bajram s'était améliorée, et ce matin-là il avait l'air si ouvert et réceptif que je lui parlai. Je lui fis part du dîner que je projetais de préparer, de notre vieille vaisselle, du voyage au Kosovo à venir et de tous les gens à qui nous allions rendre visite. Je lui rapportai que la veille on m'avait dit à l'école que les enfants s'y plaisaient et qu'ils étudiaient la musique, les mathématiques, la littérature et les religions du monde.

«Ils sont peut-être en route vers un avenir décent, vers autre chose que ça», dis-je. Je passai en revue les placards de la cuisine et tournai les yeux vers la cour où soufflait une forte bise automnale.

«Quoi? Qu'est-ce que tu as dit à propos des religions?» m'interrompit-il avec colère, et il fit claquer sa tasse sur la table.

«Oui, à l'école les enfants étudient toutes les religions», dis-je prudemment, et j'expirai le plus calmement que je pus.

Bajram frappa du poing si fort que le café se répandit, il se leva de sa chaise et se planta face à moi. Je n'osais pas le regarder, car je connaissais son visage sans avoir besoin de le voir. Rouge comme une plaque électrique poussée à fond.

«Pourquoi tu as envoyé les enfants dans une école religieuse?» demanda Bajram, et il me fit lever en me tirant par les bras.

«Je n'ai rien fait de tel, l'assurai-je. À l'école on leur enseigne toutes les religions pour leur culture, Bajram», dis-je, et j'essayai à toute force de le calmer, de fuir la discussion par tous les moyens. «Ça fait partie de l'école primaire, ajoutai-je. C'est au programme», enchaînai-je, et je tentai de me libérer de sous son bras.

Bajram m'observa avec encore sur le visage cette même expression, cette expression sanguinaire que vous ne voyez que sur le visage d'un homme qui est au bord de sa dernière vengeance, longtemps recuite. Il m'emprisonna les épaules de ses deux mains, fit passer la droite autour de mon menton et se mit à serrer.

Le jour suivant Bajram se présenta à l'école des enfants et interdit aux instituteurs de leur enseigner les religions. Ceux-ci avaient gauchement tenté de lui mentir, à ce qu'il disait, et prétendu qu'il s'agissait d'un enseignement alternatif, consacré aux différentes conceptions du monde, dans lequel les élèves étaient encouragés à réfléchir sur le monde et ses phénomènes, dont les religions. Bajram avait commencé par leur rire au nez, avait posé les doigts sur son front et secoué la tête comme s'il avait la migraine, mais il leur avait ensuite demandé pourquoi il n'avait pas été informé plus tôt. *C'est la même chose que si vous vouliez me voler mes enfants*, tels furent ses mots.

Quand il rentra à la maison, il me dit comme il leur en avait remontré. Je ne compris pas comment il pouvait sérieusement s'imaginer qu'il avait pu changer leurs conceptions de la vie en leur parlant de l'islam. À un certain niveau, j'admirais sa détermination et son assurance. Il croyait aveuglément à son monde et avait foi en ce que sa religion le sauverait de tous ses péchés possibles, dont il craignait pourtant la sentence qu'ils lui vaudraient. Ce n'était pas mal comme façon de vivre.

Le mois suivant, Bajram fut remercié. Il en fut sincèrement surpris — et ce bien que son employeur lui eût clairement signifié qu'il n'avait pas respecté ses obligations d'enseignement. Il avait parlé de l'islam à ses élèves et soutenu que l'étude des conceptions du monde n'était que mensonge.

On lui avait offert le choix entre deux possibilités : soit il démissionnait, soit il se faisait licencier. Une fois qu'il eut compris la différence et les conséquences auxquelles il s'exposait, il opta pour la première et en fut longtemps déprimé, car il adorait son métier et aurait voulu l'exercer à plein temps, pas juste l'après-midi et le soir.

Son attestation arriva par la poste. Bajram étudia l'enveloppe un moment et la fourra dans un tiroir de la commode. Puis il la ressortit, lut un instant, mais la rangea derechef. Il le fit tant de fois qu'un jour, il était parti se promener, je m'en emparai et la lus à mon tour.

La collaboration s'est achevée à la demande de l'employé, suite à des désaccords concernant l'interprétation des objectifs d'égalité fixés à l'enseignement.

Voilà ce qu'on pouvait y lire.

14

Depuis la haute pente tout avait l'air plus petit. Les arbres perdaient leur ombre, les champs étaient des miroirs, ils noyaient les routes dans la limpidité de leur reflet. Les maisons étaient de petites touches peintes à la brosse, sans contours distincts.

Soudain mon chat se mit à cracher. Il s'était avancé au bord de la pierre et crachait de toutes ses dents pointues sur quelque chose qui se mouvait dans l'herbe. Le chat était penché en avant — on aurait dit qu'il allait basculer. Sa fourrure était hirsute et rageuse, ses omoplates effilées pointaient haut d'une manière inquiétante et sa bouche s'était ouverte démesurément.

Dans les herbes en contrebas se distinguaient des motifs noirs, nettement dessinés, bombés, qui formaient une longue ligne, des motifs brillants, comme de la graisse, qui pour une raison que j'ignorais mettaient le chat hors de lui. Au bout les traits formaient l'image d'une tête dressée dotée d'yeux noirs et d'une gueule, distendue pour mordre, équipée de crochets à venin acérés.

La vipère mesurait environ un mètre et était bien en chair. Une vipère ammodyte, manifestement, une des espèces les plus venimeuses. Sur un fond gris argenté se détachaient de fines obliques noires, des losanges effilés. Elle était en son centre d'une épaisseur plusieurs fois supérieure à celle de ses extrémités, et ses larges mâchoires étaient béantes. À en juger par la bosse qui déformait son corps, elle venait de s'offrir un bon repas, elle avait peut-être avalé un oiseau ou quelque invertébré, un autre reptile ou un rongeur.

Je soulevai mon chat, bien que la vision fût presque paralysante. Le serpent se replia et s'enroula sur lui-même plus étroitement. Vu d'en haut, il ressemblait à une toupie tournant sur elle-même, ses écailles noires brillaient comme un front en sueur.

Nous reculâmes jusqu'à l'autre bout de la pierre. Pourtant la vipère nous sentait encore, et nous entendions ses sifflements.

J'avais le sac en plastique de Mehmet et toutes les connaissances nécessaires en matière de serpents. Je savais que ceux-ci n'entendent pas, mais se représentent le monde à l'aide de l'odorat et du toucher. Ils n'ont nul besoin d'oreilles, et n'en ont donc pas. Aux vibrations du sol il nous percevrait immédiatement, mais comme nous étions séparés par une pierre qui pesait des dizaines de tonnes, frapper du pied ne résoudrait pas le problème.

Le chat faisait des allées et venues à pas lourds et refusait de rester tranquille sur place. Il voulait sans doute faire le tour de la pierre, sauter et s'enfuir, mais il n'osait pas. Il croyait peut-être que le serpent l'attendait en bas. Celui-ci l'attaquerait, enfoncerait ses crochets dans sa gorge et paralyserait définitivement son système nerveux central. Puis la vipère se tournerait pour le dévorer, après quoi le chat se dissoudrait dans son ventre en l'espace d'une semaine. Il n'est pas de pire destin pour un chat que de finir avalé par un serpent.

Je déposai au fond du sac un morceau de bœuf en guise d'appât et retournai du côté de la vipère. Le chat vint près de moi et se remit à cracher, alors que je lui avais intimé d'attendre sans bouger.

« Tu es devenu fou ? Recule ! »

Le serpent était en mode agressif. Moi et le chat, dans notre imprudence, l'avions dérangé. Il était manifestement en train de faire sa sieste à l'ombre de la pierre, et notre bavardage l'avait tiré de son sommeil. Mais comment reprocher au chat sa curiosité, il ne pouvait s'en défaire.

Je laissai le sac pendre au bout de ma main pendant un moment. J'observais le serpent, la membrane fine de sa bouche s'étirait encore plus et ses crochets se faisaient plus longs et plus ironiques, tout son corps de serpent frissonnait, sa peau écailleuse semblait s'humecter et ses sifflements frisaient la déchirure.

C'est alors que je lâchai.

Le sac descendait avec la lenteur d'une plume. Quand il ne fut plus qu'à un mètre au-dessus de la vipère, celle-ci se détendit d'un bond aérien tous crochets dehors, décrivit une courbe en l'air et retomba sur le sol avec le bruit sourd d'une pierre jetée dans l'herbe. Je sautai en arrière et soupirai, soulagé, car le serpent était beaucoup plus long et lourd que nous ne l'avions estimé avec le chat.

Nous entendions comme il luttait avec le sac. Lorsque, un moment après, je me penchai pour voir par-dessus le rebord de la pierre, je me rendis compte que la vipère se contorsionnait à l'intérieur du sac comme si elle suffoquait. Elle frétillait, elle se débattait, elle se tournait en tous sens, le plastique lui embrouillait le toucher et l'odorat, et ses sifflements filtrés se faisaient félins, et bientôt elle fut si épuisée que ses mouvements s'ankylosèrent, freinèrent.

Je pris le chat dans mes bras, et nous contemplâmes ensemble le serpent : il ne bougeait plus qu'avec lenteur, et il cherchait de l'air en pleurant. Vous perceviez le désespoir d'un enterré vivant.

Après s'être débattue encore un instant, la vipère abandonna la partie. Elle n'avait plus l'énergie de bouger. Privée un moment d'oxygène, elle s'évanouit. Ses muscles se relâchaient et se contractaient au ralenti comme une chambre à air qui se dégonfle en sifflant.

Le serpent, dans sa lutte, avait ratatiné et

mordu le sac, en sorte que ses deux extrémités étaient prises à l'intérieur et seul un fragment de son flanc noir et gris se montrait à un angle.

Nous descendîmes lentement de la pierre avec le chat. Je cassai une branche épaisse à un arbre voisin et fis le tour pour rejoindre le serpent. Je traversai des branchages et de hautes herbes et fis du bruit, je tapai des pieds sur le sol et fis craquer les brindilles pour tester les réactions du reptile.

Les sifflements avaient cessé depuis un moment, le serpent gisait dans le sac, immobile. Le chat renifla la vipère et montra bien qu'il ne l'appréciait pas. Je la piquai avec le bout de mon bâton et, devant son absence de réaction, je me penchai à sa hauteur et posai un doigt sur son dos. Ses écailles serrées étaient dures et rêches comme du grillage.

Puis je l'empoignai à mains nues. Je fourrai son corps lourd mais inerte tout entier dans le sac et fis tourner l'ouverture en sorte que le serpent y était prisonnier comme dans un ballon.

Puis je me mis à redescendre la pente d'un pas déterminé — sur l'épaule un chat orange et blanc et, prolongeant mon bras, une vipère noir et gris enveloppée dans un sac.

1996-1999

Ma Yougoslavie

Il était évident que nous n'allions jamais avoir de quoi payer le voyage suivant au Kosovo. Quand il le comprit, Bajram fut complètement brisé ; il s'était installé sur le canapé pour rassembler les sous dans ses mains, il les comptait et les recomptait sans cesse. Il disait que l'été d'après il serait trop tard pour partir au Kosovo. D'ici là il n'en resterait peut-être plus rien.

Il reposa l'argent sur la table, vaincu ; son rythme était lent. Il s'affaissa pour s'allonger et tourna la tête vers le dossier. Alors, pour la première fois de tout notre mariage, je vis Bajram pleurer.

Il commença par sangloter, et il le faisait sans bruit, comme s'il reniflait en faisant remonter un petit caillot le long de sa narine. Puis il se mit à gémir comme un chien battu.

Bientôt je le vis pleurer pour la seconde fois.

Nous regardions les informations, où l'on disait que l'UÇK avait reconnu sa culpabilité dans les meurtres de policiers serbes. L'UÇK avait publié une déclaration expliquant que les attaques étaient la conséquence de la suprématie serbe, des persécutions subies par les Albanais et des nouvelles orientations de la politique sociale qui ne convenait pas aux Albanais, en aucun cas. La politique scolaire et linguistique devait redevenir ce qu'elle était : le Kosovo devait avoir le pouvoir de décider de ses propres affaires.

La caméra avait zoomé sur un combattant de l'UÇK qui portait fièrement le fusil à l'épaule, levait le menton, serrait les dents et arborait une expression impitoyable et inébranlable. Je trouvais l'image effrayante, même si je le respectais, lui et ses idées, qu'il était prêt à défendre jusqu'à la mort.

« C'est un homme courageux », constata Bajram, ému, presque en chuchotant, et il appuya ses mains nouées en un gros poing contre son visage.

Tito avait dirigé la Yougoslavie pendant près de trente ans. À son époque nous prospérions, en pratique nous étions indépendants. Nous avions obtenu une université, des chaînes de radio et de télé qui nous étaient propres, alors même qu'en tant qu'Albanais nous n'étions pas considérés comme un peuple. Mais Tito nous aimait bien, et nous bénéficiions de la prospérité des autres régions, car Tito savait que c'était nous qui en avions le plus besoin. Il avait réussi à dompter les mésententes et les contradictions internes à la Yougoslavie en favorisant riches et pauvres, musulmans et chrétiens. Ainsi jouissait-il du respect de tous.

Mais ensuite, ceux qui en avaient eu assez de leur fardeau avaient dit que c'était injuste. Le riche avait bien le droit de garder les possessions qu'il avait accumulées. Et après Tito il n'y eut plus personne pour s'y opposer de manière convaincante.

Bajram savait que la guerre était au coin de la rue, et pire encore : il n'arriverait pas à temps au Kosovo, avant ou après son éclatement.

C'est alors que je me mis, pour la première fois, à avoir pitié de lui. Sa mélancolie et sa colère nous contaminaient tous, les murs toussaient de son désespoir, et sa sueur, qui dégoulinait sans cesse, était la conséquence d'une rage profonde. J'ai pensé bien des fois aller le voir, lui caresser les cheveux et le consoler en lui disant que tout allait s'arranger, parce que c'est ce qu'elles font, les choses, elles s'arrangent.

Mais est-il même opportun de consoler une personne dont le pays est en guerre et toute la famille en danger ? Ceux qui partagent la même situation peuvent-ils se consoler les uns les autres ? J'avais la bouche murée, je ne parvenais pas à dire quoi que ce soit à Bajram sans que cela sonne bêtement.

Au lieu de cela je me consacrais à la propreté de l'appartement. Je faisais les vitres trois fois par semaine, je changeais les draps tous les soirs, je revenais chargée de brosses et de produits, et je passais l'aspirateur tous les jours sans exception.

Les années suivantes il fut comme collé aux informations. Rien ne devait le déranger.

Je pouvais le laisser à table, remuant son café à la cuiller, revenir une demi-heure plus tard et me rendre compte qu'il n'avait pas touché à sa boisson. *Impossible de ressentir la moindre joie*, ces mots, il passait son temps à les soupirer. Puis il me confia qu'il s'était mis à penser à la mort. Après chaque accrochage qui avait exigé son lot de victimes, il disait s'imaginer comment les gens étaient morts.

Quand la guerre éclata ensuite, la télévision fut longtemps notre seule source d'information. Les lignes téléphoniques étaient coupées, nous n'avions plus de contact avec personne. Nous espérions voir des membres de notre famille aux infos, reconnaître nos proches sur les vidéos tournées lors des manifestations.

Bajram entendit rapporter par une connaissance réfugiée en Grèce que sa sœur était morte. Les Serbes avaient entièrement brûlé son village. Bajram la pleura, ainsi que ses enfants, ils étaient morts depuis un mois, jusqu'à ce qu'il apprenne qu'ils étaient en fait vivants. Mais il ne pouvait y croire — quand sa sœur finit par l'appeler pour lui dire qu'ils s'étaient enfuis dans la forêt et s'en étaient sortis, il glissa lentement du canapé sur le sol, se massa la poitrine les yeux fermés et me supplia d'appeler une ambulance ; ce soir-là Bajram fit une crise cardiaque.

Ce furent les années les plus rapides de notre vie. Je les oubliai aussitôt, je n'arrivais pas à suivre. Nous voyions des images d'immeubles en flammes et de personnes mortes, femmes et enfants. Nul ne devrait voir l'image de corps qui n'étaient plus corps, il leur manquait des bouts, et leur peau n'avait plus couleur de chair mais n'était plus qu'un agrégat de rouge vif et de rouge sombre, et les routes n'étaient plus routes mais fosses communes. Comment l'homme pouvait-il se mettre dans une situation pareille? Meurtres de masse, bains de sang, explosions, fraude électorale, victimes, incendies, écouter ces informations était notre vie de tous ces jours.

Parfois nous avions l'impression que ce que nous montrait la télévision n'était pas exact. C'était un leurre, la vision irréelle d'événements irréels. Mais tout cela avait vraiment lieu, la vie de tous ces gens s'était arrêtée, et je me sentais lâche parce que nous avions refusé de mourir dans cette guerre. Nous mourrons tous un jour, je pensais, rien ne restera de nul d'entre nous. Ne serait-il pas plus honorable de périr que de fuir? De mourir de la guerre plutôt que de vieillesse?

Quand les informations rapportèrent ce qui s'était produit le 15 janvier 1999 à Račak, nous nous mîmes à douter de l'existence de Dieu. Qu'avait fait aux Serbes cette femme sur laquelle on avait tiré, cet enfant ou ces hommes désespérés qui avaient repéré les troupes serbes aux abords de leur village, et quand les soldats s'étaient mis à tirer sur tout ce qui bougeait, où était Dieu? Et il était où, lorsque l'on avait dit aux hommes qui avaient été faits prisonniers *cou-*

rez, et quand ils avaient couru pour franchir la colline, on leur avait tiré dans le dos à mi-pente. Et quand on illustra ce qui restait après l'incident avec l'image d'un petit garçon désormais orphelin en pleurs, il en a fait quoi, Dieu, de cet enfant ?

Dieu n'en a rien fait, car il n'y avait pas de Dieu. Il y avait la guerre, et c'était une ligne de tornades qui arrachaient le pays jusqu'aux racines, et la guerre c'était une succession de raz-de-marée qui avalaient immeubles, villages, villes, et la masse d'eau les pétrissait comme une pâte avant de les recracher.

15

Je courais plus vite que jamais, passé la boutique de Mehmet, passé les maisons aux toits de
briques rouges, aux murs chaulés de blanc, passé
les rues asphaltées, passé le village entier.

Je parvins à la pierre et m'y appuyai, malgré la
chaleur accablante sa surface était froide, repoussante et aride, et j'avais l'impression que je ne
trouverais jamais assez d'air pour assouvir mon
souffle. Je me frictionnai la poitrine, vérifiai
qu'elle se gonflait et essuyai mon front perlé de
sueur, et j'avais la respiration saccadée, j'ouvrais
les yeux et les refermais, et ma tête, qui ne pesait
plus rien, oscillait au rythme des courants d'air
lourds.

Mes deux mains reposaient sur mes genoux, et
mon chat orange et blanc n'était plus nulle part,
alors qu'un instant auparavant il s'étirait encore
de tout son long autour de mon cou. Et il n'y
avait plus de serpent non plus, ni ammodyte ni
chat, et je raidis les jambes, redressai mon dos,
jetai des regards tout autour au cas où je repére-

rais mon chat et mon serpent, car je ne devais pas les perdre, mais je ne les voyais nulle part.

Mon chat et mon serpent.
Je les avais égarés.

16

Je passai encore une semaine à Pristina. La fenêtre de l'hôtel s'ouvrait sur la rue principale. Les gens venaient en cette ville comme on l'a fait de tout temps : la poitrine et la tête pleines de rêves qui pourraient se réaliser à tout moment. Un jour vous voici au café ou marchant dans la rue, vous êtes au bon endroit au bon moment, l'heure sonne et désormais plus rien n'est comme avant. Un inconnu s'avance à ma rencontre et comprend que j'ai le visage d'un mannequin photo, les talents intellectuels d'un docteur en psychologie, de la dextérité ou des dons pour les langues, le plus gros muscle brachial du monde ou les mains les plus lisses, une qualité que personne d'autre n'avait vue en moi.

Et cet étranger, me disais-je en fumant une cigarette à la fenêtre de l'hôtel, il m'aimera avec l'amour désintéressé du chien pour son maître, il m'achètera un billet d'avion pour rejoindre le centre de décors immenses, en pleine lumière face au public, et m'installera dans des cinq-étoiles, mais je le repousserai délibérément car j'entendrai rester un être mystique, je jouirai de l'ivresse que mon unicité lui procurera, et je m'éveillerai le matin entre des draps coûteux, je regarderai par la fenêtre, je douterai l'espace d'un instant, se peut-il que tout cela soit pour moi, mais je comprendrai ensuite que bien sûr c'est pour moi. Enfin ! Pour moi.

Mon père avait coutume de dire que le mal, en ce monde, n'existe pas sous la forme que nous lui prêtons en imagination. Quand il suivait à la télévision les événements de la guerre en cours au Kosovo, il disait qu'il faudrait nommer le mal autrement, et ce nom était paresse.

Car l'homme ne vient pas au monde mauvais, tel était son raisonnement. *Il n'existe aucune aberration qui pousse les gens à accomplir de mauvaises actions et explique les guerres, les inégalités, la pauvreté et la faim. L'homme ne peut faire de mal aux autres sans ressentir de culpabilité, et il ne peut se vendre pour de l'argent. Ni ravir la vie d'un autre ou la sienne. Ce n'est que de la paresse, elle rampe dans les bas-fonds et remplit la bouche et le cerveau des gens de merde, c'est un parasite dont les hôtes sont tous sans exception au bord du désespoir, et ainsi le cycle se perpétue. Tel est le problème de ce monde-ci.*

Je réfléchissais à ses paroles en contemplant les gens de cette ville, et il se mit à me manquer — tant je partageais son avis. J'avais parfois l'impression que nul n'avait autant de pertinence que lui à propos des choses et des gens.

J'allumai mon ordinateur, un certain Ardi m'envoya un message intitulé *Hey sexy*, qui tinta en arrivant sur mon profil dont la photo, de mon torse nu, avait pour but d'attirer le maximum de clics et de désirs.

Ardi avait mordu à l'appât, faisait l'éloge de ma photo, me demanda où je me trouvais en ce moment. *À Pristina ?*

À Pristina, je répondis et fis dérouler son profil d'un seul et même mouvement. Je passai en revue ses photos, sur l'une d'elles il prenait le soleil sur un transat à Saranda, une petite ville balnéaire du littoral albanais, ses poils sombres frisaient le long de ses jambes comme une fourrure indisciplinée malgré le soleil éclatant, la lumière qui de sa blancheur entendait dérober une partie de sa jambe. Ardi était appuyé sur les coudes, faisait tout son possible pour garder ses abdos contractés le temps de la pose, écartait maladroitement les mains comme s'il essayait de berner le spectateur.

Sur un autre cliché, Ardi était assis sur une chaise, sans pantalon. Ses fesses s'aplatissaient sur le siège, au pied duquel apparaissait son jean, qu'il venait de baisser et duquel émergeaient ses pieds insérés dans des chaussettes de tennis blanches à trois bandes.

Ça te dit de se voir ? fut sa question. *On va au café ? Celui en bas du Grand Hotel. Tu sais où c'est ?*

Je sais, oui, fut ma réponse. *Rendez-vous dans une demi-heure.*

Sur la terrasse du café du Grand Hotel, Ardi avait le naturel de n'importe quel jeune Kosovar de trente et un ans. Les tables étaient pleines de gens, entourées de hauts buissons entre lesquels des volées de marches menaient à une rue animée, et le Grand Hotel lui-même se dressait face au soleil de l'après-midi dont il nous abritait comme une couverture fraîche.

Ardi n'allongeait pas les voyelles pour parler de manière féminine, il ne prononçait pas les consonnes avec nonchalance, il n'agitait pas la tête à chaque mot comme Ardi aurait pu l'apprendre en Occident en observant ses semblables, mais il avait l'air et la parole d'un homme qui était libre de se définir comme il l'entendait.

Il portait un bermuda en jean serré, bleu ciel, qui lui descendait jusqu'aux genoux, des tongs où s'était imprimée la forme de son pied et un tee-shirt à rayures bleues qui laissait transparaître quelques gouttes de sueur sur sa peau bronzée.

Personne ne se posait de questions sur nous, ne se demandait ce que nous faisions tous les deux à boire des *macchiatos* à un demi-euro, à discuter comme des amis et à nous regarder l'un l'autre avec les yeux qu'a un homme pour celle qu'il désire et une femme pour celui qu'elle désire.

Il fumait clope sur clope, parlait avec décontraction de voitures, de son travail dans le bâtiment et de son rêve de rejoindre l'Ouest. Il ne se souciait pas de savoir ce que je pensais de ses projets,

si je les trouvais crédibles et dignes d'être pour-
suivis.

Il prit appui sur le dossier de la chaise d'à
côté. Dans le même mouvement, il découvrit ses
aisselles en sueur où le fin coton de son tee-shirt
adhérait. Il fit la conversation un moment, agitait les poignets pour renforcer ses paroles, parla
encore de lui, interrompit soudain son monologue.

«À toi de me dire quelque chose, m'intima-
t-il.

— Comme quoi?

— Qu'est-ce que tu fais? demanda Ardi. On
a toujours quelque chose à raconter, ajouta-t-il.
Dans quoi tu bosses là-bas? Tu suis des cours?
Dis-moi quel est ton rêve.

— Questions difficiles», dis-je, je terminai
mon café et restai à le fixer : sa sociabilité natu-
relle et sa curiosité innocente valaient le coup
d'œil. Je n'arrivais pas à me détacher de lui, il
fallait pourtant que je dise quelque chose. Je me
mis à rire et m'installai dans la même position
que lui; je glissai prestement le bras sur la banquette d'à côté, contractai mon biceps pour le
faire doubler de volume et attendis son regard,
qui se déplacerait vers mon bras à une condition
et une seule : Ardi ne le regarderait que s'il avait
vraiment envie. Autrement, il faudrait me déca-
niller, et vite.

Mais son regard se dirigea dessus comme un
viseur sur la proie.

«Tu veux y aller?» demandai-je, et j'écrasai

ma dernière cigarette. «J'ai besoin de clopes, en plus.

— Oui», répondit Ardi sans attendre, mais il restait pensif. «Tu n'as pas peur ?

— Non, répondis-je. Pourquoi devrais-je avoir peur ?

— Oui…», réfléchit-il, il sondait intérieurement ses mots, se demandait s'il les dirait ou pas. «Ici, c'est plutôt dangereux. Tout peut arriver.

— Je n'ai pas peur», dis-je, et je regardai Ardi qui commençait à avoir l'air stressé.

«Toi, tu es courageux», dit Ardi, et il se reprit tandis que nous passions devant quelques tables où les conversations s'entrecoupaient. «J'aimerais bien être comme ça aussi», lança-t-il par-dessus son épaule.

Je glissai la main en bas de son dos, et une fois que nous eûmes traversé le hall côte à côte et dépassé la réception de l'hôtel pour gagner les ascenseurs, où l'on ne voyait personne, je remontai son tee-shirt humide, posai un doigt sur sa peau et de l'autre main caressai son torse lisse, musclé, et je l'embrassai.

Il a voulu faire l'amour longtemps, commencer à peine la porte refermée, il n'en avait jamais assez.

Il haletait à côté de moi en caressant son ventre musclé, jusqu'à ce qu'il quitte le lit, essuie le bas de son dos et le devant sur un coin de drap et entre dans la salle de bains, dont il referma la porte avec tant de soin que le bruit me rappela, malgré moi, celui des portes finlandaises à ouverture perpétuelle, le pseudo-naturel des Finlandais. Ceux-ci laissent la porte ouverte quand ils font leur affaire, se nettoient les parties devant l'évier et se passent les fesses à la douchette bien au centre de la cuvette, le son de ce déluge se propageant jusque chez les voisins.

Tout à coup Ardi rouvrit la porte.

« Il y a des poils partout, s'étonna-t-il dans l'encadrement.

— Ah oui », répondis-je.

J'eus l'idée de sortir du lit, inventer un prétexte, le jeter dehors, mais je ne parvins pas à dire un mot.

« Pourquoi ? » demanda Ardi, aux yeux de qui la question n'était pas déplacée ou trop gênante.

« Parce que j'ai lavé un chat », répondis-je depuis le lit, je remontai la couverture un peu plus haut et attendis sa réaction.

« Un chat ?

— Oui.

— Tu es vraiment bizarre », dit-il, et il referma la porte.

Il fit couler l'eau. Depuis le lit j'entendis ses jointures craquer au moment où il enjamba le rebord de la baignoire. Je commençai à me rhabiller.

« Il faut que j'y aille », dit-il en ressortant, et il manqua de trébucher sur une de ses tongs restée devant la porte.

Ardi avait noué une serviette blanche autour

de ses hanches et s'était séché les cheveux avec une telle nonchalance que l'eau dégouttait le long de son ventre. Les poils noirs, mouillés, de ses jambes s'entremêlaient, on aurait dit que quelqu'un lui avait dessiné les jambes à gros coups de marker.

«Vas-y, dis-je. Moi aussi, il faut que je sorte.

— Je dois aller chercher les enfants», dit-il au bout d'un moment.

Lorsque je me retournai pour le regarder, il s'était déjà rhabillé, avait ramassé ses chaussures, séché ses cheveux courts, récupéré son bermuda en jean et son tee-shirt. À son annulaire droit brillait une alliance en or.

«Tu es marié», dis-je sur le ton de la question, et je m'attardai pour examiner sa main, qui s'était déplacée sur la fermeture éclair de son short.

«Bien sûr que je suis marié, dit-il vaguement. J'ai trente et un ans. Et deux filles», reprit-il, et il ajusta sa ceinture.

Il remonta deux ou trois fois l'avant de son tee-shirt qui se retrempait, le baissa un peu et se tourna vers moi.

«Merci», dit-il.

Je me levai et le rejoignis. En chemin j'observai tout : le coin durci du drap, la vapeur qui sortait de la salle de bains, la valise noire ouverte à l'autre bout de la chambre, où se montraient les vêtements biens pliés.

«Merci à toi», dis-je, je fermai les yeux et tentai de l'embrasser, mais je tombai sur sa joue.

Puis j'essayai de lui donner l'accolade. Je gardai les yeux clos, cette fois encore, je voulais sentir sa douce joue et ne pas voir ceci, sa gêne, son dégoût de lui et de moi.

«Eh», fit-il, apeuré. Il me repoussa avec force et se posta à l'entrée dans une posture menaçante : ses mains protégeant son torse, ses poings contractés et une de ses jambes un peu en arrière au cas où il lui faudrait sauter vers moi.

«Est-ce que t'as…, commença-t-il.

— Quoi?

— Du fric. Est-ce que tu as quoi que ce soit?

— J'en ai», dis-je, et j'allai à ma valise.

Je sortis un petit porte-monnaie d'une poche de côté, dans lequel j'avais mis tout l'argent du voyage. Je comptai un moment et je me demandai combien j'allais lui donner, sur cette somme que j'avais économisée, combien je pourrais lui donner.

«Tu as beaucoup d'argent?» demanda-t-il.

J'avais envie de lui répondre que je n'avais rien de plus que ça, mais je refermai le porte-monnaie, me tournai vers lui, le pris par le poignet et lui fourrai le tout dans la main.

Et aussitôt il ouvrit, s'empara de la liasse et se mit à compter, étonné.

«Tu me donnes tout ça?

— Oui, prends.

— C'est pas vrai! Merci, dit-il. Merci», répéta-t-il, il me donna l'accolade et me fit un bisou sur la joue.

La porte se referma, je me jetai sur le lit et restai allongé. Et si j'avais un enfant, une petite fille de cinq ans qui m'attendait à la maison ? Elle m'attendrait pendant que j'irais rencontrer des inconnus dans des chambres d'hôtel. Et si moi aussi j'avais une vie pareille, je me disais, faite de chambres d'hôtel, de ruelles sombres, d'historiques de recherche sur Internet qu'il faut penser à effacer chaque fois. De paranoïa et de soupçons, de peur que quelqu'un m'envoie un message et qu'il soit tellement parfait, un homme qui aurait d'épais cheveux blonds et un corps grand mais souple, et il me demanderait de le retrouver au cœur de l'été le plus beau.

Il me parlerait de la vie dont il rêvait et qu'il voulait partager avec moi. D'une petite maison au bord de la mer. Derrière il y aurait un jardinet avec des arbres et de la place pour les chiens, et le soleil brillerait tout le temps, pas un soleil de plomb mais un soleil léger qui ne vous lèche pas la peau en laissant une trace humide, un soleil qui la caresse. *Nous pourrions nous enfuir dans un endroit comme ça, toi et moi, et nous passerions le restant de notre vie ainsi*, il me dirait et ajouterait je m'en vais maintenant, j'espère que tu vas me rejoindre devant la statue de Skënderbeu, j'aurai une chemise blanche, un jean bleu et des chaussures rouges, dis-moi ce que tu auras pour qu'on se reconnaisse et qu'on s'enfuie.

Et j'aurais tellement envie de ce qu'il me promettrait que je lui dirais ce que je porterais pour notre rendez-vous au pied de la statue, un débardeur noir, un jean blanc et des chaussures bleues, salut, on se voit tout à l'heure, bien sûr qu'on se voit tout à l'heure, je suis presque tombé amoureux, tu m'entends, amoureux.

Et je penserais à l'existence que nous pourrions avoir, nous deux, et combien nous serions heureux.

Mais alors ce ne serait pas lui qui m'attendrait, mais quelqu'un d'autre, une grosse bande d'autres. Ils auraient des battes de baseball et tout. Ils m'attraperaient brutalement et me forceraient à monter dans le coffre de leur voiture. Ils rouleraient jusque dans un endroit désert, me jetteraient par terre, écraseraient leurs cigarettes sur ma peau, me cracheraient, pisseraient et chieraient dessus, saisiraient ensuite leurs battes et les enfonceraient d'abord à l'intérieur de moi puis dans ma bouche, et ils m'obligeraient à dire *oui, ce que je fais, c'est mal c'est dégueulasse je mérite de crever, s'il vous plaît, tuez-moi.*

Je l'observai par la fenêtre de l'hôtel. Comme il traçait sa route, descendant la rue piétonne de Pristina, passait une petite place, comme il enfilait ses lunettes de soleil et retrouvait son autre vie, et alors je me mis à me gratter l'épaule, les genoux, puis le menton, toutes les parties de mon corps me démangeaient, et je m'assis un instant sur le lit, car j'avais l'impression que quelqu'un avait passé une râpe à fromage sur toute la surface de ma peau.

1999

Le salut

L'OTAN lança ses premières frappes aériennes sur Belgrade le 24 mars 1999. En juin de cette même année, la guerre s'acheva, et en juillet Bajram braqua une épicerie avec un ami.

« C'était parfait », avait dit Bajram, et il avait étiré ses bras.

Puis il avait raconté leur équipée en reprenant du début.

Le copain de Bajram, qui vivait à Helsinki, avait fait le tour de quelques supérettes et interrogé, l'air de rien, un vigile à propos de son travail et de son quotidien, soi-disant parce qu'il comptait lui aussi postuler.

Le vigile avait commencé par donner des renseignements superficiels, mais bientôt il entraînait l'ami de Bajram à l'écart. Comme celui-ci enchaînait sur les rudes expériences de son passé imaginaire de garde au Kosovo, le vigile n'hésita plus à lui parler de frère à frère. Ici en Finlande, expliquait-il, le secteur manquait cruellement de main-d'œuvre. De son côté, l'ami décrivait comment cela se passait au Kosovo. *Une fois, à Pristina, une bande de types a attaqué une épicerie. Dans ce genre de cas, le vigile a une chance d'attraper un des gars, pas plus, et encore, c'est pas dit.*

Si au moins c'était comme ça, avait repris le vigile. Il avait raconté qu'il était obligé de faire sa ronde dans un périmètre énorme qui pouvait inclure plusieurs magasins, et qu'il devait assurer la sécurité de tous en même temps. Si deux endroits étaient ciblés en même temps, il y en aurait un pour lequel il ne pourrait rien faire. *C'est pareil dans tout le pays, surtout dans les petits patelins.*

Une semaine plus tard, Bajram et son ami s'étaient procuré des pistolets à billes à cinquante marks, qui avaient l'apparence et le poids de vraies armes. Ils découpèrent des trous pour les yeux dans des bonnets gris et une large ouverture pour la bouche, comme dans les films. La vision qu'ils offraient, devant la glace, avec leurs bonnets sur la tête et leurs faux flingues dans la poche de leur veste était plus drôle que sinistre. Ils avaient vraiment décidé de commettre un acte aussi insensé. Je tentai de leur dire si vous vous faites arrêter, vous irez en prison. *Vous ne reverrez pas vos enfants pendant des années, vous n'irez pas au Kosovo, vous pourrirez dans une cellule exiguë tellement longtemps que vous finirez par prier que la mort vienne.*

Bajram et son ami se regardèrent un moment. Je croyais qu'ils envisageaient encore de faire machine arrière. Mais ils refermèrent la porte derrière eux en riant.

Ils se rendirent dans une autre ville. Ils garèrent leur voiture sur le parking d'un complexe résidentiel, séparé du reste de l'agglomération par quelques kilomètres de forêt. Ils la parcoururent en tous sens pendant des heures pour élaborer leur itinéraire de repli, jusqu'à en être absolument certains. Ils repérèrent le moment où le vigile quittait en voiture l'arrière-cour du magasin pour faire sa ronde, après quoi ils patientèrent quinze minutes, pour être bien sûrs que celui-ci soit arrivé à l'adresse suivante.

Ils se ruèrent à l'intérieur et ordonnèrent à tout le monde de mettre les mains en l'air. Les clients qui faisaient la queue laissèrent tomber leurs courses et les dévisagèrent, effrayés, aussi effrayés que les Kosovars par les soldats serbes, aussi effrayés que les soldats serbes par les soldats américains.

Le caissier tendit à Bajram une liasse, l'intégralité des billets du tiroir-caisse. Dans le même temps, Bajram surprit, entre deux rayonnages, un client qui tendait le cou, le portable collé à l'oreille.

Alors ils partirent en courant aussi vite que la terreur portait leurs pieds pour rejoindre la forêt. À un moment, Bajram crut entendre des sifflets, comme au cinéma lorsque l'inspecteur chargé du crime, ou son chien, est sur une piste et traque le suspect.

En moins d'une demi-heure ils avaient regagné

la voiture et rentraient à la maison sans avoir été repérés. Quand Bajram fut de retour avec son butin, il n'était que paranoïa mêlée de terreur et tremblements.

« Moi, je n'ai entendu aucun sifflet, dit son ami calmement. On fait les comptes ? poursuivit-il. Il faut que je sois chez moi pour la nuit. »

Bajram se calma, retira son index pour laisser le rideau se refermer et cessa de guetter à la fenêtre. Il était pourtant toujours aussi convaincu que les flics allaient se garer d'un instant à l'autre devant la maison et l'embarquer. Il prit une profonde inspiration et me pria de faire du café.

Le contenu de la caisse se montait à 24 200 marks. 12 100 chacun. L'ami prit sa part et repartit avec la voiture qu'ils avaient utilisée pendant toute l'affaire. Après son départ, le seul indice de culpabilité était la liasse de liquide. Bajram la dissimula dans le placard du haut de la cuisine, dans le porte-documents où il rangeait nos économies, son diplôme de l'université, les actes de naissance des enfants et le drapeau albanais.

« Sois sans crainte, nous partons bientôt pour le Kosovo », dit-il avec une expression énigmatique.

Et moi je contemplai Bajram qui buvait son café, les mains fermes, et j'admirai la faculté qu'il avait de passer si vite d'un état émotionnel à son opposé.

La semaine suivante nous regardions l'émission Télé-Police et, quand apparurent les images de la vidéosurveillance où on les voyait, pistolet au poing, lui et son ami, Bajram bondit sur ses pieds et monta le son :

La police recherche les deux hommes d'origine russe que vous voyez sur ces images. Le signalement des suspects est encore incomplet. Si vous avez été témoin de quelque chose ou détenez des informations, composez le numéro qui s'affiche en bas de l'écran.

Et puis il rit.

17

Je l'ai rencontré dans l'avion, et son nom était Sami. J'avais rangé mon bagage à main dans le coffre au-dessus de mon siège et me tortillais pour m'asseoir. Lorsque je me rendis compte que mes genoux n'avaient pas la place, même pliés, j'endiguai la panique qui montait en vérifiant où se trouvaient les issues de secours, combien de pas m'en séparaient et quelle expression arborait l'équipage au moment du départ.

J'avais peur des avions — que les moteurs tombent soudain en panne et que la boîte de métal de plusieurs milliers de kilos se mette à glisser légèrement vers le sol. L'air lui serait aussi doux qu'un morceau de guitare, et dans le ciel l'avion tournerait lentement sur lui-même telle une baleine et nul ne l'entendrait. À l'intérieur ce serait une panique jamais vue, certains en mourraient déjà, au moment de toucher terre l'avion ne serait plus qu'une capsule, ses ailes se seraient détachées dans sa chute, et il exploserait comme une bombe atomique, des fragments métalliques en fusion voleraient sur toute la zone de l'accident, des corps brûlés y seraient attachés et de petites mains, un survivant hurlerait mais les flammes grondantes dévoreraient ses cris, dévoreraient tout.

Je sortis un prospectus rigide de la pochette du siège de devant et je m'éventai. Sami avait déjà pris place à côté de moi et lisait le *Times*. Je ne fis pas attention à lui, je ne voyais même pas son visage derrière son journal. Seul se devinait le coin brillant de la raie de ses cheveux.

Je bouclai ma ceinture à l'apparition de la consigne lumineuse. L'avion s'ébranla, ne tarda pas à atteindre la vitesse requise et s'éleva dans les airs. Lui lisait toujours son journal et moi j'étais agrippé aux accoudoirs, car j'avais le ventre noué par la sensation que l'avion allait chuter, jusqu'à ce que nous soyons enfin passés au-dessus des nuages, d'où le monde s'ouvrait comme un lit moelleux. Sous la carlingue, les nuages faisaient un duvet. À l'extinction du signal, je me levai, sortis un livre de mon bagage et m'installai pour lire.

À un moment donné il referma son journal et se tourna pour me regarder. Même si j'étais concentré sur ma lecture, je sentais qu'il étudiait tous mes gestes, par-dessus son canard qu'il avait posé sur ses genoux, car il n'essayait même pas de faire preuve de discrétion.

Ce n'est qu'au moment où il repoussa son journal que je me rendis compte qu'il portait un costume et avait les jambes croisées. L'une d'elles franchissait la frontière invisible qui nous séparait et s'étendait de mon côté. Entre la chaussure noire et le bas du pantalon se montrait une bande de peau bronzée et une surprenante chaussette rouge.

Il agita sa chaussure brillante devant moi.

« *I was out of black socks*, amorça-t-il en anglais. *So I had to wear these* », poursuivit-il avec un fort accent finlandais.

J'osai alors seulement le dévisager. À partir du coin de la raie, ses cheveux s'épaississaient en une brosse bien taillée, son corps, aux mensurations parfaites, était bardé de muscles généreux, son beau visage sans afféterie était bien conservé : ses grands yeux curieux, tirant sur le vert, étaient magnifiques. Il fit un tour sur son smartphone, dont les applications étaient en finnois, et le remit dans sa poche.

« *That's very funny*, dis-je. *I must say that they look pretty good on you.* »

Puis lui aussi se mit à rire, et lorsque je lui demandai ensuite s'il ne parlait pas par hasard finnois, ses yeux s'éclairèrent.

« Oui, oui, bien sûr ! » répondit-il avec un enthousiasme suspect, et il se redressa sur son siège : retira son pied à la chaussette rouge de mon espace, remonta un des accoudoirs et plaça le pouce de sa main droite sous son menton. La gauche, il la laissa souplement posée sur sa cuisse.

Quand je me rendis compte qu'il était en train de préparer une question, je me mis à espérer.

S'il te plaît, ne me demande pas de quel pays je viens, quels sont mon nom et ma langue maternelle. Demande-moi ce que j'ai envie de faire ou ce que j'ai déjà fait, mes rêves et mes craintes, alors je te dirai.

« Tu as quel âge ? »

Je le regardai. La veine au milieu de son front, ses lèvres pleines et ses petites oreilles grenues, sa tête ronde qui brillait comme une boule de bowling. C'était ce que j'avais vu de plus beau.

Je lui donnai mon âge et il toussota.

« Intéressant », dit-il ensuite, et il remonta sa chaussette rouge. « Tu lis quoi ? »

Les années et les cigarettes

Quand la guerre s'acheva, le peu de sympathie que nous avions suscitée expira, comme poussée du toit de l'immeuble. *Bon, vous avez obtenu ce que vous vouliez. Quand allez-vous rentrer chez vous ?* Tant que la guerre durait, notre présence était encore justifiée, nous étions des réfugiés, nous venions de recevoir un titre de séjour définitif à la place du temporaire.

Devant la porte de notre appartement les sacs-poubelle venaient s'empiler, le moindre bruit rompant le silence faisait se ruer hors de chez lui le voisin du dessous qui hurlait dans la cage d'escalier : *putain, si vous savez pas vous tenir, foutez le camp et retournez d'où vous venez !* Dans les magasins, des jeunes mecs imitaient notre façon de parler, ils se grattaient les aisselles pour essayer de ressembler à des singes. *Oulioulioulioulioulioulioulioulioui vos gueules putain de macaques !*

Nous restions isolés — dans les deux mondes, qui commençaient néanmoins à se ressembler, et nous ne nous sentions plus appartenir à aucun d'eux. Nous étions des vagabonds, des nomades repoussés dans les marges, des gens sans patrie, sans identité, sans nationalité.

Au Kosovo on s'étonnait de ce que nous ne pouvions plus manger de pain blanc et pourquoi nous voulions beurrer des tranches de pain coupées au couteau — et non des morceaux rompus —, pourquoi nous ne supportions plus la puanteur des ordures qu'on faisait brûler et pourquoi nous manquions soudain d'étouffer les jours de fortes chaleurs. Ils ne comprenaient pas pourquoi nous refusions de faire la vaisselle et la lessive à la main, mais préférions les machines, pourquoi nous achetions du pain, alors qu'il était possible de le faire soi-même. Quand nous prenions notre fourchette, ils nous disaient la *pitè* se mange à la main, on n'est pas au restaurant. *Vous vous croyez mieux que nous, hein ?*

En Finlande nous étions des parias. Privés de travail, de projets à long terme, d'informations sur la durée de notre séjour. À un moment donné, nous cessâmes complètement d'en parler. Nous savions tous que nous ne retrouverions plus jamais notre vie de jadis.

La situation ne cessait d'empirer. Nous n'osions plus parler notre langue dans les magasins, et nous ne pouvions plus accéder à la buanderie de l'immeuble, car le numéro de notre appartement était sans cesse effacé du registre des réservations et on pouvait lire à la place : *Dégueu, putain ! Les gnoules, vous allez faire votre lessive AILLEURS.* Nos enfants revenaient de l'école avec des bleus, on leur crachait dessus et on se moquait d'eux, parce que pour les jours de sport d'hiver ils n'avaient ni patins ni skis, parce qu'ils n'avaient pas de chaussures de sport en salle ou de surpantalon de pluie, parce que le jour de la kermesse nous n'avions rien à vendre. Nous ne nous montrions jamais en même temps que nos enfants à l'école, Bajram et moi, car ils ne voulaient pas être vus avec nous.

J'avais l'impression que nous étions revenus dix ans en arrière, et nous nous mîmes à avoir honte de notre nationalité. Bajram disait aux gens qu'il venait de Bulgarie ou de Russie — de n'importe quel endroit qui n'éveillait pas les images attachées au Kosovo, car celles-ci étaient toutes négatives. Là-bas ce n'étaient que troubles, gens mécontents qui ne savaient pas se tenir. J'avais l'impression que leurs journaux calomniaient notre pays.

Nous étions coincés entre vérités et mensonges. Nous ne savions plus ce qui était vrai, et nos enfants se mirent à s'adresser à nous en finnois dans les lieux publics, même s'ils savaient que, s'ils s'avisaient de le faire à la maison, leur père les corrigerait.

Bajram se mit à faire des rêves brutaux et violents dans lesquels il était pourchassé, battu et torturé, et ensuite il nous les racontait, à moi et aux enfants. *Cette nuit j'ai rêvé que j'étais enchaîné à une table, quelque part dans un hôpital, et on m'infligeait des décharges électriques. Et celle d'avant, je me suis réveillé deux fois. La deuxième, c'était pour de vrai, mais la première je me suis réveillé dans une pièce sans porte et remplie d'eau. J'ai presque étouffé.*

Ses rêves pouvaient se poursuivre dans la matinée, alors qu'il était éveillé.

Il ressassait les coups de téléphone qu'il avait reçus pendant la guerre, ça et tous ceux qui étaient morts au Kosovo, il disait qu'il y pensait tout le temps, il se tourmentait lui-même. Bien sûr que je le comprenais — comment ne pas penser à tous ces gens ?

Bajram se mit à faire du recel de marchandise qu'il revendait à des commerçants finlandais. *C'est leur faute*, tels étaient ses mots. Les Finlandais formaient une entité unie qui était l'objet de sa haine. *Ils veulent que nous agissions comme eux, mais en même temps ils rendent ça impossible.*

C'était vrai, car Bajram n'avait pas trouvé de travail pendant des années. Il faisait des stages non rémunérés dans des écoles, des boutiques et des musées, mais à la fin de la période ses patrons lui montraient toujours la porte. Certains disaient même sans détour qu'ils ne voulaient pas employer un immigré. *Nous ne voulons pas de problèmes, ici. Pourquoi vous prendre, alors qu'il y a des Finlandais qui parlent finnois de disponibles ?* Bajram était en rage. *Et leur fichue langue, il faut qu'on la parle à quelle perfection, exactement ?*

Il parvint finalement à la conclusion que les Finlandais lui étaient redevables d'une somme qu'ils ne pourraient jamais lui rembourser. Les Finlandais l'avaient transformé, lui avaient pris son honneur, et il ne serait plus jamais le même homme.

Bajram se mit à fréquenter la frontière russe avec son ami. L'endroit était devenu célèbre pour faire des affaires, aussi bien chez les étrangers que chez les Finlandais qui voulaient se faire de l'argent en plus.

La tâche de Bajram consistait à transporter la camelote, ordinateurs, portables, vêtements et électronique d'Helsinki à la frontière. Il était payé au noir, un fixe et une commission sur le chargement.

Bajram racontait des histoires toutes plus drôles les unes que les autres sur la contrebande, la bêtise et la crédulité des gardes-frontières finlandais et la vitesse avec laquelle ils baissaient les bras devant l'obstacle de la langue. Et moi je riais, d'abord de Bajram puis avec lui quand il donnait un tour amusant à ses récits : sa main droite le représentait lui et la gauche le Finlandais, et la droite était si vive, souple et sûre que la gauche n'arrivait pas à suivre.

C'est ça qu'ils sont, il riait. *Des gens qui renoncent. L'occasion les transforme en larrons avides,* grua, *tu n'imagines pas la dégueulasserie et l'avidité de ces gens qui se disent honnêtes.*

J'espérais que Bajram mette un terme à ses activités, mais quand il commença à nous offrir des cadeaux chers, à moi et aux enfants, que nous commençâmes à fêter les anniversaires et qu'il cessa de mettre de l'argent de côté, je compris qu'il était ferré.

Mais plus Bajram gagnait d'argent, plus il était malheureux.

18

Trois semaines après notre première rencontre, je l'ai invité chez moi. Ce soir-là il est tombé amoureux de moi et moi de lui, nous sommes tombés amoureux tous les deux, nous flamboyions comme les flammes jaillissent du cœur bleu du feu.

Il adorait mon serpent. Il jouait avec lui et proposa plusieurs noms qui lui iraient. *Ruska*, fut sa suggestion, *parce qu'il porte les couleurs de l'automne, si on regarde de près. Ou Lipsi, parce qu'il boit en faisant lips laps.*

À ses yeux le serpent n'était pas un animal de compagnie bizarre, mais individuel, personnel. Il n'avait pas peur de le prendre dans ses bras, il le caressait et lui faisait la causette. *On dirait que ça te plaît. Tu es un bon garçon.*

Il pensait que le serpent avait la peau dure, mais était doux et chaud à l'intérieur, il adorait quand celui-ci s'enroulait autour de son cou comme une parure, comme il serrait sans l'étrangler. *Il sait bien*, étaient ses mots, *il le sent.* Son opinion était que le serpent, en réalité, appréciait la proximité et la chaleur humaine, même s'il faisait croire qu'il rejetait tout sauf la solitude.

Je lui avais préparé un café et mis la tasse dans la main. Notre premier rendez-vous chez moi avait été parfait et la boisson si divine que, à peine avait-il eu goûté, il s'était interrompu, pressé par le besoin adorable de me faire savoir qu'il se régalait.

« Je suis heureux que tu apprécies », avais-je dit, et je m'étais assis, content, à son côté, j'avais posé la tête sur son épaule souple.

De l'autre côté de la fenêtre, l'été finissait, la lumière entrait en se découpant à travers les lames du store à demi ouvertes comme à travers une palissade. Et après que nous étions restés appuyés l'un contre l'autre un moment, il avait bu la moitié de sa tasse, il me l'avait dit. *Je crois que je t'aime. Je ne sais pas si j'ai le droit de le déclarer aussi rapidement, mais je le fais quand même. Pardon, j'aurais mieux fait de ne rien dire du tout.*

Il avait attendu un instant, et je l'avais senti qui me léchait à la base de l'oreille une seconde avant de m'embrasser sur les cheveux, et alors j'avais reçu les battements de mon cœur jusque dans la carotide. Maintenant que ces mots étaient sortis, maintenant qu'ils étaient venus à moi pour la première fois, plus personne n'aurait le droit de les reprendre.

Je me tournai pour l'embrasser, plus fort, plus ferme, plus passionnément, comme si je n'avais pas assez de lui, comme si je n'allais plus jamais éprouver cela.

Je me levai et tendis la main vers lui. Il reposa la tasse et prit ma main, se mit debout et m'enveloppa entre ses bras, il m'embrassa dans le cou et respira dans mes cheveux. Je le conduisis vers la chambre et je souriais. Je me retournai pour qu'il le voie. *Je suis tellement heureux de ce que tu viens de me dire.*

Nous restâmes allongés longtemps sans un mot, sa respiration était régulière, jusqu'à ce que je pose la tête sur son torse. Je le regardai fixement, souffle coupé.

« Quoi ? » demanda-t-il, interloqué.

J'avais envie de lui dire que j'étais terrifié. *Et si ça finit ? Si un jour tu te mets à penser autre chose, alors que tu dis ça maintenant, ça va être horrible. Tu y as pensé ? Tu ne trouves pas ça affreux que, dès que quelque chose de bien arrive, on se met à avoir peur du moment où on devra à nouveau faire sans ?*

Je ne répondis pas. Il lança un regard rapide par la fenêtre, où le jour s'ombrait et rougissait. Ou bien si c'était moi qui cessais de l'aimer, si lui n'arrivait plus jamais à le redire, s'il tombait amoureux d'un autre, s'il décrochait un travail à l'autre bout du monde, tout pouvait arriver, il pourrait même mourir.

Il n'attendit plus ma réponse et se blottit contre moi, tira la couette en partie sur son ventre et sa jambe droite. Son souffle s'était fait lourd, il se tourna sur le côté, s'allongea sur son bras droit et glissa le gauche sur mon ventre.

« Arrête de trop penser. C'est ton problème. »

Il faisait courir sa main sur mon abdomen, le bout de ses doigts était chaud et doux et sa peau sentait l'amande.

Alors moi aussi je lui dis, car ç'aurait été de la folie pure de ne pas le dire à un homme comme lui.

2004-2007

Les départs

Nos enfants nous abandonnèrent les uns après les autres. Ils partirent faire leurs études ou travailler dans d'autres villes. Ou plutôt c'est ce qu'ils nous disaient, même si ce n'était manifestement que des excuses. Je n'avais jamais pensé que les enfants pussent se retourner contre leurs parents de cette manière. Votre enfant peut être en colère, pendant un temps, mais que tout soudain il rejette ses parents, ça je ne l'aurais pas cru possible, car, au plus profond d'eux, les enfants aiment toujours leurs parents et réciproquement, d'une certaine manière ils sont toujours attachés les uns aux autres.

Mais puisqu'ils ne nous appelaient jamais pour prendre des nouvelles, ou pour nous dire comment ils allaient eux, nous nous résignâmes au fait que nous ne serions désormais plus que tous les deux. Ils nous faisaient des adieux superficiels, alors que nous les avions nourris et blanchis, leur avions donné un foyer, toutes ces années durant. *Salut.*

Bajram fut vraiment abattu que ses enfants refusent d'avoir affaire à lui. Il dormait mal et se fichait de l'argent. Il essayait de leur téléphoner, mais ils ne décrochaient pas. Ils lui envoyaient des textos réduits à quelques mots. *Tout va bien.*

Il sillonnait en voiture les villes où ils prétendaient s'être installés, mais il ne les trouvait pas. Il prenait son poste au bord des places et dans les jardins et attendait, il prétendait qu'il les ferait revenir à la raison, mais quelque chose en eux nous repoussait et réciproquement, nous étions comme les pôles d'un aimant.

Restés entre nous, nous ne nous disions pas grand-chose, pendant trop d'années nos conversations n'avaient eu aucun fond. Bajram se mit à boire énormément et à maigrir.

Toute notre existence tournait autour de nos enfants et ceux-ci avaient décidé de ne plus nous fréquenter. Leur départ nous fit l'effet de pals nous transperçant la panse. J'étais si inquiète pour eux et si en colère que je faisais des rêves dans lesquels je les giflais, leur criais dessus, leur arrachais leurs vêtements et exigeais qu'ils me disent ce qu'ils avaient dans la tête.

Au bout d'un moment, Bajram se mit à évoquer le retour au Kosovo. Il disait qu'il voulait quitter la Finlande, mais ravalait aussitôt ses paroles, comme si le fait de l'exprimer à haute voix faisait de lui un homme plus insignifiant et plus petit.

Puis il se mit à évoquer ce que diraient les gens en le voyant rentrer, et ce qu'ils diraient s'il rentrait sans ses enfants. Quand il me demanda ce que j'en pensais, je craignis qu'il ne veuille m'emmener avec lui, mais il déclara qu'il pouvait très bien rentrer seul.

Bajram était inquiet et nerveux, il pleurait même. J'étais en permanence obligée de marcher sur des œufs, car il s'emportait vite et son cœur faisait des siennes. J'avais peur qu'il n'ait une crise cardiaque.

J'ai fait mes valises en pleine nuit et je suis partie. J'ai ouvert le tiroir du haut de la vieille commode, qui grinçait à chaque fois, et j'ai déroulé hors de leur cachette tous les billets que j'avais économisés pendant des années. Bajram a grogné, s'est tourné, a cru que la valise à côté de lui était la femme avec laquelle il s'était engagé comme par hasard dans pareille vie.

Ils étaient tous partis et les murs étaient vides. Il n'y avait pas une seule photo.

J'ai soulevé la valise, ouvert la porte de la chambre, pénétré dans l'entrée, mis mon manteau. J'ai ouvert la porte de l'appartement aussi doucement que j'ai pu. La charnière a craqué comme dégondée de force. Le silence était total, je ne faisais pas un bruit, Bajram dormait en silence, et tout se passait comme si personne n'avait jamais dit un mot.

J'avais pensé que je lui dirais adieu, que je dirais adieu à ces vingt-cinq années, que je le regarderais une dernière fois en face, les rides qui creusaient profondément sa peau, sa barbe drue et son crâne dégarni. Que j'embrasserais son front, saisirais ses épaules trapues, poserais la tête sur son torse, mais je ne l'ai pas touché.

J'ai poussé la porte de l'immeuble en grand. Le vent froid était mordant, il me piquait le visage comme autant de petites épingles et hurlait à toute gorge. Tandis que je marchais, j'ai eu la sensation que Bajram s'était levé et approché de la fenêtre et qu'il contemplait ma progression le long de la cour et du parking où la neige s'était déposée comme du papier haché.

Quelques semaines plus tard, Bajram quittait la Finlande, retrouvait notre ancien appartement à Pristina, et s'établissait comme taxi. Il le fit quelques années, puis il mourut.

III

Jusqu'à parvenir à la vie que tu voulais.

19

Au cours des mois suivants, nous allâmes lui et moi au restau, au ciné et au théâtre, en croisière sur la Baltique et au musée, nous faisions tout le temps un truc nouveau. Il m'emmenait monter à cheval et essayer l'escalade, nous plongions nus dans la mer et nous riions, à la maison, des gens qui se traînaient les matins de week-end pour aller faire leur jogging, et je l'aimais et lui m'aimait, nous nous le disions chaque jour.

Il me laissait toujours prendre mon temps pour réfléchir et lui parler des choses que j'avais du mal à évoquer, il ne se plaignait pas de mes nuits sans sommeil où, par pure irritation, je le forçais à veiller. Et il ne se souciait pas de ma tabagie, de ma consommation de café incessante, c'était des petites choses à ses yeux, car il obtenait en compensation plus d'amour qu'il n'en pouvait porter.

Je n'avais pas de temps à consacrer à mes études, mais il disait que ce n'était pas pressé, elles pouvaient bien attendre. Et je l'embrassais dans le cou et je disais oui, elles pouvaient bien m'attendre, bien sûr qu'elles peuvent, et j'enfermai son cou entre mes mains — *tu sais de moi plus que quiconque a jamais su.*

Quand il était au travail, j'étais aussitôt pris d'un tel manque de lui que je ne tenais pas en place. Je nettoyais, rangeais, récurais, classais et empilais — tout pour faire passer le temps plus vite. Lorsque nous nous retrouvions le soir, il semblait chaque fois s'être métamorphosé en plus beau : sa chemise ajustée à son torse dévoilait par trop à l'œil les formes de son corps, sa ceinture de cuir noir séparait sa chemise blanche de qualité de son pantalon en tissu coûteux qui donnait à ses jambes une allure criminellement prometteuse.

Il portait un costume sur mesure, une cravate et des chaussures en cuir, et moi j'aurais voulu lui intimer de ne plus bouger, le regarder de la tête aux pieds et m'admirer à son côté dans le miroir. Être jaloux de moi-même. De cet instant. De ce que j'avais un tel homme, mon banquier à moi, avec lequel j'étais prêt à passer n'importe quel contrat.

Les après-midi que le manque emplissait, je me tourmentais et me torturais en l'imaginant attablé au café que nous aimions tant en compagnie d'un autre. Il lui prendrait la main pardessus la table, repousserait le sel et le poivre un peu plus vers le bord, hors du chemin de ces mains et de cet amour, dégusterait un café encore meilleur que celui que je lui avais fait et s'embraserait encore plus d'amour. Je l'imaginais au côté de cet autre, je songeais à la concordance encore plus parfaite entre cet autre et lui. Et si cet autre possédait les qualités pour lesquelles il était tombé amoureux de moi, et si à cet autre faisait défaut tout ce qui en moi le faisait se perdre en conjectures ?

Les mots *minä*, *rakastan* et *sinua* devinrent bien vite mes préférés, et je n'avais de cesse de les répéter encore et encore. Je t'aime. Il est deux heures, encore trois, plus le trajet jusqu'à la maison, puis il sera là et je pourrai le lui redire.

De moi et de toi était en train de naître *nous*, sans que ni l'un ni l'autre ne nous en rendissions compte. Bientôt il se mit à demander, avec habitude, si nous allions à l'anniversaire de sa sœur ce week-end, comme si nous ne pouvions être séparés, comme si lui n'y serait pas allé si j'avais refusé. Mais je dis oui, je disais toujours oui, oui *nous* allons ensemble à l'anniversaire de ta sœur. Évidemment que je viens avec toi, tu n'as même pas besoin de demander, tu peux juste annoncer que nous allons quelque part ce week-end, moi je n'ai rien de prévu.

Vu mon âge, j'aurais pu être son fils, et ça lui donnait à réfléchir jour après jour. Il avait coutume de me demander si son âge à lui me posait un problème, et je devais lui répéter que pas du tout, ce n'est pas une question de chiffres.

Il en alla ainsi longtemps. Les choses se passaient bien.

Si bien que je me suis mis à le soupçonner, même s'il ne fournissait aucune raison à cela. Je commençai par de petites choses, je me mettais en colère quand il se plaignait de sa fatigue. Je lui faisais savoir avec énervement qu'il n'arrêtait pas de bâiller. Je lui jetais des regards en coin mauvais et je faisais semblant de lire sur le canapé, quand sa main puissante s'était interposée entre moi et mon livre pour me masser le torse.

«Ne me touche pas», dis-je, et je serrai les dents en imaginant que sa gorge était prise entre elles.

«Bon», dit-il, il retira sa main et se mit à chercher sa chemise à rayures noires et blanches.

«J'en ai ras-le-bol de tes jérémiades, arrête ça tout de suite, dis-je.

— On a le droit d'être fatigué, se défendit-il.

— Tu pourras dormir demain. Et ce week-end, n'importe quand, dis-je.

— Ah oui, j'avais oublié qu'on n'avait pas le droit de te dire qu'on est fatigué, parce que pendant ce temps-là il y a quelqu'un, quelque part, qui est en train de crever de faim, c'était bien ça, s'esclaffa-t-il. On ne peut pas toujours penser aux injustices et aux maux de ce bas monde.»

Il était ensuite allé ramasser une pile de papiers qui étaient posés sur mon bureau. Il s'était toujours étonné que j'imprime ce genre d'articles. Consacrés à la prison de Gitarama au Rwanda, par exemple, où les détenus étaient si affamés qu'ils se mangeaient entre eux. Les cellules étaient si remplies qu'ils étaient obligés de rester debout en permanence. Chaque jour et chaque heure ils les passaient debout dans une cage immense, au sol dur, au béton froid, couvert d'excréments. Leurs pieds pourrissaient, se gangrenaient et finissaient par tomber.

Articles consacrés aux bidonvilles indiens qui s'étendaient à perte de vue, taudis faits de détritus. À Dharavi, le plus grand d'entre eux, qui compte près d'un million d'habitants. Un million de personnes sur 1,5 kilomètre carré dépourvu de système d'égout. Les enfants jouent au milieu des ordures et tombent malades, et personne ne veut les soigner. Les compagnies d'assurances exigent des formulaires et les hôpitaux des actes de naissance, qui n'existent pas, les gens n'existent pas.

Les chiffres du trafic d'êtres humains, le nombre de personnes vendues comme travailleurs du sexe, travailleurs forcés, vendues aux trafiquants d'organes et de drogues. Ceux-là attendent le client dans des réduits sombres et vous pouvez leur faire absolument tout ce que vous voulez. Ils sont ligotés et drogués, inconscients. Ou alors ils gisent sur une table d'opération, et les scalpels s'enfoncent dans leur peau fine et les vendeurs d'organes prélèvent leurs reins et tout ce qui reste n'est que déchet clinique. Il y en a des millions par an, des gens comme ça, des destinées pareilles.

Il jeta les impressions par terre et shoota dedans.

« Pourquoi tu te tortures avec cette merde ?

— Dégage ! »

Ce fut notre première dispute, il me dit que j'étais puéril et rentra chez lui.

Ne comprenait-il pas que son devoir était de penser à ces prisonniers et à ces enfants ? À ce que cela ferait de se faire kidnapper sans savoir si l'on reverra la lumière du jour ? Ce que cela ferait de se réveiller dans un cachot noir et froid et de hurler si longtemps que plus le moindre chuintement ne sort de sa gorge, et que de toutes parts on se heurte à des murs humides et glacés ? À quoi ressemble l'instant où l'on comprend que l'on va mourir bientôt, mais pas tout de suite, où l'on sait qu'il n'y a plus rien d'autre à faire qu'à attendre ?

Évidemment qu'il devrait y penser, tout le monde le devrait. Il était absurde de dire que j'avais le droit de ressentir de la tristesse, de l'angoisse, de la fatigue même des plus petites choses, et plus absurde encore de le justifier en disant que tristesse, angoisse et fatigue sont tout aussi réelles pour tous de par le monde.

Il revint garer sa Volvo devant chez moi et m'embrassa à la porte. Sa barbe me râpa le visage, et je suspendis mon baiser un instant pour lui redire : je t'aime. Vraiment. Je suis désolé. Tu as le droit de dire tout ce que tu veux. *Non, tu as raison, ne me demande pas pardon. Moi je suis désolé, je ne dirai plus jamais une chose pareille.*

Et je l'en aimais davantage, plus que moi-même, et il m'aimait plus que lui-même. Nous étions parfaits l'un pour l'autre, je me disais, nous vieillirons ensemble et je serai avec lui au jour de sa mort, je téléphonerai à sa famille et leur annoncerai son décès et j'organiserai ses funérailles.

Jusqu'à ce qu'un jour je me rende compte que je ne faisais que m'asseoir et attendre qu'il ouvre la porte et vienne à moi.

Il sortait de la douche sans s'essuyer les pieds et cela faisait des marques par terre et sur les tapis. Et partout où il allait, il mettait le bazar. Il ne nettoyait pas immédiatement la poêle mais la laissait traîner sur la plaque de cuisson, et il ne lavait jamais le carrelage de la salle de bains, il ne mettait jamais ses habits sales dans le panier mais les jetait par terre et il n'avait aucune conscience de la poussière qu'il engendrait, car je la faisais toujours. Je ramassais ses vêtements, faisais sa vaisselle, nettoyais la salle de bains, et ensuite j'imaginais son visage sur les carreaux de faïence quand je les frottais avec la brosse en chiendent, je lavais ses habits à la mauvaise température et je lui préparais à manger dans une poêle sale.

Il se mit à me faire des remarques sur ma névrose ménagère, sur le fait que je changeais les draps plusieurs fois par semaine, et bientôt je me mis moi aussi à chercher des choses à lui reprocher. C'était devenu une compétition, je l'observais de près et épiais chacun de ses gestes d'une façon presque maniaque juste pour le prendre sur le fait : il allait faire une bourde, j'allais pouvoir lui enfoncer mes piques sous sa peau épaisse et lui faire une remarque à propos d'une chose dont je ne serais, moi, jamais passible.

Puis mon amour ne lui suffit plus et le sien ne me suffit plus, alors que j'en avais trop pour lui et lui encore davantage pour moi. Il se mit à me traiter de malade que même un professionnel ne pouvait guérir.

« Je ne sais pas si tu t'en rends compte, mais tu es légèrement présomptueux, dis-je.

— Moi, présomptueux ? s'esclaffa-t-il. Ça se peut, mais toi tu restes ici et tu refuses d'aller plus loin que le magasin au coin de la rue. Tu passes tes journées à m'attendre ici, et ça fait pitié. Fais quelque chose, bouge-toi.

— Primo, personne ne t'oblige à rester. Et deuzio je fais tout le temps des trucs ici. Je fais ta lessive, je repasse tes cravates, tes chaussettes, tes slips, je te fais la bouffe et je range ton bordel. Toi, tu n'as jamais rien à faire. »

Son front se rida. Son œil gauche se ferma à demi. Je vis à sa figure comme il serrait les dents. Il rattacha la serviette qui lui ceignait les hanches et sembla réfléchir exactement aux mots qu'il allait dire.

« Tu es complètement libre de partir », dis-je aussi froidement que je pus, et je sautai avec insouciance sur le canapé pour lui montrer à quel point la conversation m'indifférait.

Je sortis mon portable de ma poche et je me mis à taper des lettres sans suite.

« En plus, je t'ai trompé, commençai-je.

— Quoi ?

— Oui, je t'ai trompé. Je suis en train de lui écrire un message. Tu es trop vieux pour moi. Tu croyais vraiment que j'allais rester avec toi quand tu seras à la retraite alors que moi je serai encore jeune ? Réfléchis deux secondes ! »

Ses mains étaient toujours posées sur le nœud de la serviette. Je ne parvenais pas à le regarder, mais je perçus ses larmes silencieuses à travers l'air alourdi de la pièce. Je me levai pour aller ouvrir la fenêtre, mais je retombai aussitôt sur le canapé. Son corps s'avachit, vaincu. Il se gratta la tête, poussa un lourd soupir comme si l'air entre nous s'était épaissi et nous mettait à l'étroit, sans plus nous laisser l'espace de placer un mot, et il se dirigea vers la chambre pour aller chercher ses vêtements. À en juger d'après les froissements bruyants, il s'habillait vite fait, puis il dit *r'voir* à la porte et partit.

Après lui j'ai arrêté de faire des trucs, de rencontrer des gens et le monde extérieur. Cela dura des mois, l'été se changea en automne, les gens pressés fendaient l'obscurité et la pluie à pas lourds et rapides, relevaient ou abaissaient leurs parapluies, en secouaient l'eau et reprenaient leur route. Je les observais un moment par la fenêtre et me fatiguais, je me demandais comment ils faisaient pour ne pas être pareillement fatigués.

Je me mis à espérer avoir déjà vécu ma vie, car je n'avais tout simplement plus l'énergie d'exister. Je rêvais d'être un vieil homme à la voix éraillée qui aurait vu le monde, aurait aimé, haï et perdu, eu des enfants et des petits-enfants qu'il aurait applaudis à leur remise de diplôme et à leur mariage.

Mais ça ne devait pas se passer ainsi, je me suis dit quand j'ai eu fait durer le truc suffisamment longtemps, j'ai tiré mes lunettes de soleil du tiroir de l'entrée et, quand je les ai eu mises sur les yeux, je suis sorti, je me suis inscrit à de nouveaux cours, j'ai pris un abonnement dans une salle de gym, je me suis répété que c'est comme ça, c'est l'attitude qui compte, l'attitude, et je me suis dit à moi-même que chaque jour est une belle journée, enso-leillée, que la neige brille comme de la poussière de diamant, et je descendais du bus avant mon arrêt parce que j'avais envie de finir à pied et non parce qu'il était bondé et que j'étais obligé de res-ter debout dans la travée, et ma voix ne tremblait pas quand je réglais des choses par téléphone, et je n'avais plus les épaules voûtées quand je passais devant les bancs pleins de gens dans les jardins.

Je disais donc avec un sourire à mon épicier que ce soir j'allais nous préparer à moi et mon chéri un dîner surprise d'aubergines et courgettes, et quand j'arrivais chez moi, je jetai les aubergines et les courgettes à la poubelle et je pleurais. Je tom-bais épuisé sur mon lit, et quand le matin suivant je me levais de nouveau, je regardais par la fenêtre et je disais à voix haute : *aujourd'hui*.

Aujourd'hui est une extrêmement belle journée.

2007-2008

La vie nouvelle

Après mon départ j'ai passé quelques semaines dans un foyer. Puis j'ai obtenu un appartement, un petit deux-pièces à proximité du centre-ville.

Au début j'avais du mal à vivre seule. Je n'avais plus besoin de faire la lessive qu'une seule fois par semaine. La vaisselle ne s'empilait pas. Nul autre que moi ne dormait dans mon lit. Je n'avais jamais habité toute seule, même si je l'avais souhaité bien des fois, et voilà que je me sentais fragile, nue, je n'avais plus rien à faire, nul endroit où me trouver à un moment donné.

J'avais trop de temps pour réfléchir. Qui aurait pu imaginer que j'en sois là un jour ? Sans enfants et sans mari. Vaudrait-il mieux, réfléchissais-je, être avec quelqu'un plutôt que dans cette situation ? Ma vie avec un autre, n'importe quel autre, serait-elle meilleure que seule ?

Je me demandais si c'étaient mes enfants qui étaient devenus trop finlandais, ou nous. En apprenant les noms des plantes et des oiseaux, les capitales du monde et toutes les religions, je réfléchissais, avaient-ils aussi appris à se dire que nous aussi aurions dû faire de même, en faire davantage, nous former à un métier, valider des cours et passer des diplômes ? S'étaient-ils rendu compte combien nous les enviions, Bajram et moi ? Qu'ils aient la possibilité de faire quelque chose de bien, de respectable dans leur vie. Qu'ils apprennent tout si vite.

Je me demandais pourquoi Bajram signait si volontiers ces formulaires, pourquoi il cochait les cases. Comment pouvait-il croire qu'ils allaient d'abord aller travailler, payer leurs impôts avant de revenir auprès de lui pour réaliser son rêve plutôt que les leurs ?

Ces pensées m'ont tourmentée longtemps. En rentrant des courses il arrivait que je fonde en larmes en pleine rue. Que je m'effondre sous la douche. J'avais le ventre tout dur, mal partout. Et quand je préparais, par habitude, trop à manger et m'asseyais à ma petite table, je lorgnais tour à tour sur le gratin et sur la place vide face à moi, jusqu'à ce que je finisse par me lever, remettre le plat au four et la chaise hors de ma vue.

Mes coups de fil à mes frères, sœurs et parents se firent plus rares, je commençais à m'effacer de leur esprit. J'envoyais des textos à mes enfants, dans lesquels je leur demandais de passer, mais ça ne leur disait pas trop. Quand mon plus jeune fils me rendait visite, il ne faisait que m'interroger à propos de son père, même si moi j'étais encore là et pas lui.

20

Il appela un jour et me demanda s'il pouvait passer à l'improviste. Dans sa vie, six mois, c'était bref. Le temps était passé si vite qu'il ne l'avait sans doute pas remarqué. *Nous pouvons encore faire des choses ensemble, nous voir et dîner.*

«Bonjour, dit-il à la porte. Content de te voir.»

Je le saluai et le fis entrer.

«Comment vas-tu?» demanda-t-il, il ôta ses baskets jaunes dans l'entrée et passa au salon pour dégourdir ses jambes tendues, comprimées par son collant de course à pied. Les muscles de ses cuisses ressemblaient à deux gros morceaux de viande détachés de lui.

Je ne savais que répondre. Allais-je dire la vérité ou ferais-je une réponse qui me permettrait de lui poser la même question en retour?

«Bien, ça va bien», dis-je, et je le regardai.

Il avait retiré son bonnet gris et humide et posé le pied gauche sur le canapé pour s'étirer les ischios. «Et toi?

— Bien aussi.

— Tu veux manger un truc ? » demandai-je, car je savais comme il était affamé en rentrant de ses séances de sport.

« Tu as préparé quelque chose ? demanda-t-il.

— Non, mais je pensais justement m'y mettre », dis-je, et je sentis immédiatement mon insuffisance : je songeais que j'aurais dû avoir quelque chose de tout prêt, une bolognaise c'était trop long, il détestait les machins à picorer, ne touchait pas aux surgelés, et les additifs étaient au nombre des réalités qu'il ne comprenait pas. Il écarterait son assiette et exigerait quelque chose de meilleur.

« Pas besoin de te casser la tête pour moi. Un petit machin, ça suffira. Un fruit, par exemple », dit-il, et il passa au sol.

J'ouvris le frigo, désespéré. Si nous avions encore été ensemble, il ne se serait pas montré aussi poli, il m'aurait fait mal, comme seul en est capable un amant.

« Tu as gagné une pomme », dis-je quand j'en découvris une dans le compotier posé sur la table de la cuisine.

« Ça me va », dit-il. Il me piqua la pomme des mains, me remercia et alla la laver dans l'évier, sortit un couteau du tiroir du haut et entreprit de manger sa pomme à la Sami, découpant des tranches qu'il se mettait ensuite dans la bouche une à une en les saisissant entre la lame et le pouce.

Il s'appuya contre le mur derrière lui et replia

une jambe pour étirer encore un peu sa cuisse, en mastiquant sa pomme, jusqu'à ce qu'il en ait marre, repose la pomme et le couteau sur la table et les laisse en plan, comme à son habitude, et il s'accroupit pour regarder sous le canapé.

« Bizarre…, commença-t-il d'un ton hésitant. Il ne bouge pas de sous le canapé, continua-t-il. Il ne sortirait sans doute pas si on ne le tirait pas de là de temps en temps. Comment fait-il pour ne jamais s'ennuyer ?

— Il est toujours là, dis-je. Tu le sais bien. Il est super gentil et doux.

— Oui, mais pourquoi tu ne le mets pas dans ton terrarium ? Il va dessécher, là », constata-t-il, et il reprit la pomme et le couteau.

« Il ne l'aime pas », dis-je, et je me mis à réfléchir à ce que j'allais pouvoir dire ou faire pour qu'il ne se remette pas à pinailler sur ce que je devrais, à son avis, faire du serpent, où je devrais absolument l'emporter ou bien où je devrais le mettre, me reprocher que celui-ci vivait en permanence à une température trop basse.

« J'ai fait de nouveaux aménagements », me forçai-je à dire, et je partis en direction de la chambre.

Je lui montrai la nouvelle disposition : un miroir dans un cadre noir appuyé contre le mur, des draps et rideaux noirs neufs, qui occultaient complètement la lumière dispensée pendant la journée par les fenêtres côté rue.

« Jolis, déclara-t-il sur un ton las.

— Merci », dis-je, et je l'observais s'asseoir sur

le lit et se faire rebondir comme s'il débordait d'un trop-plein d'énergie.

J'avais envie de le rejoindre, de le prendre par les épaules dans son dos, d'enrouler mes bras autour de lui, de sentir son odeur. Je restais planté à la porte, et j'avais l'impression d'avoir été glué au cadre par les épaules.

Puis il se leva et se tourna vers moi, mit une main sur la fermeture éclair de son lycra et la baissa entièrement.

« Tu sais… je t'ai menti quand je t'ai dit que je t'avais trompé.

— Oui, je sais », répondit-il, et il se leva pour entamer son chemin vers moi.

« Oui », parvins-je à dire avant qu'il ne soit tout face à moi et ne pose ses mains sur mes hanches.

« Oui », répéta-t-il.

Nous nous regardâmes longtemps, moi et lui, sans dire un mot, je touchais son torse nu et il caressait le bas de mon dos et disait de la même façon que la première fois : je t'aime, c'étaient ses mots — *je veux être avec toi. J'ai beaucoup réfléchi et je regrette d'être parti et de t'avoir quitté.*

Et il dit que je lui avais manqué, combien la sensation d'avoir ma main dans la sienne lui semblait juste, comme il dormait bien avec moi, et combien la vie sans moi était différente, et moi je posai la main sur sa joue, il la retira, et je ne dis rien pendant un moment, et puis je lui dis oui, je t'aime aussi — et je le laissai me soulever, passer mes jambes autour de sa taille et me jeter sur le lit, et ensuite nous nous assîmes face à face, et il me regardait et je le regardais, lui et la lumière dans son dos, et sa silhouette se découpait avec la netteté d'un papier plié, toute blanche.

Et quand il rentra chez lui, il me demanda l'autorisation de revenir le lendemain et rester pour la nuit. *J'apporterai quelques affaires*, dit-il par texto.

Ouais, viens, écrivis-je d'une main tremblante, j'essuyai avec ma chemise la sueur qui me baignait le front et balançai mon téléphone contre le mur.

Le jour où il est revenu s'est fondu au noir en une nuit soudaine. Le serpent s'était dégagé de derrière le canapé, sa peau sentait le rance et dans la lumière déclinante le brun s'était changé en noir, il se déplaçait lentement mais sûrement sur le sol comme un tas de pierres qui roulent. Seule s'entendait la poussière qui venait se coller à lui, comme des chuchotements très bas, comme une gomme tackante qui se détache, comme le souf-flement étouffé d'une bouche, un sifflement à la fois silencieux et fusant à la vitesse d'une balle de fusil.

Puis le serpent arriva, plus proche que jamais. Il replia le bout de sa queue au niveau de sa tête et se mit à siffler avec un bruit de porcelaine qui se brise, sa gorge rugueuse et sa langue faisaient entendre comme sa bouche était sèche.

J'étais allongé sur mon lit, une main sur le front et la tête tournée vers le serpent. Lui formait un rouleau par terre, sa queue frétillait maintenant et sa langue tantôt rentrait tantôt sortait. Je me mis en position assise, et le serpent se rejeta en arrière sur la même ligne comme s'il avait fallu que je le prévienne de mes intentions — c'était un jeu familier.

Mais il ne me laissait pas le toucher, il piquait en représailles. Il me mordit trois fois à l'avant-bras. Sa mâchoire puissante imprima des ecchymoses sur ma peau et ses crochets la transpercèrent, mais sa bouche semblait encore chaleureuse.

Puis je parvins à l'attraper. Sans me soucier des morsures, je l'empoignai à deux mains. Et dans la seconde il se mit à se débattre, le bout de sa queue battait le sol comme un marteau et il s'enroulait autour de mes pieds comme s'il était sur le point de tomber d'un surplomb rocheux.

Je le maintins contre le mur à l'aide de mes genoux et de mes coudes. Il était fait, piégé. Il parviendrait peut-être encore à mordre, tenterait de s'enfuir, jusqu'à ce qu'il en ait assez et comprenne qu'il ne pouvait pas s'échapper.

Il finit par se relaxer. Sa langue se rétracta et son corps s'étendit. Je le lâchai et il retomba sur lui-même comme un tas de chiffons. Puis je le ramassai, enfonçai mes ongles dans sa peau, le mis dans mon lit et l'installai à côté de moi comme un coussin en forme de losange. *Bonne nuit.*

Je ne l'avais jamais vu comme ça, et je ne l'avais jamais coincé comme ça, j'avais toujours cédé. Maintenant c'était moi qui décidais et pas lui, il ne savait que faire dans une situation pareille.

Avant que nous ne nous endormions, le serpent changea de place, et les draps crissaient sous lui comme griffés au moment où il se tortillait pour me passer sur le corps à toute vitesse. Après un temps, il fut juste devant mon visage, il inclina la tête et me regarda comme son maître. Sa respiration faible faisait de la buée, et les coups de sa langue claquaient autour de sa bouche comme des mains mouillées.

L'air au matin de mon réveil était gris.

Le serpent s'était enroulé par trois fois autour de moi : le premier tour au niveau de mes cuisses, le second au milieu du ventre et le troisième, partie la plus épaisse et puissante de son corps, enserrait mon torse et mes poumons.

Je lui avais envoyé des signaux et avais éveillé son instinct de chasseur, je lui avais donné, encore à demi plongé dans le sommeil, la possibilité de réagir à ma respiration, j'avais gonflé et laissé retomber ma poitrine. À propos des serpents constricteurs, il n'y a qu'une chose à savoir : qu'ils réagissent au mouvement en étranglant leur proie encore plus fort.

J'essayai de rester le plus calme possible et je retins ma respiration en observant sa tête contractée, qu'il avait placée à côté de mon visage.

J'observai les anneaux qu'il avait faits autour de moi. Je tentai de passer les doigts dessous, de lui interdire de continuer, de le frapper du poing à tous les endroits et de griffer sa peau, mais tout ça ne servit qu'à faire se resserrer son étreinte.

Je courus, le serpent autour de moi, jusqu'à la cuisine. Mes pas se faisaient chaque fois plus courts et plus lourds, il comprimait si fort qu'à un moment je doutai même d'y parvenir vivant, et ensuite je saisis le couteau à fruits et j'en frappai le serpent à la tête.

Bientôt le boa était ouvert sur une bonne longueur, et presque deux fois plus petit qu'un instant avant. Le sang giclait comme d'une canalisation crevée. Ses viscères, intestins, longs poumons clairs, foie brun et reins roses, jaillissaient en une masse tellement énorme qu'il était impossible de se dire que tout ça avait un jour été à l'intérieur de lui.

J'étais assis au milieu du carnage et j'entaillai plus grand encore à la pointe du couteau, parce que je m'étais mis à craindre que, par quelque moyen, il se reconstitue et guérisse de lui-même, que les entailles se referment et qu'il se remette le temps que je le fourre dans le sac-poubelle noir, qu'il se dresse aussi solide qu'un portemanteau, il serait immortel et il me dirait : *Tu n'en parleras à personne. Si tu le racontes, je te tue.*

2008

Le coup de téléphone

« Allô, Eminè », entendis-je à l'autre bout du fil. Je reconnaîtrais sa voix au milieu de la foule, partout. Usée par le tabac et aggravée par l'âge, elle était profonde et éraillée, la voix de mon père, on ne pouvait pas s'y tromper.

Il était l'une de ces centaines de milliers de personnes dont la vie s'était brisée après la guerre. De ses trois fils, un seul était resté chez lui, avait fait venir sa femme et terminé la maison. Nous autres, tous, avions fui, et avions tous promis de revenir un jour, mais aucun de nous ne l'avait fait. La guerre avait tout changé, elle riait de ce qui avait été sacré et se moquait bien de la face des gens.

« Comment vous allez ? » demandai-je, même si je savais qu'il ne m'appelait jamais que s'il voulait quelque chose, m'interroger sur mes projets de voyage au Kosovo et parler de Bajram. Nous avions l'un pour l'autre les égards de parents lointains qui ne partagent que le sang coulant dans leurs veines.

«Je veux te demander pardon, et que toi aussi tu me demandes pardon. Que nous enterrions le passé. »

Il marqua une courte pause, pendant laquelle je me mis à pleurer sans bruit.

«Je suis désolée — pour tout», dis-je, l'air que j'avais emmagasiné dans ma bouche fusa dehors, et j'ignorais si je pleurais de bonheur ou parce que je venais enfin d'exprimer ce que j'avais envie de dire depuis si longtemps.

«Moi aussi je suis désolé. Si seulement ça s'était passé, comment dire... », commença-t-il, et il se mit à ahaner. «D'une autre manière », poursuivit-il, et, pendant un instant, je n'entendis plus que des craquements tandis qu'il s'essuyait la barbe.

«Ton fils Bekim », commença-t-il, et il se moucha.

Il s'interrompit brièvement et inspira profondément.

«Il est venu ici, parvint-il à dire. Tu le savais ? Tu savais qu'il était venu ? » répéta-t-il opiniâtrement, étant donné que je ne parvenais pas à me reprendre pour lui répondre.

«Non, dis-je. Je ne savais pas qu'il était venu.

— Il faut que je te raconte ce qui s'est passé.

— Pourquoi est-il venu ?

— C'est à cause de ça que je t'appelle. Je ne sais pas. Je pensais que tu saurais me le dire.

— Je ne saurais te le dire. »

Puis mon père me raconta que mon fils était descendu de voiture devant la boutique de

Mehmet et qu'il était monté s'asseoir sur la pierre.

« Lula a tout de suite remarqué le chat orange et blanc qui trônait, tout content, à côté de lui. Le garçon l'avait caressé. Imagine, il avait caressé un chat ! Au bout d'un moment il est redescendu par ici. Quand il est arrivé sur la route, moi aussi je l'ai vu par la fenêtre. Une personne, on la reconnaît à plein de choses, Eminè, à la manière dont elle tient sa tête, comment elle enlève la sueur de son front, à la position de ses bras, ça, même si on ne l'a pas vue depuis très, très long-temps. »

Il soupira.

« Et plus il s'approchait, mieux ça se voyait.

— Quoi ? »

Il fit silence.

« Qu'est-ce qui se voyait ?

— Le chat. Il avait un chat avec lui. »

Nouveau silence.

« Un chat ? Tu me l'as déjà dit, qu'il caressait un chat sur la pierre.

— Oui, sur son épaule il y avait un chat. Un chat orange et blanc qui lui pendait autour du cou. Tu as déjà vu une chose pareille ? »

Je plissai le front.

« Il est arrivé au portail, il a frappé et il a attendu dehors. Ta nièce Arta a ouvert et l'a fait entrer. Arta ne l'a évidemment pas reconnu. Arta voulait jouer avec le chat et a essayé de se le faire donner, mais ton fils ne s'intéressait pas du tout à elle. »

Mon père prit une inspiration.

« Il a traversé la cour et s'est arrêté à la porte de la maison. Je lui ai tendu la main, mais il refusait de lever les yeux vers moi, il les gardait baissés, il a serré encore plus fort le sac en plastique qu'il tenait dans une main et il l'a tourné et retourné. Ensuite, il est entré. Lula lui a demandé s'il voulait du café ou du thé ou manger quelque chose ; il n'a pas répondu, mais il jetait des petits coups d'œil partout. »

Il reprit une inspiration.

« Il s'est assis sur le canapé du salon et a fixé les yeux sur moi à la seconde même où je me suis assis sur la banquette en face de lui. Il a posé son sac à côté de lui.

— Tu n'es pas en train de me mentir ? demandai-je.

— Je te jure que je ne mens pas. »

Il avait répondu à ma question avec emportement, presque vexé. Je savais que, quand il jurait, il disait la vérité de bout en bout.

« Je lui ai demandé comment ça allait, mais il n'a pas répondu. J'ai décidé de lui sourire gentiment et de dire quelque chose pour alléger l'atmosphère. J'ai fait remarquer comme il avait grandi. »

Il me raconta que le garçon l'avait interrogé à propos de Bajram. Lui avait confié qu'il avait entendu dire que son père était mort récemment.

À l'autre bout du fil, le silence s'installa une fois de plus. Puis il ajouta qu'il avait parlé au garçon des funérailles de Bajram et de sa tombe.

« Quand je lui ai demandé s'il voulait se rendre sur sa tombe, le garçon s'est levé. Le chat était toujours aussi fier sur son épaule, comme s'il était collé dessus. *Non*, il a dit. Mes cheveux se sont dressés sur ma tête, comme si j'avais reçu une décharge électrique. Je n'avais plus aucune idée de quoi lui dire. C'était complètement irréel. »

Je lui dis que j'étais désolée.

« Et alors il a dit *j'étais dehors tout à l'heure et j'ai attrapé ça*, et il a soulevé son sac en l'air. À travers j'ai vu une forme ronde, mais le plastique était plutôt épais, je ne voyais pas bien. »

Je murmurai doucement pour l'inciter à poursuivre.

« Quand il a mis la main dans le sac, un truc s'est mis à s'agiter et à frétiller à l'intérieur. D'abord je n'ai entendu que des sifflements assez forts, mais ensuite le sac s'est déchiré et un serpent a commencé à glisser par le trou.

— Un serpent ? Tu dis qu'il avait un serpent dans son sac ?

— Oui, oui, c'était un serpent. Un serpent noir venimeux. Il y en a des tas dans le coin. J'étais raide de peur et je n'ai plus osé bouger, quand il a retiré le sac. Il tenait bien la bête, une prise ferme et assurée, comme s'il savait exactement comment faire. Le serpent se démenait de tout son corps, pendant ce temps le garçon le maintenait la tête en bas. Le chat sur son épaule a commencé à cracher, puis il a grimpé sur sa tête, il a même essayé de donner un coup de patte au serpent, et il n'arrêtait pas de s'agiter et de passer de sa tête à ses épaules, jusqu'à ce que le serpent arrête de se débattre. »

Il se moucha et chercha un moment ses mots.

« Après il a tiré le serpent derrière son dos et il me l'a lancé dessus. Il m'a lancé le serpent dessus. Mes jambes ont failli me lâcher, j'avais les genoux qui tremblaient et le ventre retourné d'horreur. »

Il se tut à nouveau.

« Tu as entendu, Eminè ?

— Oui.

— Il m'a lancé le serpent dessus. Il m'arrivait dessus la gueule en premier, et le chat a sauté pour l'attraper. Le garçon a rattrapé le chat au vol et il est parti en courant. Le serpent a cogné contre ma jambe droite, il a essayé de me mordre, mais il a raté son coup. Ce que j'ai eu peur, Eminè. Je n'ai jamais eu aussi peur.

— Je suis désolée, dis-je.

— Le serpent a déroulé sa pelote et il a rampé jusqu'à la porte, et finalement il a zigzagué dans le jardin et il est descendu jusqu'au champ. »

La communication fut coupée, et quand je vis qu'il essayait de rappeler, je ne décrochai pas.

21

Le soir suivant il me tendit un sac en plastique et m'embrassa comme avant, comme si rien n'avait changé au cours de ces six mois. Il passa la main sous ma chemise, caressa ma peau nue de ses doigts épais recourbés, me mordilla la lèvre du bas et resta planté avec un sourire face à moi.

Je tournai son dernier baiser en accolade. Quand il fit glisser son sac entrouvert par terre dans l'entrée, je me rendis compte qu'il avait apporté des vêtements et des chaussures, je remarquai qu'ils y avaient été jetés en vrac, et que les chaussures étaient sales. Je le tirai derrière moi au salon et déposai le sac en plastique sur la table de la cuisine. Il s'y trouvait, en plus d'un DVD et d'une bouteille de 100 % jus de fruits, un livre.

Il avait demandé une lecture qui évoquerait mon pays natal. Je lui avais répondu qu'on n'avait pas écrit des masses d'histoires à son sujet, et je lui avais donné à la place *Le Roi blanc* de György

Dragomán, lui avais demandé de le lire lentement et de réfléchir à l'histoire, mais il ne l'avait
même pas ouvert.

Il s'accroupit et regarda sous le canapé.

«Il est où ?» exigea-t-il.

Je tripotais le bouquin, comme si je n'avais
pas noté sa question. J'étais embêté qu'il n'ait
pas essayé de le lire, parce j'étais sûr que lorsqu'il comprendrait que le père du narrateur,
de l'enfant, avait été enlevé pour être envoyé en
camp de travail forcé et qu'il n'allait jamais revenir dans un récit dont le personnage principal
passe son temps à attendre qu'il revienne, et
quand il serait obligé de se poser des questions,
le jeune Dzsáta aimait-il vraiment son père ou
chérissait-il son absence, il ne serait plus le
même. Parce qu'il comprendrait que, dans les
histoires, la fin n'est pas aussi intéressante que les
détails donnés au début, dans lesquels la dérive
d'une personne en ruine dans les décombres de
sa vie dévoile que le personnage principal va tous
les jours à la pêche alors qu'il ne mange pas de
poisson, ou alors qu'il emmène son compagnon
dans un restaurant cher alors qu'il n'a pas du tout
d'argent.

Je revins à moi au bout d'un moment, me tournai vers lui et dis :

«Je l'ai rapporté.

— C'est vrai ?

— Oui.»

Je dis que j'avais compris que je n'avais pas

les moyens de le garder, que je devais le rendre — qu'il avait raison depuis le début.

Ce soir-là, nous sommes allés nous coucher tout de suite après le DVD. Il trouvait le film d'action qu'il avait loué dynamique, et je dis que j'étais du même avis, même si ça m'était égal. Nous nous enroulâmes dans le lit, et le soir tomba rapidement tandis que nous reposions côte à côte, il adore dormir comme ça, je pensais, il n'aurait pas la respiration si légère et ne reniflerait pas avec autant de satisfaction mes draps lavés de frais.

«Je suis heureux», commença-t-il, et il ferma les yeux. «Toi aussi?

— Oui», répondis-je, et j'attendis qu'il pose la main sur mon épaule et fasse ensuite glisser ses doigts le long de mon bras pour signifier combien il avait eu envie de dire les paroles qu'il venait de prononcer et combien il avait eu envie que je lui réponde comme je l'avais fait.

Et ainsi fit-il. J'écoutais son souffle tranquille, jusqu'à ce qu'il passe son bras sous son oreiller et se tourne vers le mur. Je contemplais sa colonne vertébrale enfoncée entre la masse de ses longs dorsaux, et je méditais ses paroles. Est-ce qu'il le pensait vraiment, quand il disait qu'il était heureux, ou n'était-il heureux que des imaginations dans lesquelles il m'aimait d'une façon qu'il ne pourrait jamais atteindre dans la réalité?

J'essayais de m'endormir, mais comme j'avais songé à ses mots, j'ai commencé à penser à ma mère, que je devrais l'appeler et la voir plus souvent. Et quand je me suis fait la promesse de l'appeler dès le lendemain, j'ai commencé à penser à mon père. À l'après-midi où j'avais dit à mon père que je m'étais fait molester en ville, traiter, frapper le nez, enfoncer les yeux et déchirer les habits, ma manche s'est déchirée, regarde, tu vois ma manche est toute déchirée au niveau de l'épaule.

Et pourquoi t'as le nez crochu comme ça, ils me demandaient, et pourquoi tes cheveux et tes sourcils sont aussi noirs, et pourquoi t'as des chaussures trouées, t'as pas de quoi t'en racheter, chaque jour la même litanie, est-ce que t'es pauvre, est-ce que t'es un réfugié, ils me faisaient tourner entre eux à coups de bourrades, ils me tapaient et riaient et l'un d'eux me crachait dessus, et la salive me coulait le long du visage et je n'osais pas l'essuyer, si t'essuies t'es mort, ils disaient, si t'essuies t'es mort putain de réfugié.

Je me levai au milieu de la nuit, pris le sac de Sami, passai au salon et sortis ses vêtements. En les triant je me demandai pourquoi à mon retour ce soir-là j'avais dit à mon père que je voulais mourir. *Pour de vrai, je veux mourir, je préfère mourir plutôt que d'y retourner.* En allant chercher le fer à repasser je me souvins comme j'avais regretté de m'être tourné vers lui.

Écoute, d'abord tu ne sais rien de la mort, et ensuite je vais te dire, il avait commencé, *je vais te dire ce que tu vas faire. Ne leur dis jamais ton nom, ni d'où tu viens*, et il avait passé la main sur mon visage, j'avais senti ses doigts maigres sur mes joues, *ne leur dis jamais qui sont tes parents, tes frères et sœurs, ne te mets en travers du chemin de personne et s'ils viennent te demander quelque chose, tu sauras quoi faire.*

« Je mentirai.

— Exactement. Tu mentiras. Et si quelqu'un se met en travers de ton chemin, tu frapperas plus fort qu'eux. C'est clair ? »

Une fois que j'eus repassé et plié tous ses vêtements, j'allai chercher la brosse dans l'entrée. Je détachai la crasse de ses chaussures et les emportai sans bruit dehors, je les passai à l'imperméabilisant, et quand je rentrai j'y mis des embauchoirs et j'attendis qu'elles soient sèches, puis les rangeai sur l'étagère à chaussures, avant de retourner auprès de lui dans le lit où je m'endormis aussitôt.

2009

Le chat

J'ai enfin trouvé un travail dans un petit magasin d'alimentation. Au début j'étais si horriblement nerveuse que j'ai failli tout laisser tomber. Je ne m'étais même pas rendu compte qu'aller travailler serait un pas si grand et si difficile à franchir. Pendant des jours entiers avant de commencer j'avais eu peur de me tromper en rendant la monnaie, que les clients reviennent et m'accusent de les voler. Je perdrais mon emploi, ils appelleraient la police et mettraient mon nom sur une liste, et plus personne ne me donnerait jamais de travail.

Mon premier jour, j'ai transpiré comme une obèse par une chaude journée d'été. J'ai été obligée de raconter que j'étais un peu malade, si souvent j'allais aux toilettes. Je faisais couler l'eau froide à fond, je baignais mes mains dans l'évier et je respirais un grand coup.

Je voulais que les gens m'apprécient, mais je ne savais pas comment faire. J'ignorais de quoi discutaient les autres employés entre eux, je suis donc restée longtemps sans rien dire et je n'ai parlé de ma vie à personne, je faisais ce que mon chef m'ordonnait.

Plusieurs mois passèrent avant que je connaisse tous les produits et leur emplacement. La boutique était heureusement petite et je ne fus que rarement dans l'impossibilité de répondre à un client. Aujourd'hui, c'est déjà la routine, et je n'ai plus besoin de réfléchir autant. Parfois je trouve de nouveaux produits en vogue à tarif réduit, et je teste beaucoup de recettes finlandaises.

J'aime que des gens du monde entier commencent à arriver ici aussi. Parfois j'ai envie de leur demander d'où ils sont, plutôt que de rester plantée à les regarder. Je me demande quelles sont les conditions d'où ils viennent, et quelle est leur vie maintenant. Mais certains Finlandais râlent, font les gros yeux, jurent même — tout ça parce qu'ils doivent faire un peu plus la queue.

Le mercredi soir je vais au sauna de la copropriété. La chaleur, au milieu du froid à couper le souffle, me semble toujours aussi surnaturelle, elle vous rentre sous la peau, et l'estrade est si bouillante qu'elle vous brûle presque.

Le samedi je me promène en ville et dans les parcs recouverts de neige brillante. Le gel met tout à l'arrêt, les arbres enneigés se figent comme des statues, la neige durcit dans les allées jusqu'à avoir la résistance et la densité de l'asphalte et fait aux lampadaires un capuchon de froid.

Je me suis liée d'amitié avec une collègue. Elle

a le sens de l'humour, une femme solitaire, qui n'a jamais eu d'enfants. Son mari est mort d'une crise cardiaque, c'est ce qu'elle m'a dit. Elle vit avec ses trois chats et ses deux chiens. Et quand elle m'a posé les mêmes questions à son tour, je lui ai dit que mon mari aussi était mort. Après avoir entendu son histoire, la mienne ne m'a plus paru si défectueuse — dans ce pays, vivre seul n'a rien d'insolite.

Une fois que nous nous sommes raconté nos histoires, nous nous sommes tenues par la main, elle a passé les doigts sur le coin de mes yeux et je me suis mouchée, puis nous avons poussé un gros soupir et nous avons regardé un moment en l'air, le ciel limpide et les branches nues. Et ensuite nous avons ri, deux femmes au milieu d'un parc en plein hiver.

Au printemps elle m'a annoncé qu'un de ses chats avait eu des petits. *Ordinaires, des petits matous du coin.* Quand elle m'a montré la photo de trois chatons gris et un noir endormis côte à côte, je lui ai demandé, à moitié par accident, où elle comptait les placer. *Le noir, je pourrais l'avoir ?* j'ai ajouté aussitôt, et elle a souri et dit qu'elle me le donnerait, cela va de soi.

Avec le chat nous regardons la télé ensemble le soir, juste installés l'un près de l'autre. Je le grattouille et il aime ça. Il a des yeux jaune profond, et quand il reste assis pendant des heures sur le rebord de la fenêtre, j'ai une drôle de sensation, comme si je ne le connaissais pas du tout, mais ensuite quand je dépose de la nourriture dans sa gamelle, je sais qu'il vient toujours manger avec reconnaissance.

Nous suivons surtout les émissions sur les nouveaux talents. Je me mets toujours à pleurer quand vient chanter quelqu'un dont la vie est pleine de chagrin. Quand les candidats évoquent les êtres chers qu'ils ont perdus, je pense instinctivement à Bajram.

Mes frères et sœurs, j'y pense de moins en moins, ils sont tous dans leurs nouvelles maisons, dans leurs nouveaux pays, dans leurs nouvelles vies. Ils m'appellent pour les fêtes, et nous échangeons quelques mots, pour la forme, eux aussi. Mais nous ne parlons jamais de l'horreur qui a terni notre vie un jour, nous ne parlons jamais de la guerre.

Je me suis remise à parler davantage avec mes enfants, à les voir. Parfois nous faisons de longues promenades ou nous allons au café, et parfois je vais avec eux faire les courses. Nos conversations sont embrouillées par endroits, car je ne comprends pas tout à leur travail et je ne sais pas jusqu'à quel point je peux les interroger. Et je ne suis pas sûre d'avoir à leur demander pardon. Mais je ne veux pas qu'ils aient à s'expliquer, car ils ne devraient rien avoir à m'expliquer. Nous avons commencé à préparer un voyage au Kosovo, car nous voulons aller sur sa tombe.

Mes filles ont des maris finlandais, et elles ont l'intention d'avoir des enfants avec eux. Mon fils et ma fille aînés travaillent, les plus jeunes font des études. Je suis tellement fière d'eux que je réponds toujours avec enthousiasme quand quelqu'un me demande ce qu'ils font dans la vie.

Tout un chacun devrait au moins une fois se retrouver sans alternative, voilà ce que je pense, parce que alors on croit devenir fou. Mais maintenant je sais que ça n'a rien de dangereux ; quand j'ai reçu la lettre que m'avait écrite Bajram, je me suis assise devant la table car j'avais peur de devenir folle en la découvrant, mais quand je l'ai ouverte et que j'ai lu les quelques lignes qu'il nous adressait, à moi et aux enfants, je l'ai remise dans l'enveloppe, je l'ai tournée et retournée dans mes mains et l'ai rangée dans le placard, car il l'avait adressée à des personnes qui n'existaient plus.

22

Je suis sorti du lit et j'ai rejoint le salon. Il regardait par la fenêtre, la neige qui tombait alourdie tout droit, la lumière qui n'en finissait pas. Il m'a dit qu'il avait réfléchi toute la nuit, il a tourné la tête et m'a regardé dans les yeux.

Je n'étais pas en colère de la mort de mon père. J'étais soulagé. Qu'il ait enfin trouvé le moyen de se tourner vers la seule solution qui s'offrait à lui. Ma colère venait du ton sur lequel Sami m'interrogeait, car mon père n'avait pas été un père pour moi — pas de la manière dont son père l'avait été pour lui.

«Je pense qu'il est temps que tu commences à m'en parler», a-t-il amorcé, et il a jeté un œil au linge plié sur le canapé.

Comme je ne lui répondais pas aussitôt, il m'a mitraillé de questions, comme si partir d'un détail particulier allait m'aider à me lancer. *Il était comment? Il ressemblait à quoi? Tu l'as vu quand pour la dernière fois? Raconte-moi, je t'en prie, dismoi quelque chose, aie confiance en moi.*

J'ai posé les mains sur la pile de vêtements et lui ai raconté que mon père avait quitté le pays depuis longtemps. En marche vers la chambre à coucher, je lui ai dit que des mois avaient passé avant que je ne sois informé de son départ. J'ai rangé les vêtements dans le placard et, de retour au salon, je lui ai dit qu'il s'était écoulé encore plus de temps avant que je n'apprenne sa mort.

J'ai posé les mains sur mes hanches, changé de jambe d'appui et souhaité que Sami eût apporté plus de vêtements. Ensuite, de mes mains, je me suis couvert le visage car je me suis rendu compte que je n'avais encore annoncé sa mort à quiconque, mais que je disais toujours que nous n'étions pas en bons termes ou qu'il nous avait abandonnés quand nous étions petits.

Il m'a pris par l'épaule et a de nouveau tourné la tête vers la fenêtre, et la neige était plus légère, ondulait davantage. Il était silencieux, mais ses questions n'étaient pas finies, elles se nichaient dans sa façon de faire rouler sa tête, la succession de mouvements avec lesquels il rapprochait sa tasse de café, la prise par laquelle il tentait de me maintenir sur place, et elles étaient logées dans sa bouche, dans le rythme prudent auquel sa bouche tentait de former ses mots.

Pendant longtemps je n'ai pas compris mon père, car il ne voyait pas la vie de la même façon que les autres. Là où les gens se demandent les uns aux autres, qu'attends-tu de la vie, mon père demandait, qu'attends-tu de la mort. Il ne comprenait pas pourquoi les gens n'employaient pas le temps qui leur était imparti à méditer sur la façon dont leur vie s'achèverait un jour. Ça nous arrivera à tous, c'était la seule chose qui reliait tout le monde. *Mais comment font-ils pour ne pas y réfléchir? Pour ne pas en discuter?* telles étaient ses interrogations, il secouait la tête et finissait par éclater de rire.

Puis il se mettait à énumérer les diverses manières de mourir. Cancer, accident de voiture, étouffement, chute sur l'asphalte, noyade, incendie, fusillade. *Rends-moi un service*, il m'a dit. *Ferme les yeux et imagine ce que cela ferait si tu t'appuyais par accident sur une scie circulaire et que ta main était tranchée et que tu ne pouvais plus jamais la retrouver; à la place de tes doigts, il n'y aurait plus rien que du vide. Ou alors comment ce serait de tomber du pont d'un bateau dans l'eau glacée. Les moteurs t'avaleraient en une fraction de seconde, même si tu essayais de nager pour leur échapper de toutes tes forces.*

Je n'étais pas sûr, avait-il vraiment envie de mourir ou ne voulait-il de la mort que ce que cela signifierait pour ses proches?

Crise cardiaque, accident d'avion, AVC, écrabouillement, mort de faim, tuberculose, cirrhose, mort de froid. *Tu choisirais quoi? Si tu pouvais?*

Puis il se tapait la tête de ses mains, allait dans la salle de bains, remplissait la baignoire, et se laissait glisser au fond comme s'il s'était imaginé pouvoir mettre fin à ses jours par la seule force de la volonté, ou alors il serrait sa ceinture autour de son cou, posait un couteau aiguisé sur sa jugulaire et menaçait de se taillader, et ensuite il courait dans sa chambre, sortait des couvertures du placard et s'enterrait, et il disait, de sous la pile, *pardon, papa a très très peur.*

Et moi, j'écoutais et regardais, j'écoutais sa voix étouffée et je regardais comment les couvertures tressautaient à ses tressaillements, je regardais jusqu'à ce qu'il se mette à chercher son souffle en haletant, et j'allais auprès de lui et je caressais son dos trempé et je lui disais que j'étais désolé, et quand il vomissait au pied de son lit, je nettoyais avant même qu'il ne se relève, et tandis que je le caressais et nettoyais son foutoir je ne ressentais à son égard que du dégoût, car sa sueur visqueuse me glissait le long des doigts comme du blanc d'œuf.

« Voilà ce que faisait mon père », j'ai dit.

Je me suis approché de lui dans son dos pour le voir de plus près, pour voir sa réaction. Alors il a tourné les yeux vers moi, m'a pris un bras et l'a passé autour de lui.

« Merci », a-t-il dit, et il a entrecroisé ses doigts dans les miens.

Sa main était chaude et puissante et pressait la mienne, et moi je pensais à la chaleur entre nos mains, au bruissement qui naîtrait lorsqu'il passerait les vêtements que j'avais lavés pour lui, au sifflement de ses narines quand il respirait contre mon front — mon père avait-il jamais rien ressenti de pareil ?

Toutes ces années, j'avais souhaité sa mort, même si je ne comprenais pas ce que la mort signifiait. Et souhaitant sa mort, je ne croyais pas l'obtenir un jour. Et je ne savais pas que, l'ayant obtenue, je penserais à lui si souvent : aux vêtements qu'il portait ou aux meubles qu'il s'était procurés, à qui lui faisait à manger chaque jour et dans quelle vaisselle il dînait, qui faisait le ménage dans son appartement, avait-il quelqu'un qui venait changer ses draps ou même veiller à ce qu'il ne maigrisse pas davantage ?

Et je me demandais à quoi pensait mon père à son réveil quand il constatait qu'il était seul, ou alors le matin de sa mort. À quoi pensait mon père en ce petit matin, froid, où les cristaux de glace étaient en suspension dans l'air, quand il avait pris le revolver dans la vitrine. Était-il lassé de chercher des réponses ou de poser des questions, quand il enfonça les balles dans le chargeur ? Songeait-il à ce qu'il avait laissé derrière lui, me demandé-je, quand je le vois introduire l'arme dans sa bouche et quand je vois ses lèvres sèches se poser sur le canon, quand je sens dans ma bouche le goût du métal en passant la langue sur mes dents, quand j'entends le bruit si délicat de la détente ou comme il a dû appuyer fort, et le métal glacé me pique dans tous mes membres et me lacère les os, et les broie.

La lumière déclinante derrière la fenêtre coupe son visage en deux, quand je le vois là, assis devant la table, et il me regarde de biais par-dessus son épaule et je me demande, a-t-il pensé à moi, mon père a-t-il pensé à moi à l'instant où il a refusé de vivre de façon si violente ?

Je n'aurai jamais la réponse, mais mon père y a sûrement pensé.

Et de temps à autre, quand j'entends sa voix, je sors faire une longue promenade dans la forêt ou au bord de la mer, et quand je rentre, je prends mon homme par la main, il est beau et comme il faut, et je le serre dans mes bras et lui demande ce qu'il a envie de manger, car je sais comme cela le rend heureux — et moi, je vais faire les courses avec lui et je m'assieds dans sa voiture à la place du mort, il saisit le haut du volant de sa main nue dont le dessus est raidi de froid, il a les yeux couverts par ses lunettes de soleil et je regarde sa main, le creux entre les articulations de ses doigts et ses doigts rectilignes, sa peau blanche où la lumière gelée condense comme une glace cristalline.

Remerciements

Merci à tous ceux qui ont apporté leurs remarques au manuscrit. Mes amis chers Merdiana Beqiri, Marisha Rasi-Koskinen, Virva Lehmusvaara, Krista Lehtonen et Aura Pursiainen, merci de vos remarques précises et de vos suggestions. Sans elles, ce roman ne serait pas ce qu'il est.

Merci à ma famille, pour le soutien, la compréhension et l'amour qu'elle m'a prodigués. Merci d'avoir cru en moi tout au long de ces années. Merci à mon père et à ma mère — pour les nombreuses recherches que vous avez effectuées. Merci à ma sœur et à mes frères — pour votre écoute et vos commentaires. *Ju dua*.

Merci aux éditions Otava, en particulier à Antti Kasper et Silka Raatikainen. À mon éditrice, Lotta Sonninen : à toi vont mes plus grands remerciements.

DU MÊME AUTEUR

Aux Éditions Denoël

MON CHAT YUGOSLAVIA, 2016 (Folio n° 6334)

COLLECTION FOLIO